Triomphe de la vie *est sans doute à l'heure actuelle l'un des livres les moins connus de Giono. Il n'a jamais été réédité en édition courante depuis sa publication en 1942. C'est pourtant, malgré des faiblesses, un livre important. Non seulement il contient des pages qui comptent parmi les plus belles de Giono, et un épisode qui est à la hauteur des meilleures scènes de ses grands romans, mais encore il clôt le cycle de tous les livres écrits depuis* Colline *d'une manière qui en souligne l'unité. Il reste aujourd'hui un livre à découvrir.*

Lorsque Giono écrit ce « Supplément aux Vraies Richesses *», de janvier à juillet 1941, six ans se sont écoulés depuis la rédaction de l'essai ainsi complété. Entre-temps, Giono a publié plusieurs autres essais (*Refus d'obéissance, Lettre aux paysans, Précisions, Le Poids du ciel*), mais un seul roman,* Batailles dans la montagne. Pour saluer Melville, *écrit l'année précédente, était un essai qui s'est poursuivi en roman. Entre 1935 et 1941, les forces de Giono ont été ainsi en bonne partie consacrées à son action publique, c'est-à-dire, avant tout, à la lutte contre la menace d'une autre guerre, plus précise d'année en année, et à l'exaltation des valeurs et des modes de vie qu'il juge les plus sûrs facteurs de ce maintien de la paix: une vie paysanne et*

5

artisane, au contact constant avec le monde naturel et au sein de communautés réduites. Il est ainsi devenu le chantre d'une sorte de contre-civilisation, en opposition avec le progrès technique, le machinisme, l'industrialisation et la concentration urbaine. Dans ce rôle, il a suscité des enthousiasmes, qui se manifestent concrètement dans les rencontres du Contadour, mais aussi des réactions de dérision et d'hostilité, notamment de la part des communistes et d'anciens amis qui, la nature du nazisme se précisant et le mal ne cessant de gagner, pensent désormais nécessaire de prendre les armes contre lui.

Ni la lutte pacifiste, ni le chant lyrique d'une vie plus proche du monde n'ont eu d'action sur l'histoire. Le cours de la civilisation n'a pas été infléchi en France, et, le moment venu, la mobilisation n'a provoqué contre la guerre aucun mouvement d'envergure. Après quelques mois qui ont été marqués pour Giono par un emprisonnement à Marseille pour propagande pacifiste, est venu au printemps de 1940 l'écroulement de l'armée, de la société et des structures politiques. Giono y voit une confirmation de ses vues. Cette civilisation technicienne, si sûre d'elle-même et dont les représentants ont pris de si haut ses avertissements et ses prophéties, s'est révélée au premier choc un colosse aux pieds d'argile. Estimant que les faits lui ont donné raison, Giono éprouve le besoin de reprendre la parole. Il lui faut réaffirmer contre ses adversaires ses idées sur les principes qui doivent guider l'indispensable reconstruction. Pour la dernière fois, il cherche à peser sur le cours de l'histoire.

Son discours, commencé sur un ton de familiarité, n'est pas dépourvu de polémique, comme le rappellent à certains moments les interpellations à la deuxième personne. Il y a de la diatribe dans ces pages où, sous couleur de dialogue, Giono ne cède la parole à l'autre que pour mieux détruire ses thèses de l'intérieur. Cette attaque du progrès technique peut sans doute même être considérée comme le point de départ du livre, s'il est vrai que, ayant posé pour commencer que ce progrès équivaut à la mort et ayant été amené par là à évoquer le tableau de Bruegel Le Triomphe de la mort, Giono y a, par opposition, trouvé son propre titre.

Ces pages d'attaque contre le progrès sont sans doute celles qui risquent aujourd'hui de paraître les plus longues à beaucoup de lecteurs. Il n'est pas facile d'entrer dans le raisonnement qui assimile toute marche en avant à la mort et qui ne retient de la vie que le mouvement par lequel elle se réfère à l'expérience antérieure. Qui, d'autre part, imagine aujourd'hui possible un retour vers un monde sans technique? Qui le souhaiterait véritablement s'il était possible? Qui ne voit dans la technique, à côté d'inconvénients à limiter, non seulement des aspects positifs, mais parfois même une féerie propre (par laquelle Giono lui-même se laisse gagner dans d'autres textes)? Nous sommes d'autant moins portés à beaucoup suivre ce discours qu'il se trouvait être dans le même temps celui d'un régime et de tout un courant de la vie politique française dont l'action discréditait les valeurs.

En revanche, rares doivent être les lecteurs qui restent insensibles à la longue et minutieuse description que fait Giono du travail d'un cordonnier fabriquant des chaussures sur mesure. Les qualités mises en œuvre dans ce travail et les plaisirs qu'il procure sont tels qu'ils restent les valeurs sur lesquelles devrait se régler tout travail. Pour Giono, l'évoquer est une manière de revenir à la figure toujours enchantée de son père, ce qui fait de ces pages au début du livre un supplément cette fois à Jean le bleu. Mais Giono ne se limite pas à cette description qui a pour lui des résonances intimes. Il termine par une seconde évocation d'un travail d'artisan, celui du forgeron, dont les vertus propres sont plus mises en valeur encore, puisque c'est en le voyant qu'une jeune femme de vingt-six ans se sent attirée par un homme qui a trente ans de plus qu'elle.

Giono, qui n'est pas toujours convaincant lorsqu'il attaque dans l'abstrait les vues auxquelles il s'oppose, le devient pleinement sitôt qu'il entreprend de dire concrètement les expériences au nom desquelles il s'y oppose : lorsque, par exemple encore, après avoir pendant plusieurs pages fait parler (pour mieux les perdre) les défenseurs du machinisme, il se lance, pour les réfuter, dans une longue énumération de tous les aspects par lesquels le monde se révèle au fur et à mesure à un marcheur. En une seule phrase de quatre pages (108-112), sans point ni majuscule, aussi continue que la marche elle-même, scandée par des alinéas comme elle par des changements de paysages, il fait plus que dans tout le discours précédent pour faire sentir de quoi un abandon trop complet à l'automobile nous priverait.

Une évocation comme celle-ci repose sans nul doute sur l'expérience, de même que les souvenirs conservés de l'atelier où, enfant, il voyait son père fabriquer des souliers. Giono est ici parfaitement dans son rôle de témoin qui, pour soutenir les idées qu'il expose dans un essai, fait appel à ce qu'il a vu et éprouvé. Il n'est pas certain qu'il en aille de même pour d'autres passages, pourtant également présentés comme des récits d'expériences. L'immense fête improvisée à la ferme de Silence, lorsque les artisans du bourg viennent y livrer le produit de leur travail, a vite fait, par l'hyperbole et la transfiguration, d'abandonner toute prétention à une authenticité de témoignage. Elle ne serait pas le morceau de bravoure qu'elle est si elle ne laissait pas percevoir la prise en charge par l'imaginaire, peut-être de quelque expérience (s'il y en a eu une au point de départ, et, même dans ce cas, impossible à ressaisir

8

comme telle), mais plus probablement d'un rêve de convivialité et de fusion d'une communauté. Il suffit de rapprocher cette fête de celle de la Jourdane dans Que ma joie demeure, ou du repas chez le maire dans Les Vraies richesses, pour prendre conscience que le supposé réel ne se distingue pas de l'imaginaire, sitôt qu'il s'agit de dire la fête et la joie d'être ensemble, par les moyens toujours semblables de l'abondance de nourritures, de la musique et de la danse. Que l'évocation se situe dans un essai, et qu'elle soit censée apporter aux idées soutenues la preuve des faits, ne fait pas, pour Giono, grande différence.

Triomphe de la vie n'échappe pas plus à cette ambiguïté (pour la plus grande joie du lecteur) que les autres essais de Giono. Il est, plus que jamais dans ses meilleures pages, en prise sur l'imaginaire qui produit les romans. Ainsi y retrouve-t-on, et à plusieurs reprises, cette obsession des commencements ou des recommencements, qui fait au plus profond l'unité de cette première moitié de l'œuvre de Giono, et lui donne une dimension de mythe. Dès le début du livre, du fond de ce café de Marseille où il s'est réfugié pour fuir la ville insupportable, il imagine aussitôt que, dans ces temps de restrictions, les hommes et les femmes de la Montagne de Lure vont, d'un instant à l'autre, réapprendre, eux à fabriquer des métiers à tisser, elles à filer de la laine. Un moment après, revenu par la mémoire à la petite ville de Mens, dans le Trièves, aussitôt il imagine qu'elle pourrait disparaître, et qu'alors une autre, exactement semblable, renaîtrait sur le même emplacement, tant elle s'y imposerait selon la même nécessité qui a produit la ville actuelle. Et pour achever ce chant à la gloire de l'artisanat, il ira jusqu'à imaginer l'Aubignane de Regain sur le point de mourir une deuxième fois, sauvée ici non par une fidélité paysanne, mais par la reprise du travail de la forge, le forgeron sauvé lui-même autant que l'était le paysan, redevenant homme par ce qu'il fait pour redonner vie au village, à la même condition de la présence d'une femme à ses côtés.

Ce n'est pas un hasard si Giono renoue ainsi avec le roman de 1930, s'il revient implicitement dans d'autres passages sur des évocations de Jean le bleu, et de Que ma joie demeure, et s'il cite en plusieurs endroits des phrases tirées de ses précédents essais. Quand il écrit Triomphe de la vie, il a déjà écrit Pour saluer Melville, qui est la première de ses œuvres à porter la marque d'une nouvelle inspiration. Que Giono l'ait ou non pressenti sur le moment, Triomphe de la vie rassemble pour nous une dernière fois, sous ce beau titre, l'essentiel des idées et des thèmes qui avaient fait pendant quinze ans la matière de ses premiers romans et de ses premiers essais.

Henri GODARD.

Triomphe de la vie

*À mes amis
Ludmila et Léon Garganoff.*

Dernièrement j'étais à Marseille pour quelques jours. Dès la première après-midi, la pluie ; la boue et le froid me forcèrent à me réfugier au café. La foule aussi rendait la rue impraticable aux vivants. C'était une agglomération déambulante d'êtres éteints ; une pâleur de chandelle coiffée, des vêtements de goudron, pas la moindre couleur même aux yeux ; tout ça tellement loin dans la profondeur de l'enfer qu'on ne pouvait même plus l'appeler. Je me disais : « Pour courir derrière il faudrait un saint... » Je ne suis pas un saint.

Je vais dans un petit café qui n'a pas du tout l'aspect marseillais. À un moment ou à un autre je suis allé dans presque tous les grands cafés de Marseille, soit qu'on m'y ait donné rendez-vous, soit que... je ne sais jamais quoi faire dans ces villes. Tous ces grands cafés sont comme des halles pleines de Néron, de Caligula, de César, de Vitellius à sextuples mentons ; des Charlemagne aux barbes en jardins à la française claironnent des niaiseries qui sentent la bretelle de soie mordorée ; les jeunes gens qui sont par là-dedans, je les ai vus successivement ressembler à l'archiduc Rodolphe, à Al Capone et, depuis *Aloha ou le chant des îles*[1], quoique habillés avec une élégance tout orientale, ils se sont tous fait la tête ruisselante et extasiée des plongeurs de la mer du Sud. L'incessant plastronnement de ces faux empereurs, le gémissement «incroyable» de ces pourceaux pêcheurs de perles est insupportable. Les empereurs fuient des épouses aux nez d'aiglonnes, bijoutées de soucoupes à toutes les phalanges, les oreilles, les cous, les poitrines, les bracelets et les peignes ; acariâtres, charbonnées, gourmandes et heureusement infidèles à la perfection ; les Tahitiens logent en garni rue Poids-de-la-Farine et rognent sur le bifteck pour acheter de la gomina et de la brillantine. Ce n'est plus un saint qu'il faudrait ici : c'est toute une armée de saints. Encore devrait-elle être équipée à la moderne. Je pense aux archanges de la chute des rebelles de Breughel[2]. Les armures en élytres d'empuse[3], les épées en feuilles d'iris, les flèches de flammes de saint Michel et de saint Georges ne pourraient ici servir de rien, elles s'embouseraient[4] tout de suite dans un coton sans autre caractère que fluant, gluant et amortissant. Des bars aussi, même de ceux du port, j'en ai depuis longtemps tout mon saoul. Il faut y apporter tout ce qu'on y vient chercher. Le café où je vais est presque désert de deux à cinq heures de l'après-midi ; il a des fauteuils de cuir où il est agréable de fumer paisiblement sa pipe. Si je veux

1. *Aloha, le chant des îles*, est un film datant de 1937. Les îles sont l'archipel de la Société, c'est-à-dire la Polynésie française. *Aloha* signifie «bienvenue» en tahitien. L'archiduc Rodolphe et Al Capone sont des personnages d'autres films de la même époque, *Meyerling* (1936) et *Scarface* (1932).
2. «La chute des anges rebelles» de Breughel se trouve au Musée royal de Bruxelles.
3. L'*empuse* est un insecte proche de la mante religieuse.
4. *S'embouser* : s'engluer dans de la bouse, c'est-à-dire de la fiente de vache.

penser à Dieu j'aime mieux partir de rien plutôt que d'un Jésus en plâtre de Saint-Sulpice.

À quelques mètres de moi étaient deux hommes dont à un moment donné je fus obligé d'entendre la conversation. Ils parlaient de films ; et l'un, semblait-il, expliquait à l'autre qu'il était chargé d'en « réaliser » (dit-il) un sur la terre, un sur l'artisanat, un sur la jeunesse. Je me dis : « Voilà ce que je serais incapable d'envisager froidement. Si j'étais chargé de réaliser (comme il dit) ces projets, je n'oserais plus respirer. » Après ça, je respirais tout à mon aise.

Sur *la terre*, pensais-je, j'ai dit tout ce que je savais ; ce qui reste à exprimer est trop difficile pour moi. Laissons-le où c'est. Quelqu'un finira bien par aller y chercher des raisons de vivre. Il n'est pas simplement question de talent. Tu t'étais efforcé de faire un *Regain* maigre[1]. Pagnol en a tiré un film essoufflé, boursouflé et adipeux. Il s'agit d'abord du cœur. Mais, comme en toute chose, il s'agit surtout de connaître en même temps qu'on aime. Ceux qui vont à la terre maintenant ne l'aimeront (s'ils l'aiment) qu'après une vingtaine d'années de combats contre elle. À ce moment-là ils recevront peut-être le « coup de foudre », mais ils ne connaîtront celle qu'ils se seront mis ainsi à aimer que lorsqu'ils seront arrière-grands-pères. Faites d'abord quelques générations de paysans et puis après je reviendrai vous écouter parler en fumant ma pipe. Ce qui reste à exprimer, c'est plus difficile à regarder que le soleil : on en voit aisément les effets, mais la

1. Giono n'avait pas été immédiatement défavorable au film tiré de *Regain* en 1937 par Marcel Pagnol, puisqu'il avait écrit une préface pour le livre publié sous le titre *Regain, film de Marcel Pagnol, d'après le roman de Jean Giono*. Mais il s'était depuis brouillé avec Pagnol qu'il accusait de le plagier, et il portait rétrospectivement un jugement sévère sur les quatre adaptations cinématographiques de ses récits (outre *Regain* : *Jofroi*, *Angèle* et *La Femme du boulanger*).

cause éblouit et aveugle. Et cependant je suis de votre avis, c'est ça qui sauverait. Mieux encore, c'est ça qui sauve présentement, qui fait son train sans discours et sans mot, sans que personne soit qualifié pour en tirer gloire (heureusement, car c'est maître de tout). Voilà pour la terre.

Sur *la jeunesse*? Oh! la jeunesse, ça ne se touche qu'avec des gants blancs. Voilà une chose, pensais-je, que je ne pourrais sûrement pas écrire s'il me prenait fantaisie d'écrire ce que je pense. Le censeur y verrait de l'ironie (bien sûr que ça en est) et ce n'est pas assez admiratif. Et c'est moins ironique que ce que je veux bien le dire; je pense sérieusement qu'il ne faudrait toucher la jeunesse qu'avec des gants blancs, très blancs. Et puis... non, plus rien, c'est tout. Je ne pense plus rien. Je pense à qui voudrait démêler des morceaux de chaux d'entre des morceaux de charbon. Tout ce qui salit ton gant, c'est du charbon; tout ce qui le laisse blanc, c'est de la chaux. C'est seulement avec la chaux que tu pourras bâtir.

J'ai écrit quelque part : *La jeunesse, c'est la passion pour l'inutile*[1]. On a beau crier contre; j'attends une meilleure définition de cet état magique qui dresse tous les nerfs, toutes les artères, toutes les veines d'un être, drus comme des blés en gerbes. Est-il besoin de préciser que *l'inutile* dont je parle n'est pas du tout le péché capital que maudissent les bourgeois et les bourgeoisies. Je parle de *l'inutile* à tout, sauf aux dieux. La jeunesse est l'état d'un homme qui porte et emploie avec aisance et gloire une force qui le rend inutile à tout *sauf aux dieux*. C'est pourquoi l'on trouve tant de vieillards de vingt ans, disputeurs, discuteurs, ergoteurs, égrotants, orgueilleux et d'une fatuité de vétérans; et c'est pourquoi il y a sous

1. La formule est prêtée à Bobi dans *Que ma joie demeure*.

certains cheveux blancs ces yeux marins largement ventés dans lesquels roulent imperturbablement les plus belles aurores du monde. La jeunesse n'habite pas les muscles : elle habite l'âme. Si je faisais un film sur la jeunesse, la plupart de mes personnages auraient quarante et cinquante ans. Et je les connais ; ils existent. Alors, ne le faisons pas ; on dirait que je les invente.

Reste *l'artisanat*. C'est aussi un sujet sur lequel il me semble que j'ai écrit pas mal depuis dix ans. Il y a dix ans que je répète : « La paysannerie et l'artisanat sont seuls capables de donner aux hommes une vie paisible, logique, naturelle. » Si l'on peut m'accuser, c'est de monotonie. Dans *Que ma joie demeure*, ayant à imaginer une société qui se sauve du mal, j'ai fait réinstaller les métiers à tisser dans les fermes[1]. Au moment même où je réfléchis à tout ça dans le petit café de Marseille, les femmes de la montagne de Lure (où il est indispensable que les bergers aient des chaussettes de laine, de grosse laine, de laine pure, pour que leurs pieds ne gèlent pas), toutes les femmes recommencent à apprendre à filer à la main. Demain, ce soir peut-être, un de ces hommes que je connais, que j'appelle par son prénom, qui m'appelle par mon prénom, va tailler une navette dans du buis. Demain, ce soir peut-être, le métier à tisser va être remonté dans une de ces salles basses et noires où souvent j'ai mangé la soupe. On peut m'accuser de monotonie. Qui m'accusera de n'avoir pas vu clair ? Je connais donc toute la gloire de l'artisanat. Je l'ai dans le sang. Mon père et ma mère étaient des artisans et mon plus cher désir (que j'ai toujours) a été pendant toute mon enfance d'être cordonnier comme mon père. Je ne

1. Dans le roman, il n'y a en réalité qu'un seul métier, dans la ferme de la Jourdane.

peux pas, maintenant encore, sentir l'odeur du cuir, entendre battre le cuir sur la pierre ou la cadence particulière du marteau qui cloue le *cœur*[1] sur la semelle sans être saisi de stupeur voluptueuse et du regret de n'être pas celui-là, en tablier bleu, qui travaille de ses mains, avec les tranchets, les alênes, et le fil, et la poix. Mais, je ne ferai pas non plus de film sur l'artisanat. (Je dis ça comme si quelqu'un me l'avait demandé. Personne ne m'a rien demandé et je suis là en train de fumer ma pipe dans le fauteuil en cuir du café de Marseille.) Certes, je viens de le dire, ce film sur l'artisanat, c'est-à-dire, si on veut, le positif de ce film ou, si on aime mieux, la réalité sur laquelle on peut impressionner la pellicule de ce film, c'est ce qui a passionné l'époque la plus magique de ma vie. Je connais mieux que beaucoup toutes les ressources poétiques de cette condition humaine. Depuis l'âge où j'ai su monter des escaliers tout seul, ou plus exactement depuis le moment où ma mère m'a laissé monter les escaliers tout seul, j'ai vécu le plus radieux de mes rêves à côté de l'établi de mon père. Mais, de même qu'il y a des téléobjectifs pour filmer de loin, par exemple des choses inaccessibles comme le sommet de l'Everest ou des êtres angéliquement évanescents comme les chamois, ou des animaux féroces comme le tigre, il faudrait, pour reconstituer cette particulière beauté du travail artisanal qui m'enivrait, une mécanique objective qui puisse s'approcher de tous les gestes, les décomposer, enregistrer l'harmonie de leur succession, en même temps que par le procédé conjugué du ralenti il dévoilerait comment, sur cette harmonieuse source de force et de peine, la matière (le cuir, la pâte à pain, le bois, le fer, le fil, la toile), comment la

1. Ce *cœur* est celui que dessinent les clous que le cordonnier plante dans la semelle.

matière se transforme, fuse, gicle, saute, s'ordonne en formes utiles à la vie de l'homme. Et il faudrait encore que, par des procédés que j'ignore, je ne sais pas, moi, des écrans multiples, des sortes de *coude à coude* par lesquels on obligerait chaque spectateur à être l'enfant ébloui que j'étais; il faudrait, dis-je (et en même temps) faire entrer le spectateur dans le cœur, l'âme de l'artisan; comme j'étais, moi, petit enfant, d'une époque sans cinéma, mais, vous le voyez, bien plus fortuné que les enfants de l'époque du cinéma. Pendant ce temps, il faudrait qu'on voie tous ces extraordinaires ligaments avec lesquels l'artisanat ajuste aux épaules de l'artisan les beaux fardeaux de la condition générale de l'homme: la charge de sa liberté personnelle et de la liberté de sa famille, c'est-à-dire de sa femme et des enfants qu'il a créés avec cette femme. Quand j'étais là, près de cette petite table de cordonnier (qu'on appelle ici *veilladou*, c'est-à-dire l'endroit où l'on « veille »), j'avais beau n'avoir que neuf à dix ans, je sentais profondément, sinon toute la gloire de cette maîtrise de la destinée, en tout cas toute la paix. Et, peu à peu, à mesure que les coups de marteau s'ajoutaient aux coups de marteau, que les *cœurs* de clous s'ajoutaient aux « cœurs de clous », que les souliers faits par mon père s'en allaient sur les chemins, la vie toujours exacte s'adaptait à ma taille grâce au libre travail de mon père. Comment n'aurais-je pas la conscience que ce travail est le vrai maître de toutes les destinées? Comment en convaincre les spectateurs si je ne les mets pas honnêtement dans l'état où j'étais et si, pour être sûr qu'ils y sont, je ne leur donne pas tous les éléments magiques qui sont les causes de cet état? J'ai plus confiance dans les éléments magiques que dans les raisonnements raisonnables. Au moment de ces neuf ou dix ans, quand j'étais dans cette pleine ivresse du sage, on aurait eu beau accumuler devant moi le cristal de la plus pure raison, il n'en serait pas sorti le plus petit rayon de lumière pour éclairer ce qu'en pleine obscurité magique je comprenais facilement avec mon cœur, mes sens, mon amour pour mon père, la joie que je lui voyais mettre dans son commerce avec tous les gens, l'exercice de sa bonté, la solidité de la vie qu'il organisait pour nous, le spectacle total de sa vie artisanale. L'infinitésimal, le quotidien, l'heure par heure, le minute par minute, le passage fugitif des secondes sur son visage comme des frissons sur l'eau pendant qu'il tirait le ligneul, clouait la trépointe, montait la tige en « première », assemblait, ordonnait, « bâtissait sa cathédrale »; vivait, me faisait vivre, maître absolu de son avenir et du nôtre, nourrissait ses oiseaux en cage ou, assuré d'être d'accord ou en avance avec l'horaire du travail qu'il s'était librement tracé, secouait les rotaillons de son tablier et venait à la fenêtre ouverte imiter le roucoulement des pigeons pour faire descendre du toit les trois colombes apprivoisées qui venaient alors se percher sur son épaule. Qu'un philosophe, qu'un professeur à l'école, qu'une leçon, qu'un ordre, même venant d'un maître vénéré se soient efforcés à ce moment-là de me convaincre de la grandeur de la condition artisanale, vous savez bien qu'ils n'y seraient pas parvenus. Je n'étais totalement convaincu de cette grandeur que parce que je la voyais s'exercer devant moi, dans son infinie diversité, assurant à la fois les besoins de ma vie et le contentement de mes désirs magiques. Je sais que le plus pauvre en cervelle des « estivants » qui traînent leurs savates d'été dans les vallées argileuses de la Drôme s'émerveille de voir fuser la terre d'entre les doigts du potier. Combien en ai-je vu qui, fascinés par la roue et le doigt et le rythme, restaient là à longueur d'après-midi et que le potier devait écarter du bras pour sortir. « C'est fini », dit-il même un soir, non pas pour indiquer que la journée était finie mais que la pièce était finie, comme le dit le vieux Gowwer à la fin du *Périclès* de Shakespeare. « Sur ce, comptant toujours sur votre indulgence, nous vous souhaitons de nouvelles joies. Notre pièce finit là. » Saisis de cette ivresse magique devant le boulanger qui pétrit sa pâte ou qui enfourne les pains avec la longue pelle flexible, devant le tisserand qui nage entre les fils[1], devant le forgeron qui frappe sur les éclairs du fer comme un dieu obstiné, tous les hommes s'arrêtent, se calment, s'apaisent, regardent la plus belle et la plus simple tragédie du monde. Il y a tout de suite le côtoiement de la grandeur, elle n'est plus l'apanage du héros, elle est de plain-pied avec la vie même, ou, mieux encore, restant une vertu héroïque, elle rend magnifiquement lumineux des hommes dont on pouvait penser jusqu'alors qu'ils étaient ordinaires. J'ai parlé dans *Les Vraies Richesses* d'une petite ville qui est toujours restée une petite ville artisanale. Je peux dire son nom, c'est Mens, dans le Trièves. Elle est au milieu d'un admirable pays agricole et montagneux. Ce qui frappe quand on y arrive à la fin d'un après-midi d'automne, c'est la profonde impression de sécurité qu'elle donne à l'homme. J'espère qu'il reste encore un peu de ce que j'appelle l'homme dans celui qui arrive à Mens enfermé dans la boîte d'une automobile moderne. Mais celui qui approche de Mens à pied par Prébois et les gorges noires, ou bien par l'ondulant plateau de Saint-Baudille, comme je l'ai fait cent fois, éprouve, dès qu'il aperçoit le bourg, un extraordinaire senti-

---

1. Le sens qu'a ici ce verbe *nager* est à comprendre en référence à un autre emploi plus explicite p. 69, dans une évocation cette fois des mouvements du cordonnier : « Il s'entoure la manicle du ligneul et il serre en écartant les bras comme s'il nageait. »

ment de quiétude. J'ai quelquefois pensé que cela pourrait venir des formes extérieures que l'agglomération a prises, ou de l'air cossu des maisons, ou des fumées, ou de la gloire des saulaies qui hérissent tout autour de l'or en branche. Mais, précisément, quand j'ai voulu approfondir la logique de ces raisons, je me suis aperçu que la forme du bourg dans les prés n'est pas particulièrement accueillante, que les maisons sont grises et d'ailleurs le spectacle de toutes les gloires, quelles qu'elles soient, prédispose plutôt à l'excitation ou à la stupeur qu'à la paix. Une fois même où les saulaies étaient d'une beauté très extraordinaire, je m'arrêtai sur la hauteur de Plan-chaud tout privé d'autre volonté que de celle de regarder éperdument et pas du tout en paix ; au contraire, profondément bouleversé. Il n'y a donc rien dans le visage de cette petite ville qui soit la cause de cette paix magique qui vous saisit à son approche. C'est dans son âme que cela se trouve. Et d'abord, sitôt qu'on arrive à la croix à partir d'où la route descend, le bruit vous touche de quatre ou cinq marteaux frappant quatre ou cinq enclumes, puis d'autres qui frappent du bois et des chevaux qui hennissent. À mesure qu'on approche, on sent l'odeur de la corne brûlée. Quand on arrive on entend la marée des rabots qui frotte la plage des planches. Quand on entre dans la rue principale on sent l'odeur des copeaux, du cuir, de la laine. La bergerie est entre l'épicerie et le quincaillier ; un peu plus loin on ouvre les deux battants d'une grande porte cochère et quatre vaches sortent pour aller boire. Elles connaissent le chemin de la fontaine. Puis elles reviennent et un petit garçon referme les portes dont une cachait la devanture d'une mercerie et l'autre couvrait le petit débit de tabac. Plus loin, c'est le maréchal-ferrant avec justement l'odeur de corne brûlée qui, aujourd'hui où le temps est calme monte à

travers les saules dorés jusqu'à la croix de la route.
Parfois, si c'est milieu de juin, un homme s'assoit sur
le trottoir devant la pâtisserie : c'est le pâtissier. Il s'est
mis un gros tablier de cuir et à côté de lui il a posé
d'immenses ciseaux à ressort. Tout assis dans la rue
qu'il est, il roucoule comme un pigeon et de la porte à
côté de lui (qui ressemble à la porte de couloir de
toute maison bourgeoise) sortent un à un, puis se
culbutant un peu, des moutons qu'il appelle, qui
viennent. Il en saisit un, le tient entre ses jambes et il
le tond avec ses grands ciseaux pendant que le reste du
petit troupeau bêle dans la rue ou vient lécher les
pantalons de velours des passants, ou piétine sur le
mallonnage[1] du couloir où l'on entend de temps en
temps la voix d'une femme qui gronde. Plus loin c'est
le forgeron, puis un cordonnier, car il y en a six. Celui-
là fait des bottes. Il y en a peut-être encore un autre
dans toute la France qui fait des bottes en cette année
de 1937 à laquelle remontent les souvenirs que j'ai du
petit bourg artisanal (et maintenant, en décembre
1940, il n'y en a plus qui font des bottes — il n'y a plus
qu'un immense besoin de bottes). Il y en avait peut-
être deux dans toute la France à ce moment-là, dis-je,
qui font des bottes mais sûrement il y en avait un :
celui-là dont la boutique est entre la boutique du
marchand drapier et le « Café des Amis ». C'est un
homme dans les cinquante ans, un peu maigre, et qui
doit être assez caustique si j'en juge par « l'impériale[2] »
attardée de sa barbiche grise, l'œil aigu avec lequel il
regarde les passants de la rue tout en façonnant le
talon avec sa râpe qu'il a plantée sur le côté de son

1. Le *mallonnage* est le carrelage de mallons, c'est-à-dire des
carreaux de terre cuite, qui recouvre souvent le sol des intérieurs dans
le Midi de la France.
2. *L'impériale* est une petite touffe de poils qu'on laisse pousser sous
la lèvre inférieure.

crâne chauve. Voilà que les enfants sortent de l'école et une petite fille pousse la porte de la boutique, entre, embrasse le cordonnier et s'en va vers des fonds de maison où la mère doit préparer la tartine ; lui s'est remis la chéchia que l'embrassade a dérangée, il se l'assure de nouveau à la casseur d'assiette et le voilà qui finit de râper son talon de botte paisiblement, en continuant tous ses rêves. Il y a même un cordier. Il y a une matelassière. Il y a un tapissier, trois ébénistes, un potier ; il y a l'introuvable : un relieur ! Avec une petite vitrine qui montre un bradel[1] rouge : *Les Rayons et les Ombres*, de Victor Hugo. Il travaille surtout pour le notaire, me dit-il, et pour la mairie, mais je vois aussi quelques romans de Delly à qui il a fait des reliures rose-bonbon avec le plus grand naturel et il paraît que le « Café du Commerce » (je n'invente rien) lui fait relier chaque année ses numéros de *l'Illustration* et du *Monde Illustré*. Je m'étonne que des numéros de revues illustrées ayant traîné de table en table puissent offrir au bout de l'an une matière encore susceptible de porter une reliure. Il m'assure qu'ils sont très frais. « Cela vient, dit-il, que peu de clients les regardent au fur et à mesure de leur parution. On fait, dit-il, la partie de cartes entre amis. À part quelques jeunes gens toujours pressés, ou des commis-voyageurs, *l'Illustration* reste sur la table où le facteur la dépose. Mais, par contre, où on l'aime bien, c'est en janvier ou février quand je rapporte la collection reliée. C'est l'époque où les jours sont courts. On a le temps de se mettre au courant alors. (Avec un an de retard. Quelle sagesse !) Ils aiment bien, alors, avoir un gros livre relié, me dit-il, car, ne croyez pas qu'ils ne fassent pas attention à mon

1. *Bradel* : volume relié « à la Bradel », c'est-à-dire d'une reliure simple et peu coûteuse.

travail. C'est la première chose qu'ils regardent. Des fois même, pour certains, c'est la seule. S'ils ouvrent le livre, c'est pour voir comment ça tient et d'un à l'autre, parfois, ils critiquent ma colle. » Il reconnaît cependant qu'un relieur c'est rare et que, s'il n'avait que ça, ce serait maigre. Mais il a son jardin, sa chèvre, son poulailler, sa lapinière et il vend un peu de papeterie. Je lui demande si tout ça fait un compte rond. « Plus rond qu'on ne croit, répond-il, car il n'y a pas seulement la commune qui me fait relier ses archives mais celles du canton et même quelques autres des autres cantons, de même que des études qui sont à vingt kilomètres d'ici me demandent de me déplacer. Je ne me déplace pas, dit-il. Et il y a mieux. On m'a même demandé si je voulais enseigner le métier à un jeune homme. Vous pensez bien que j'ai dit oui. J'ai dit oui sauf pour lui enseigner la dorure. Ça, je le garde. C'est un secret de famille. — Vous avez des enfants ? lui dis-je. — Non, mais j'ai un neveu. — Qui connaît le métier ? — Non, il a une métairie du côté de Clelles, mais, ne vous en faites pas, je lui donnerai le secret de la dorure avant de passer l'arme à gauche. Et ça ne fait rien qu'il soit métayer. Vous verrez que ça l'intéressera. Ça ne lui servira pas, mais, ça l'intéressera, j'en suis sûr. On sait ce que c'est qu'un métier par ici, allez. On aime beaucoup ces petits trucs. » Ces petits trucs qui font que je me sens ici dans la paix et dans l'ordre ; fortifié dans la certitude que la vie a sa raison d'être, que je ne suis pas un « hasard », que l'homme est « aussi » une expression normale du monde. Il dit que relieur c'est rare, que je ne suis pas le premier étonné d'en trouver un ici, mais il me dit qu'il y a quelques métiers encore plus rares qui s'exercent par-ci par-là, dans ces rues, dans ces maisons, dans des arrière-boutiques ou à des étages. Il me parla d'un horloger capable de faire une montre en n'importe quoi, même en or, depuis la chaîne jusqu'à l'ancre ; d'un armurier qui habitait rue du Temple au troisième étage qui non seulement faisait des fusils (en tout cas pouvait faire ; il en avait fait un), mais damasquinait les plaques de couche, les cuvettes et les arceaux de détente avec des feuillages de chênes qui sont des merveilles, justes et un peu bleutés ; parce qu'il a une façon particulière de tailler l'acier jusqu'à une certaine profondeur très délicate à atteindre et où il est bleu, d'un bleu de séraphin, semblable à une couleur qu'on ne voit qu'en rêve. Il me parla d'un bourrelier qui était surtout sellier et qui n'avait eu de cesse jusqu'à ce qu'il ait trouvé du côté de Jarline un jeune propriétaire à qui il avait été facile de faire comprendre combien c'est agréable de monter à cheval. À la suite de quoi le bourrelier avait fait une selle magnifique (ne croyez pas que ce soit pour l'argent), il n'a fait payer que le cuir, pas les heures qu'il a passées dessus, sans quoi la selle serait revenue à des prix fous ; imaginez qu'elle est non seulement cloutée en dessins arabes de plus de mille petits clous légers de toutes les couleurs mais que chaque morceau de cuir a été si bien biseauté au tranchet double qu'une fois assemblé avec les autres morceaux il s'y confond ; quoiqu'il s'entrecroise avec le fil, le soyeux, le lustré et le grain de l'autre, son fil, son soyeux, son lustré et son grain. Et tout ça non pas au hasard, mais pour combiner une sorte de figure de lignes entrelacées. Il me parla d'un certain menuisier, un peu paresseux cependant, ajouta-t-il, mais qui a la passion des beaux outils. Chez lui on peut voir les plus beaux alignements de rabots, de varlopes, de bédanes, de scies, d'outils bizarres qui n'ont plus de nom que dans la vieille langue du moyen âge ; tout ça dans un ordre, une propreté, une tenue parfaite, amoureuse. Il a des galbes admirables ; chaque fois qu'il trouve un vieux meuble, il l'étudie, le copie, le dessine, le respecte à la fois et le transforme (c'est-à-dire *l'exprime*) ; non pas qu'il veuille le reproduire ensuite avec adjonction de vieille poussière, de vieilles ferrures et de vieille colle pour le gogo qui cherche l'antiquaille. Il ne le reproduit pas. Il garde ces formes dans la tête ; il y applique longtemps en rêve ses superbes outils. Et quand il s'agit de faire une table à Toinon, pour sa cuisine, oui une table pour sa cuisine, une simple table de bois blanc, parfois, il y coule ces formes royales. Halte, je ne veux pas dire et je ne dis pas que tous ces artisans sont des artistes ; ce sont des artisans. Ce que je dis c'est que, peu ou prou, leur travail est une passion. Pour les meilleurs leur travail est une grande passion avec ses erreurs et ses élans, ses joies, ses peines ; mais c'est toujours la haute chose qui domine leur vie, l'accompagne, la conseille et la sauve comme Virgile au flanc de Dante dans l'enfer.

Maintenant je vois le coiffeur qui, sur ses pantoufles va, quelques mètres plus loin que sa boutique passer un petit moment avec le forgeron. Celui-là ne s'interrompt pas de travailler car il soufflait et touillait les braises quand l'autre est arrivé, et il sort le fer de la forge, et il commence à taper dessus. Le coiffeur regarde. Le marchand drapier est venu aussi et comme il est presque cinq heures dans le crépuscule d'automne, je vois arriver un des professeurs du petit collège avec sa serviette sous le bras. Et lui aussi s'arrête avec les deux autres devant la forge et tous les trois, paisiblement, regardent les étincelles qui jaillissent du fer en deux grandes ailes d'alcyon pendant que le forgeron frappe. Chez le cordonnier à la chéchia rouge, une petite assemblée aussi entoure l'établi et naturellement on parle de choses guère plus relevées que celles dont on parle dans toutes les réunions d'hommes en ces années déjà tristes de 1937, mais surtout on regarde les mains du cordonnier et, de même que chez le forgeron (il ne le fait pas exprès), l'envolement régulier des deux bras qui tirent le ligneul. Le métier est non seulement présent mais dirige ; et voilà que le cordonnier se tait parce qu'il tient entre ses lèvres la soie de porc avec laquelle il va armer le bout d'un nouveau fil poissé. Chez le serrurier il y a également des amateurs pendant qu'il lime à l'étau et, quand il délivre la pièce qu'il limait, qu'il la prend dans sa main, qu'il la soupèse et regarde le travail qu'il a fait pour voir s'il est juste, les autres en même temps l'examinent avec autant d'intérêt et pourraient dire également si c'est juste ou si ça ne l'est pas. Chez le tailleur, chez le relieur de tout à l'heure, chez le menuisier, chez tous les artisans, les assemblées de la petite ville se tiennent près du métier, à cause du métier ; tout le monde l'a dans sa vie comme l'artisan l'a lui-même. C'est de là que se décideront des vocations et des destinées ; pendant que les odeurs du fer, du bois, du cuir, de la laine, et les bruits que font le fer, le bois, le cuir et la laine quand on les travaille, pendant que tout ça va chercher le long des rues tout ce qui, ayant du temps, demande à ce temps des raisons de croire à la vie, à la paix, à la sécurité, à la famille, à l'espérance. Ce qu'ailleurs on demande en vain au théâtre, au cinéma, au livre, à la danse, à la compagnie d'autres hommes sans œuvre et également désespérés. Ici il y a une chose qu'on est obligé de croire même si l'on n'est guère intelligent, et même si on est très intelligent. C'est la grande importance du métier, et combien l'homme devient étrangement lumineux et attachant dès qu'avec ses mains et la science que lui ont transmise des générations mortes il transforme la matière en quelque chose d'utile pour tous. C'est la chose très simple qui se dit d'une façon simple : « Celui-là est un bon ouvrier, il mangera toujours. » Tout se comprend avec facilité ; c'est le contraire qui serait difficile à comprendre et quand on voudra armer le petit garçon pour la vie, on viendra le confier à Jacques, Pierre ou Paul en lui disant : « Dis donc, Jacques, apprends-lui donc ton métier au petit », et pendant un petit quart d'heure on parlera de la bonté et de la méchanceté de ce métier-là et on fera comme on a dit, sans se douter qu'ainsi on construit simplement et naturellement ce que vraiment on peut appeler une grande nation.

Car, cette communauté qui semble être une communauté d'intérêt est en réalité une communauté d'idéal. Sans qu'on s'en doute et sans efforts, par de petits paliers vers lesquels haussent peu à peu les rabots, les marteaux, les alênes, les navettes, les fours et les charrues, les fins de ces vies communes montent vers une grandeur naturelle. Il n'est besoin ni de mystique, ni de mot d'ordre et nul n'est obligé de guider ce qui se guide tout seul vers la forme la plus excellente de la vraie civilisation.

On a beaucoup parlé de culture dans les années d'ébranlements, ces années de 1934 à 1939 désertiques et rases où des vents de plus en plus violents soufflaient dans des espaces chauves. Je ne dis pas que tous ces appels à la culture aient été sincères et que certaines forces mauvaises n'aient hypocritement employé cet énorme désir humain à des fins personnelles et médiocres. Je dis seulement qu'aux approches des monstrueuses catastrophes dont les têtes dépassaient déjà les horizons, ensanglantant le ciel d'atroces aurores, cette hâte naturelle vers la culture indiquait bien qu'elle était, dans l'esprit de tous, le remède par excellence, la sauvegarde et l'espoir (j'emploie le mot culture dans un sens très particulier ; je veux dire : qui, depuis six ans[1] a pu relire les *Géorgiques* ou *Les Travaux et les Jours* sans être comme Adam à la sortie du paradis terrestre : nu, glacé, perdu, jetant des regards fous sur les cendres de sa splendeur ?). La fraîcheur, l'ingénuité, la bonne foi, la paix, tout ce qui permet la joie étaient perdus. Le *professorat* qui avait commandé et dirigé les âmes humaines depuis la fin de la Renaissance, les avait engagées sur de faux chemins avec la terreur de revenir en arrière. Tant de confiance en soi-même tuait à chaque pas le monde naturel. Le devenir humain était représenté comme une ligne droite imperturbablement dardée vers quelque inconnaissable hauteur sans air ni lumière et quiconque prétendait regarder humblement les fleurs de la terre était considéré comme l'assassin des véritables gloires humaines.

Si en effet, dit Socrate, il n'y avait une perpétuelle compensation que se donnent les unes aux autres les choses qui existent comme si elles accomplissaient un parcours circulaire. Si au contraire la génération suivait une ligne droite allant d'un des contraires à celui seulement qui lui fait face, si elle ne se retournait pas ensuite vers l'autre et ne faisait pas le tournant, alors, tu ne l'ignores

1. Les *Géorgiques* de Virgile et *Les Travaux et les Jours* d'Hésiode étaient les deux œuvres auxquelles Giono rendait hommage en en paraphrasant des passages dans les dernières pages des *Vraies Richesses*. Il en fait ici les témoins d'une sorte d'âge d'or de l'humanité et de la littérature, à côté desquels l'homme moderne (et l'écrivain) ne peut, dit-il, que se sentir aussi déchu et démuni qu'Adam chassé du paradis. Nul doute que dans ces années (plus encore sans doute vers 1935 qu'en 1941), Giono ne se donne pour but de renouer avec ces grands devanciers. Il a écrit en 1939 une préface aux *Géorgiques* et, en 1943, il écrira, en préface à une anthologie de Virgile, un texte qui d'ailleurs, tout en faisant l'éloge de son premier inspirateur, préfigure aussi les œuvres que lui-même écrira après-guerre.

pas, toutes choses finiraient par revêtir la même figure, par garder leur même état et leur génération s'arrêterait[1]. »

Or, pour raisonner ingénument sur les choses universelles, il me semblait que le simple bon sens devait éclairer l'erreur que nous faisions en nous obstinant à vouloir pousser le devenir humain sur une ligne droite dans un monde dont les plus récentes découvertes de la science indiquaient bien qu'il ne comptait que des lignes courbes. Le déplacement de la lumière lui-même qui était jusqu'à présent le parangon de la ligne droite ne nous « paraît se faire en ligne droite que parce que nos sens ne peuvent en percevoir qu'une infime partie, le rayon lumineux qui nous paraît irrémédiablement droit quand il passe au joint du volet à travers les poussières d'une chambre obscure est tout simplement le minuscule segment d'une courbe à grand rayon ». Le seul mot d'ordre depuis l'ivresse de la fin du xixᵉ siècle, c'est aller de l'avant. Tout cela est bel et bon quand on sait en premier lieu qu'aller de l'avant c'est retourner en arrière. Et rien n'y fera : ni les malédictions dont vous pourrez m'accabler ni ma mort si vous la désirez parce que la voix de ma vie vous gêne ; vous devez abandonner cette erreur quoiqu'elle soit le plus cher de votre orgueil ; constamment vous retournez en arrière parce que c'est la loi de tout, que vous êtes dans le tout et que vous êtes obligé, avant toute chose, d'obéir à quoi tout obéit. Que penserait-on d'un malade qui répondrait à son médecin : « Vous voulez me guérir ? La santé ? Mais, la santé c'est l'état dans lequel j'étais hier. Vous voulez donc me faire retourner en arrière ? » *Se guérir de la peste n'est pas retourner en*

1. Il s'agit là d'une citation prise dans le *Phédon* de Platon, 72b.

arrière : c'est revenir à la santé. C'est se retirer du mal.
L'intelligence est de se retirer du mal[1].

Ici ils seraient tout étonnés si on leur parlait de ce retour en arrière dont la peur affole et assotte toutes les foules du siècle autour d'eux. Car, ici, il y a eu très peu de changement : juste les changements logiques. Les *directives professorales* n'exercent leurs commandements que sur des plaines. Dès qu'elles ont à lutter contre une force naturelle elles sont confondues au premier contact. Sur tous les navires de l'océan ou de l'esprit, les professeurs ont le mal de mer. Il suffit de trois inopinés jours de chute de neige sur des pays où tout a été construit *professoralement* pour que les trains s'arrêtent et que de tous côtés, dans les îlots humains isolés, la question du ravitaillement se pose. Que la chose se renouvelle et il deviendra clair devant l'intelligence des plus simples qu'il s'agit, si l'on veut vivre, de s'occuper soi-même de sa destinée. Tout ce qui a été conçu et ordonné en bibliothèque et en congrès ne tient pas le coup devant ce qu'on appelle des conditions atmosphériques qui sont simplement la condition du monde.

Ici c'est la montagne et, dès que l'hiver arrive, les chemins sont tous coupés par des congères de trois à quatre mètres de haut. Et cela se produit tous les hivers, alors il a fallu vivre, non pas « malgré », mais « avec ». Cela dure entre quatre et cinq mois ; le reste de l'année c'est sept mois tout au plus et avec une simple organisation de bon sens. C'est devenu une année toute ronde où la vie marche sans à-coups, en plein accord avec la condition du monde. Et cette organisation de bon sens, je peux la voir de mes yeux, et la sentir avec mon âme, ce soir de 1937 dont je me

1. Giono se cite ici lui-même. Ces lignes sont celles qui terminent un essai publié en novembre 1938, la *Lettre aux paysans*.

souviens aujourd'hui en 1940 avec tellement de précision qu'il est tout entier devant moi. Maintenant, de beaux chevaux gris qui se confondaient avec les brouillards du crépuscule rentraient au bourg, traînant des charrues et des herses terreuses. Il n'y avait pas besoin de monter sur les coteaux pour comprendre tout le grand pays. Il suffisait de s'avancer jusqu'à l'embouchure d'une rue, à l'endroit où les dernières maisons touchaient les prés. La terre paysanne commençait là. Je veux dire pour le moins averti, pour celui qui s'imagine encore qu'il y a des paysans et des non-paysans. En réalité les prés, les champs, les bois, les pâtures, les étangs, les sources, les collines, les vallons étaient librement à leur aise dans la petite bourgade et aucun mur ne les empêchait de s'élargir et d'occuper la place éminente où ils sont. Aucune paroi frontale non plus ne contenant des cervelles séparées du monde, mais, dans le menuisier, dans le charron, dans le tisserand, dans tous les artisans du bourg, les champs, les éteules, les labourages se labouraient, se semaient, s'emblavaient, se moissonnaient ; et l'organisation de la vie ne séparait pas les hommes en catégories mais ils étaient tous occupés à vivre sur la terre en une seule communauté. Cependant, ce qui était à proprement parler un champ commençait au ras des murs. Loin devant moi j'entendais le trot d'un cheval et le déhanchement d'une carriole et une ou deux lumières s'éclairèrent à des fermes sur les hauteurs. Le mugissement des vaches traînait dans les chemins creux. Les troupeaux de moutons rentraient aux bergeries ; les cris paisibles des bergers guidaient les bêtes ; les chiens donnaient des coups de voix mais on sentait qu'ils le faisaient non pas pour établir l'ordre d'un troupeau dont les sonnailles allaient dans le bon chemin mais seulement par volupté de la paix et pour le plaisir d'entendre les murs proches de l'étable leur renvoyer l'écho des abois. L'hiver joue déjà la basse continue dans les harpes de bois de fayards. De longs serpents de feuilles sèches grattent de l'écaille le long des sentiers. Des vols de nuages descendent du Nord et la nuit n'est plus que deux ou trois étoiles qui disparaissent puis renaissent pendant qu'on voit alors un peu du vert de la lune jeune huiler les ténèbres comme du petit blé qui rit. La vraie condition humaine roule avec les saisons et les vautrements de la terre sur sa litière d'étoiles commandent plus sûrement à notre corps et à notre âme que les combinaisons de la politique.

On est arrivé à créer des formes modernes de la misère et du désespoir. Chacun possède désormais une sorte d'échiquier spirituel sur lequel sans cesse on joue contre soi-même, à longueur de pensée, enfermé dans des problèmes insolubles. L'homme est affamé de mécanique ; comment n'aurait-il pas bâillé d'extase devant ce génial échiquier qui lui permettait de n'être plus le spectateur de la machine mais, esprit perdu, de devenir lui-même partie intégrante d'une machine. Il lui a semblé que nulle ancienne volupté ne pouvait se comparer à la volupté nouvelle d'être une roue dentée, une bielle, un coussinet ou la bougie du front de laquelle les étincelles jaillissaient. Ainsi ont été créées ces formes modernes de la misère et du désespoir qui ne sont que des robots géants et auxquels il suffirait de ne plus croire pour qu'ils s'écroulent comme de la ferraille inutile. Je sais qu'ils écrasent (j'en sais quelque chose) mais c'est avec précision et en ligne droite ; à un centimètre à côté du passage prévu on peut continuer à vivre (j'en sais également quelque chose). Tous les tortillements auxquels se sont livrées les *intelligences* pour nous faire croire que c'est là la condition humaine ne m'empêcheront pas de dire que j'ai toujours impunément cueilli des pâquerettes dans les pas même du géant. Quand j'ai parlé des « vraies richesses », il n'y a pas eu assez de rires et de « petites bouches ». On ne rit plus maintenant et les bouches sont très grandes. La vraie misère, le vrai désespoir, ceux qui ont commencé à voler sur le monde avant même que la lave refroidie ait pu porter le poids d'un esprit, sont des archanges extraordinaires. Ils n'ont pas de chemin : ce qu'ils écrasent est plus large que tout l'espace couvert par le regard de l'homme de tous côtés. La violence de l'hirondelle est moins habile, moins souple, moins savante que leur incommensurable lenteur. L'ombre de leurs ailes s'installe dans le ciel et il n'y a plus ni temps ni espace. À l'approche de ces deux terribles soldats, l'homme hagard se dresse en renversant l'échiquier où se perdait son esprit, mais il ne reste plus qu'à appeler les dieux. 720 au baromètre et plus de bateaux, plus d'avions, plus de trains, plus d'autos. Toutes les merveilles de la science qui paraissent si robustes ne peuvent fonctionner que si la condition du monde est toujours égale au meilleur d'elle-même. Or, des chiens tirent un traîneau dans des conditions atmosphériques telles qu'une automobile y est un objet comique. Un cheval peut presque toujours aller d'un point à un autre ; un homme le peut toujours avec ses simples forces et son courage. Il lui suffit de n'être pas « moisi ». S'il a gardé sa confiance en lui-même, s'il s'est toujours fait passer, lui premier, avant la machine, s'il n'a pas cru « dur comme fer » à l'aide absolue de l'artifice, et surtout s'il n'a pas joué aux *échecs*, rien ne peut l'empêcher de réussir.

Qui pourrait te faire disparaître de la terre, petit bourg artisanal dont je me souviens ? Je veux dire : qui pourrait te supprimer, te remplacer, te jeter dans un *en arrière* où jamais plus l'homme n'ira ? Guerre, peste, cataclysmes, écroulements de planètes, éclatements de la lune, ou bien les archanges mordorés de foudre : le grand désespoir et la grande misère ? Rien, ni personne du ciel ; car tout et le ciel t'obligent à être ce que tu es, là où tu es. Rasé, et qu'on sème du sel à ta place, tu renaîtras à l'endroit même. Les raisons pour lesquelles tu es né la première fois sont les raisons de la vie ; s'il reste le plus petit embryon de vie humaine tu dois renaître. Comme s'il reste trois abeilles elles commenceront une ruche ; s'il reste trois fourmis elles creuseront des magasins ; s'il reste deux oiseaux ils tresseront un nid ; s'il reste un homme il sera obligé pour vivre d'être paysan ou artisan. Il sera même premièrement l'artisan qui emmanche le fer de la houe, qui dresse la claie des moutons, qui ferme la porte de la caverne où il s'abrite lui et son bétail.

On peut imaginer la catastrophe la plus complète, le rasement de cette ville, le dispersement de ses habitants, l'éparpillement des outils ; que cet endroit devienne comme il était avant l'arrivée des hommes. Si cette catastrophe ne change pas la configuration du pays, s'il reste les mêmes terres, les mêmes hauteurs, les mêmes renversements de vals, les mêmes pentes, la ville artisanale se reconstruira peu à peu exactement au même endroit. Il arrivera d'abord un homme qui voudra vivre et, après quatre ou cinq jours de campement, il trouvera, soit une caverne ouverte, soit un tronc d'arbre creux. À partir de ce moment-là, la petite ville artisanale est inévitable. On peut même dire qu'elle est déjà conçue, qu'elle va se faire, s'organiser, s'ordonner, sans qu'on la voie d'abord, construite pierre à pierre de besoins en besoins. Que l'homme qui vient d'arriver soit ce qu'il veut ; qu'il passe autant de temps qu'il voudra dans cette période de vie chasseresse qui précède tous les établissements ; qu'il y passe toute sa vie même, s'il veut ; qu'il meure s'il veut ; que ses enfants ne soient aussi que des chasseurs s'ils veulent ; qu'ainsi plusieurs générations se succèdent avant que le premier homme se mette à gratter la terre et à semer, cela est de peu d'importance puisque inévitablement l'homme sèmera. L'établissement qui succède alors et qu'on peut tout de suite dire paysan après deux ou trois déconvenues et réussites, c'est la forme du pays qui en décide les assises : si le champ est plat, la ferme est établie dans un endroit *donné* ; si le champ est en pente, s'il est creux, s'il penche à l'Est, à l'Ouest, au Nord ou au Sud, s'il est dominé par le flanc de la montagne, s'il est au bord du ruisseau, si la forêt qui le touche est de fayards ou si elle est de chênes, à chacune de ces variations dont l'essence est d'une subtilité inimaginable, le lieu d'établissement se décide à quelques mètres près. Il est d'avance *donné*. Si le visage du pays est le même que celui que je revois ce soir dans mon souvenir, les fermes se replaceront exactement dans leurs anciennes empreintes. Je peux dire où elles seront : c'est à l'endroit où elles sont maintenant. Rien ne sera changé. Il n'y aura pas besoin d'ordres, comme on dit « venus de haut » (j'entends de ces directions de commissions de l'organisation), les ordres qui dirigent ici viennent de bien plus haut. Qui a voyagé avec amour dans les pays paysans sans voir que la ferme de son époque est installée sur l'emplacement de la ferme du moyen âge ? Et que celle du moyen âge s'est bâtie sur les fondations même de la ferme gallo-romaine. Depuis le moment où cette ferme gallo-romaine abritait ses troupeaux dans ses bergeries de pierres sèches, les lois ont changé plus de dix mille fois ; la monnaie du pays a changé plus de dix mille fois : sous de pierre, bronze, cuivre, d'or, nickel, papier, les empires ont triomphé et sont morts ; l'espoir des hommes a tout promis, le désespoir a tout pris cent et cent millions de fois, régulièrement, comme la succession des jours et des nuits ; on a même changé les dieux mais l'emplacement où doit se trouver la maison de l'homme qui cultive ce champ n'a pas changé ; c'est toujours là qu'elle doit être et c'est là qu'elle est.

Alors, vous voyez tout ; ces fermes qui se reconstruisent au même endroit ; les chemins, à peu de chose près, retrouveront leurs anciennes traces. Qu'on soit sous Thésée, sous César, sous Thémistocle ou sous Pyrrhus, il faut toujours passer à flanc de coteau pour monter à la colline et le sentier qui marche sur les alluvions mous[1] du ruisseau ondulera toujours dans l'oseraie de la même ondulation qu'il a maintenant pour aller des soues à l'abreuvoir en évitant les flaques de boue flasques. César même, s'il venait ici pour ce qu'il appelle une « inspection » par exemple, serait obligé de se soumettre à la loi du chemin. Il n'y a pas deux façons de se déplacer à travers les lois naturelles. Et voilà, après tous les changements, nos fermes installées sans changement dans les emplacements où le veut la logique naturelle, et voilà nos chemins replacés à leur place pendant que les hommes nouveaux retrouvent les besoins et les désirs des hommes disparus, refont les mêmes gestes dans l'ombre des gestes anciens. Quand il sera nécessaire que le bourrelier fournisse les harnais à celui qui travaille avec les chevaux, la bourrellerie se placera d'elle-même à ce croisement de chemin où elle est maintenant parce que c'est l'endroit qui n'est pas loin de toutes ces fermes dispersées, c'est l'endroit où l'artisan peut installer sa famille et son établi parce que c'est là qu'il a le plus de chance de voir arriver facilement les

---

1. Giono emploiera une deuxième fois p. 241, le nom *alluvion* avec un adjectif au masculin, contrairement à l'usage. Il pourrait s'agir d'une particularité linguistique locale.

demandes de travail pour cet établi. C'est là qu'il pourra le mieux nourrir sa famille, c'est là qu'il sera à son aise. Son aise commande qu'il soit là, comme son aise, son goût personnel, son aptitude particulière, l'habileté de ses mains ont commandé qu'il cesse peu à peu d'être paysan et qu'il devienne naturellement le fournisseur de harnais, le travailleur du cuir. Alors, il a d'abord commencé à laisser peu à peu le travail des champs, étant plus attiré par le travail du cuir, et d'abord, il a été tiraillé par les nécessités de sa vie et de la vie de sa famille. Il s'est dit : « Il faudrait que j'aille quand même labourer aujourd'hui, ou semer, ou faucher, ou vendanger pour que nous puissions nous autres aussi manger du pain, de la viande, boire du lait et du vin. » Et naturellement il aime mieux travailler les harnais ; il s'y passionne, il les fait bien, ça lui plaît de les faire ; les harnais qu'il fait vont bien aux chevaux et on aime travailler la terre avec des bêtes qu'il habille avec sa passion. Mais il faut qu'il mange, alors il cultive aussi la terre. Alors on lui dit : « Laisse donc tout ça, Marcel, ou Clodomir, ou tel prénom gallo-romain que vous voudrez, ou tels pré-noms plus anciens encore qui ressemblent, si vous voulez, à un cri de singe, laisse donc tout ça et fais-nous des harnais, ça nous facilite tellement ; nous n'avons plus nous autres à perdre du temps à les faire et à les faire mal parce que ça ne nous plaît pas d'y travailler. Nous aimons mieux labourer, semer, fau-cher, vendanger ; nous te donnerons tout ce qu'il faut pour que toi et ta famille vous mangiez du pain et de la viande et vous buviez du lait et du vin comme nous qui soignons les vaches et les vignes. » Comme c'est ce qu'il désire il accepte ; c'est là que logiquement sa joie de vivre se rencontre avec l'intérêt commun. Le voilà artisan et la bourrellerie s'installe à l'endroit où elle est encore maintenant : à la croisée des chemins d'où il est facile d'aller et de venir à travers tout le dispersement des fermes qui ont été très anciennes, puis gallo-romaines, puis du moyen âge, puis de maintenant, toujours pareilles, toujours au même endroit, pendant que les temples et les églises changeaient de place, que les dieux et les empires, les grands légistes et les grands capitaines croulaient et s'éparpillaient comme de la fleur d'amandier au vent du Nord et devenaient de la poussière et de l'humus dans lesquels humblement, naïvement, mais avec quel imperturbable mépris, eux autres, ils labouraient, et semaient, et laboureront, et sèmeront jusqu'à la consommation des siècles.

Ainsi, à côté du bourrelier viendra s'installer le cordonnier, puis le filateur, puis le tisserand, puis le charron, puis le maçon, le menuisier, puis un beau jour le boulanger et, plus longtemps après, un autre beau jour pour satisfaire à des besoins qu'on portait en soi-même depuis que l'homme a regardé l'aube et la nuit : le poète viendra s'installer.

Je vous entends crier ! Vous avez raison, criez fort ! Lequel de vos poètes peut fournir de la matière artisanale, c'est-à-dire absolument nécessaire à la vie ? Nous sommes en désaccord complet vous et moi sur ce que le mot poète désigne. Je veux dire que peu à peu la communauté exigera que tous ses besoins soient satisfaits sur place. Si tous ses besoins ne sont pas satisfaits, elle portera là un point de désagrégation comme une grosse pierre gélive[1] dans une voûte et au bout de quelques années l'arceau s'éreinte et le mur tombe. Ils ont le cuir, le bois, le fer et, en plus de l'utilité des objets fabriqués par les artisans, leur œil se satisfait des formes qui sont ainsi imposées à la

1. *Pierre gélive* : « pierre qui se délite après avoir subi l'action de la gelée » (Littré).

matière. Il y a le galbe des tables, la selle cloutée de mille clous, des queues d'arondes aux mortaises divines. Toutes ces choses existent; ils savent que Pierre ou Paul emploient du temps, de la fatigue, de l'habileté à les faire : ils les voient se faire sous leurs yeux. Mais l'homme a besoin d'objets invisibles. Pour qu'il puisse supporter le fait que le monde a été créé, il est obligé chaque jour, parfois chaque heure, à tout moment, de refaire en lui-même la création du monde. À tout moment il pense, il transforme, il ajoute, il retranche, il bouleverse, il reconstruit, il crée. Si l'on pouvait faire le compte et le partage de l'emploi du temps pendant toute la vie d'un homme on verrait qu'il a employé presque tout son temps à créer le monde dans ses pensées et si je dis presque c'est par une sorte de scrupule (mal placé d'ailleurs), c'est pour qu'on ne me réponde pas bêtement : « Il a bien passé un peu de temps à forger le fer, à labourer, à bâtir. » Oui, mais si dans le temps même qu'il forgeait, labourait, bâtissait, nous faisons le compte et le partage, nous nous apercevons que de tout ce temps-là il ne cessait pas de penser, de transformer, d'ajouter, de retrancher, de bouleverser, de reconstruire, de créer des choses énormes, un monde, le monde, son monde et que c'est dans ce monde qu'il prenait la qualité (ou le défaut) de son forgement, de son labourage, de son bâtir. Les hommes sont des dieux pauvres. Ils sont arrivés après les richesses. Comme ceux qui sont souvent obligés de *manger par cœur*, ils sont très souvent obligés de *créer par cœur*. Alors, maintenant que le bourrelier et tous les autres, et le boulanger se sont installés, ce qui manque à la communauté, pour qu'elle soit complète, c'est celui qui fournira les matériaux de cette *création par cœur* (de cette création qui doit se faire là où il n'y a plus rien à créer). Il faut un magasin de merveilles. C'est ce que j'appelle un poète.

Tenons-nous-en à la vieille définition si on préfère : « Ce n'est pas de raconter les choses réellement arrivées qui est l'œuvre propre du poète, mais bien de raconter ce qui pourrait arriver... L'historien et le poète se distinguent en ce que l'un raconte les événements qui sont arrivés, l'autre des événements qui pourraient arriver. Ainsi, la poésie est-elle plus philosophique et d'un caractère plus élevé que l'histoire[1]. »

Ici, je pense aux temps modernes que nous venons de vivre et aux temps nouveaux que nous nous efforçons de vouloir vivre. Dans la grande ville où je suis maintenant, il y a sur les bords d'une voie commerçante une colonne grise, effacée par les façades à enseigne, et qui porte le buste d'Homère. Maintenant que le soir est tombé, j'imagine ce million d'âmes de la ville continuant à errer dans l'obscurité, la boue, le désespoir. Elles ont depuis longtemps renoncé à créer par cœur. Elles n'ont plus à leur disposition ni couleur ni musique, ni maître mot. On ne leur en fournit pas. Le poète manque à la communauté. Et elle habite dans une terrible houillère sombre, au milieu de forêts pétrifiées que la moindre étincelle dévore en d'immenses incendies sans flamme ni clarté. Pour échapper à cet étouffement souterrain aujourd'hui, j'ai dû me réfugier ici (cela n'est pas valable pour tout le monde) pour me créer par cœur des raisons d'espérance. Voilà vingt ans tout à l'heure que je m'échappe constamment du monde moderne ; mille fois j'ai été recouvert par les cavernes de l'enfer, happé par des gueules de granit qui m'avalaient jusque dans le fond nauséeux des abîmes. Mille fois j'ai « remonté longtemps, lui premier, moi second,

1. Citation de la *Poétique* d'Aristote, 1451 a et b.

jusqu'à ce que j'aperçoive de nouveau là-haut dans le rond du puits toutes les belles choses que porte le ciel[1] ». Et mille fois je me suis échappé *pour revoir les étoiles*. Mais, *lui premier et moi second*, car, sans le secours du poète, on ne peut pas connaître le chemin qui délivre des enlacements de l'enfer.

Bénis les temps qui ont contenu Mozart ! Même pour les hommes qui ne le connaissaient pas ; ils devaient avoir autre chose à respirer que ce que nous respirons puisque l'air de cette époque était capable de contenir Mozart. Autour de la route terrestre sur laquelle le météore de musique se déplaçait devaient se répandre des sortes d'essences, des ondes comme en ébranle le doigt du vent sur l'eau. Peut-on seulement imaginer combien d'âmes ont été réjouies d'un parfum, d'un frisson, d'un lointain claquement d'ailes qui venaient du kursaal[2] de quelque ville au nom imprononçable perdue au milieu des forêts, des montagnes, des torrents, des archevêques, des ducs et des princes, dans l'extraordinaire largeur d'un pays sans chemin de fer, ni autos, ni autobus, ni ballons, ni aéroplanes. Le transport de la joie, si on le confie au messager naturel, c'est une foudre qui le fait et tout le monde, au même moment frappé, chante hosanna. Dans tous les plus petits coins perdus, dans les fermes, les hameaux, les villages, les villes, le long des routes, au coin des bois, sur les jetées des ports de mer, dans les chalets des pâturages tout était perceptible. Je ne veux pas dire que tous les hommes connaissaient Mozart (je ne suis pas si bête) ni qu'ils avaient tous plus ou moins dans la tête un air ou même une note de Mozart et que c'était là leur

---

1. Citation de *La Divine Comédie* de Dante (« L'Enfer », chant XXXIV, v.136-139). La traduction est adaptée par Giono.
2. *Kursaal* : mot d'origine allemande désignant un casino ou une salle de musique.

joie. Elle aurait été alors bien fragile (vous voyez comme la joie est énorme, le génie même extraordinaire ne peut pas la porter). Je veux précisément parler du contraire ; c'est-à-dire qu'on ne peut pas écrire l'ouverture de *La Flûte enchantée*, le *perpetuo nobile e gracioso* de *Don Juan*, la *Symphonie Jupiter*, *Les Petits Riens*, la chevauchée céleste des battements de cœur, l'éloignement forestier des cors, l'aristocratie cocasse des bassons, dans des conditions de vie où ne se trouvent pas les raisons de les écrire ; dans des conditions de vie où ne se trouve pas, dans tous les esprits, la possibilité d'être en communion passionnée avec cette écriture. Qu'il soit à Londres dans le galetas de Jean-Chrétien Bach ou qu'il fasse le voyage à Prague ; devant la gouvernante anglaise qui lui apporte des sucres d'orge ou devant le cocher qui vient d'éreinter son carrosse au coin d'un parc, Monsieur Mozart sait (je veux dire connaît par son âme) que les gloires spirituelles qu'il exprime sont valables en même temps pour l'auditoire de ses cassations[1], et pour la vieille femme anglaise, et pour le postillon tchèque.

Cette universalité du génie, il ne suffit pas de dire qu'elle est justement sa qualité propre, il faut aussi que les conditions de la vie la permettent. Le génie n'est pas celui qui exprime des choses universelles mais plutôt celui qui, s'exprimant, devient universel. Or, l'homme est fait de la matière de son époque, et le génie mille fois plus que l'homme. Et, puisque je suis bien à mon aise dans le fauteuil de cuir du café, je peux me servir de moi-même comme je l'entends, j'entre à l'époque de Mozart, et non seulement je regarde cette époque comme un homme à pied sur quelque chemin, c'est-à-dire à hauteur d'homme, mais

1. *Cassation* : terme technique désignant une suite de petits morceaux de musique.

44

me servant des éléments que me fournit l'œuvre d'un homme, je m'élève très haut dans l'air. Je me cloue dans quelque hauteur du ciel. Je reste là planté comme un Icare qui a réussi et je regarde le plan cavalier de l'époque. Je vois les grandes étendues de la France, les grandes étendues de l'Allemagne, les grandes étendues de l'Autriche, les grandes étendues de l'Italie, et loin dans l'Ouest, au-dessus des brouillards de la mer des mirages, le palais montagneux de l'Angleterre. Alors, j'ai beau faire le compte du génie, suivant nos procédés habituels qui, dans les choses les plus simples, au lieu de la simplicité, préfèrent trouver l'opération du Saint-Esprit, je suis obligé de dire, malgré tout, que les seize notes de l'appel des cors de la *Symphonie concertante*, le radieux soulèvement des violons, le piétinement sourd des contrebasses en marche et la ruche de séraphins étaient dans ces grandes étendues en même temps que Mozart. Il exprimait son monde à l'aide du monde qui existait.

Et, sans calcul, à mesure que je pense au travail de Mozart, je pense au travail de tous les artisans de la bourgade et je trouve entre ces deux façons de travailler un accord admirable. Je n'ai pas du tout la sensation de commettre une irrévérence en ajustant dans leur essence et leur nécessité l'emploi des forces de l'un et l'emploi des forces des autres. Je trouve qu'il a le même départ et le même aboutissement et je dis aussi qu'il a la même grandeur générale. C'est dans l'un et dans l'autre cas l'utilisation de la vie la plus logique et la plus noble. Elle est individuelle sans égoïsme et commune sans avilissement. Et, dans la détermination qui pousse l'artisan et (je ne dirai pas l'artiste) le poète à employer leur force dans un sens donné, il y a (et il n'y a que cela) l'obéissance aux lois naturelles. Rien de faussement divin. Cela ne part pas d'une invention humaine pour une aventure irréfléchie, c'est le départ pour l'aventure universelle, comme la lance de l'arbre hors de la graine et l'éclatement du frai de poisson. Il n'est besoin d'aucun commandement préétabli, d'aucune hiérarchie dirigeante, ni d'un plan dicté même par le plus excellent des dictateurs pour que les efforts de chacun s'organisent en vue du bonheur commun. Cela se fait naturellement. Il n'est pas besoin que le cœur, l'âme des hommes soit bouleversé : le cœur ordinaire, l'âme ordinaire suffisent. Toutes les variétés de défauts ne font pas varier l'effet naturel de ces forces. L'égoïste travaille pour tous, le misanthrope est obligé de faire comme s'il aimait et, dans le résultat du travail général qui est d'apporter à la communauté humaine la matière du monde transformée, le méchant ne gêne pas et le bon n'a pas plus d'importance. La liberté individuelle qu'on est obligé d'abolir quand les lois qui veulent le bien de la communauté sont d'origine humaine, on la garde, on l'élargit même, on en fait la raison de vivre quand les lois qui veulent le bien de la communauté sont d'origine naturelle.

Je ne veux pas discuter avec moi-même les mérites et les démérites respectifs des ordres intelligents qui agglomèrent les hommes en divers systèmes politiques. Ce que je pense ici n'est que l'emploi d'un temps vide, d'une vacuité à quoi le spectacle de mon époque désespérée me contraint, ce soir, pendant que la nuit s'empare de l'affreuse ville, hantée comme la tombe d'une humanité qui a mal employé sa vie. Je me place beaucoup plus haut que l'endroit d'où l'on peut faire des critiques. D'ailleurs, de ce qui existe aujourd'hui, je ne sais pas ce qui vaut mieux ; et je le dis. Je ne suis pas un économiste distingué ni un politique ; je ne suis qu'un poète ; et surtout un poète pour moi-même. De l'endroit où je me place je ne vois plus : je ne peux que prévoir.

46

Je n'imagine d'aucune manière que nous allons arriver dans une époque de paix, de sagesse et de calme. Tout au moins, j'ai la certitude absolue que, pour si magnifique qu'il soit, pour si puissant qu'il soit, pour si séduisant qu'il soit, aucun chef ne créera l'âge d'or. On a l'habitude de se représenter les puissants de ce monde dans les attitudes de leur puissance et de leur triomphe. Il n'y a pas de cheval blanc sur lequel on ne les juche ; il n'y a pas de litières d'ennemis sur lesquelles on ne les fasse piétiner avec aisance ; il n'y a pas de foudres dont on ne remplisse leurs deux mains. On ne pense jamais que ce sont simplement des hommes comme vous et moi. L'humanité, en tant qu'organisation raisonnable, a perdu son esprit le jour où le premier historien s'est mis à écrire l'histoire ; mais elle est devenue tout à fait folle le jour où elle s'est mise à *apprendre* l'histoire ; où, dans son désir d'éternité et parce qu'elle avait perdu la force de trouver l'éternité dans le présent, elle a fait du présent le mélange d'un passé historique et d'un futur divin. L'histoire, c'est très exactement la collection complète de *Paris-soir*. Je vois le journal, là sur la table à côté de la mienne. Il contient le récit parfaitement subjectif des faits de la journée. Dix numéros successifs donneront l'histoire de dix jours. Cent ans de numéros successifs donneront l'histoire de cent ans. Vous me direz que dans le journal il n'y a pas tout : c'est évident ; qu'il y a des... erreurs : c'est évident ; que le récit des faits (je viens de le dire) est parfaitement subjectif : c'est évident. C'est exactement l'histoire. C'est tellement l'histoire que si dans vingt mille ans on pouvait trouver la collection complète de *Paris-soir* de maintenant, y compris ce numéro de journal qui est là sur la table à côté de moi, on appellerait ça *un extraordinaire document historique*. Et je comprends bien que dans vingt mille ans ou dans moins on lise avec *curiosité*, c'est-à-dire par besoin poétique, ce document ; mais qu'on tire de ces récits erronés, incomplets et subjectifs, des *directions d'âmes*, je ne le comprends pas. Je ne comprends pas par exemple qu'en 2040 on puisse obliger les enfants à apprendre par cœur des passages de *Paris-soir* et je suis absolument convaincu que si on le fait on n'ajoutera rien à la grandeur humaine. J'ai plus de respect pour les nations que les nationaux eux-mêmes et je ne crois pas que ce soit avec ça qu'elles sont faites.

Les hommes dont les noms sont marqués sur le *Paris-soir* de ce soir ont exactement les mêmes frontières que moi ; je veux dire qu'au-delà de la limite de leur peau, ce qui existe ne s'appelle plus de leur nom. Ils ont peut-être actuellement des raisons historiques de ne pas croire à l'absolue solitude où je dis qu'ils sont, mais il suffit d'un cancer ou d'un simple ulcère à l'estomac pour que la douleur physique les enferme très exactement dans les limites de leur peau. À ce moment-là c'est lui qui souffre ; pas moi ; pas la nation ; pas le monde. Au moment même où il hurle, des bergers mangent des pluviers rôtis et une chaudronnée de lièvre, dans l'automne, sous les fayards de la montagne. Et ça, c'est de l'histoire, aussi, simplement humaine. Nos comptes avec la mort se règlent à corps présent.

Il y a un livre qui est toujours ouvert sur ma table ; et d'ailleurs, quand je pars je l'emporte chaque fois avec moi, et maintenant je l'ai là, dans la poche de ma veste. Si je ne me suis pas mis à le lire, c'est que je n'aime pas les attitudes méprisantes. Lire ici, dans cette ville, au milieu du volètement de suie de toutes ces âmes effarées, c'est vraiment une attitude, totalement dépourvue de pitié. J'aime mieux rester avec l'air de ne rien faire, l'œil perdu et certainement la bouche triste en gueule de brochet, pas très différent des autres. Mais le livre est dans ma poche. C'est *Don Quichotte*.

Certes, s'il s'agissait d'être fou avec générosité et grandeur, je ne veux pas me faire meilleur que je ne suis, mais il y a neuf chances sur dix pour que moi aussi je prenne d'emblée le plat à barbe pour un casque. Le désespoir de la recherche de la justice est tonique. Mais, là-dehors, ils ne sont des Quichotte que par le mauvais côté. Quand la queste du Saint-Graal c'est *Paris-soir*, quoi faire?

Oui, quoi faire si le sens de la mort vous saisit? Sinon sauter sur ses pieds, tirer son épée à côté de la table où s'est répandu le jeu de cartes qu'on tripotait[1]. Par terre sont tombés le baquet aux jambons et la boîte de jacquet, et des cliquètements qu'on entend un peu de partout viennent de quoi?

De la guitare, des pions, des pièces du jeu d'échecs? On dirait des entrechoquements d'os.

Écouter haletant!

Et comme, quand on écoute en retenant son souffle, on regarde lentement de tous côtés, voir soudain une femme au hennin blond, aux tendres yeux, saisie par des doigts de squelette, saisie aux hanches, autour de sa taille, sur son doux ventre par des mains d'os; et, muette, elle se renverse blanche comme de l'herbe glacée. Et, tout de suite, comme par une volte qu'on fait quelquefois, par exemple dans une polka de famille, à côté d'elle surgit la mort.

C'est le squelette. Il est beau: pas de ventre, un os, pas de cœur, un os, pas de tête, un os.

Ce qu'il y a d'admirable dans ce *Triomphe de la mort*

1. Avec cette phrase commence une évocation du tableau de Breughel, « Le Triomphe de la mort » (Madrid, Musée du Prado) qui se poursuit jusqu'à la page 51 (« Les eaux sont gonflées de cadavres », etc.). Presque tous les détails mentionnés se retrouvent dans le tableau.

de Breughel, c'est qu'étant de la peinture, tous les gestes sont arrêtés. L'homme a tiré à demi son épée du fourreau ; jamais, elle n'en sortira ; la peur enflamme ses cheveux ; ils ne s'éteindront plus. Il est béant ; il ne fermera plus de bouche.

L'horreur qui est devant lui n'est pas une horreur qui passe, c'est une horreur qui dure.

Tout est rouge vin, noir verdâtre et du brun des labours en dégel. Toutes ces couleurs sont les couleurs de l'intérieur d'un homme ; des couleurs d'étal, de viande bouchère, de foie, de faux-filet et de bifteck. Mais en même temps apparaît la panique intérieure de l'âme. L'horrible n'est pas la mort. L'homme qui est en train de tirer son épée savait bien que la femme aux yeux tendres devait mourir. L'horrible c'est le triomphe de la mort. C'est l'entrée majestueuse de ces millions de squelettes et subitement la certitude que désormais le combat de la vie ne pourra plus se prolonger. Déjà même ce n'est plus un combat : c'est une moisson de foin mou. Voilà l'humanité fauchée et jetée cul par-dessus tête. Il ne reste plus que deux ou trois soldats de la vie qui essaient encore de lutter ; mais on peut très bien prévoir ce qui va leur arriver : vingt javelots plus secs que vingt rayons de soleil vont entrer dans leur poitrine. Tandis que l'armée des squelettes ne bouge même pas encore ; elle est rangée derrière d'énormes boucliers de croisés ; la multitude des crânes est comme l'étendue des galets de l'océan. Rien n'est commencé encore et la bataille est depuis longtemps perdue pour les hommes. Il y a à peine dix squelettes qui se battent et la déroute fait ruisseler des fourmilières de fuyards dans tous les plis de la terre. Comme on ne peut pas tout tuer sur place on les pousse vivants dans une énorme souricière. Le roi agonise. Un squelette de cardinal ramasse un corps de cardinal comme un paquet de linge sale qu'il va porter à la lessive. Et la marque la plus éloquente du triomphe de la mort est le grand corps d'une paysanne abattue, ventre, poitrine et visage contre terre ; dans un de ses bras elle serre encore sa quenouille, dans l'autre elle tient encore son enfant au maillot et un squelette de chien gobe la cervelle de l'enfant comme une glaire d'œuf. Loin, vers la mer qui fume de naufrages, de l'incendie des flottes, de l'incendie des rivages, sur une pauvre petite éminence rase, un piège en forme d'église de campagne tient entre les murs de sa cour une foule désarmée et résignée dans laquelle les squelettes frappent paisiblement comme le boucher à l'abattoir. Tous les arbres sont des potences ou des roues de supplices. Les eaux sont gonflées de cadavres.

Je me souviens parfaitement bien de ce Breughel, c'est vraiment le triomphe de la mort, un tel triomphe qu'à côté de la fanfare des trompettes sur l'autre bord du tableau par rapport à l'homme effaré qui essaie vainement de sortir son épée du fourreau, un squelette est assis dans l'attitude d'un homme qui pense. Il a allongé négligemment sa jambe droite, replié sa jambe gauche, puis son coude sur son genou, appuyé son crâne dans sa main d'os. Il se repose et il réfléchit. La mort même est fatiguée ; la mort même est obligée de se demander ce qu'elle va faire maintenant. Jusqu'à présent elle savait quoi faire, d'instinct de mort, sans réfléchir. Regardez le squelette qui lutte avec le reître, regardez celui qui ramasse le cardinal en linge sale, celui qui joue avec l'or du roi, celui qui sait qu'on doit saisir la femme par le ventre, celui qui porte l'homme éventré jusqu'au menton comme un porc, celui qui fauche, celui qui galope, celui qui rit, celui qui joue du tambour sur des timbales comme sur deux tempes : ils savent tous ce qu'il faut faire. Penchez-vous sur l'horrible mêlée dans laquelle piétine le grand cheval maigre, vous verrez comme la mort prend là-dedans toutes sortes d'initiatives victorieuses et sans avoir besoin de réfléchir. Maintenant, elle est obligée de réfléchir. Son triomphe est tel qu'il faut qu'elle en raisonne avec elle-même. À l'horreur de la main d'os serrant le javelot et du bras d'os brandissant le javelot va succéder l'horreur du crâne d'os, sans cervelle et qui pense. C'est la déroute de tout ce qui essayait de faire quelque chose avec de la chair. La mort maintenant va tout faire avec du néant et du vide.

Ce squelette paisiblement assis et réfléchissant avec son crâne vide est plus terrible que tout le massacre. Il construit les temps qui vont suivre. L'âge de la terre — cet âge qui s'appelait comment avant la déroute ? De fer ? D'airain ? De bronze ? — va s'appeler l'âge de mort. Les corps qui jusqu'à maintenant ne s'interrompaient pas de périr vont désormais s'interrompre. Ils ne cessaient pas de périr et, par conséquent, ils ne cessaient pas de vivre. Il n'y avait par conséquent jusqu'à présent que la vie ; il ne va plus y avoir que la mort ininterrompue, la mort réfléchissant à sa continuité la construit, le muscle est vaincu par l'os du bras et l'esprit par l'os du crâne. C'est maintenant que le devenir des choses ne retourne jamais plus en arrière ; il va marcher en avant en ligne imperceptiblement droite.

Si le progrès est une marche en avant, le progrès est le triomphe de la mort. Car, s'il est une marche en avant, il faut alors rechercher l'excellence de la marche en avant et cette excellence ne sera incontestablement obtenue que dans l'obligation pour chaque homme de marcher en avant lui-même à chaque instant. C'est somme toute la même chose qu'on s'efforce d'obtenir des recrues quand on les apprend à marcher au pas et enfin l'armée se soulève tout entière d'un même pas monstrueux. Or, marcher en avant individuellement à chaque instant, c'est plus que mourir : c'est être mort. Car, l'opération qui s'appelle vivre est au contraire un obligatoire retour en arrière de chaque instant. En effet, vivre, c'est connaître le monde, c'est-à-dire se souvenir. Or, pour connaître, l'âme est obligée de retourner en arrière à chaque instant à une réalité essentielle qui lui sert de terme de comparaison avec la réalité du monde. Par exemple, comment pourrai-je faire comprendre à un aveugle de naissance qu'une chose est bleue ? Il n'en a pas la mémoire. Je peux lui faire apprendre avec les mains qu'une chose est ronde et, quand je lui dirai ensuite qu'une autre chose est ronde il se souviendra et comprendra sa réalité. Au sujet de la chose ronde, la simple permission qu'il a de retourner ainsi en arrière lui fait pénétrer la réalité du monde jusque dans ses subtilités les plus profondes. Il pourra comprendre ce qu'est une surface, un rayon, un diamètre, un volume, un calcul géométrique. La simple permission qu'il a de retourner en arrière le rend extraordinairement brûlant et il pénètre aussitôt dans la matière du monde comme une étincelle dans de la neige. Mais si je lui dis qu'une chose est bleue il ne peut pas retourner en arrière, il ne peut pas la comprendre (la prendre avec *l'en arrière*), la comparer, la connaître, ni que le bleu et le jaune font du vert, ni que le bleu chante sur du vert. Et tandis qu'il est extraordinairement vivant pour l'harmonie géométrique, il est mort pour l'harmonie des couleurs. Il ne meurt pas pour cette harmonie, ce qui reviendrait à dire qu'il a été d'abord vivant (qu'il ne l'est pas de naissance) il est mort pour cette harmonie ; à cet endroit-là la mort triomphe. Et malgré tout, si je m'obstine à lui parler de la chose bleue, l'occupation dans laquelle je mets ainsi son âme, puisqu'elle ne peut pas retourner en arrière, je suis autorisé à penser que c'est une marche en avant. En effet, s'il me répond sur la chose bleue, pendant que moi je resterai à piétiner sur place, attaché à la réalité du bleu, par la constante remémoration de mon âme, il s'en ira, lui, en dehors de cette réalité, sans qu'il soit jamais possible de dire qu'il s'en rapproche de quelque façon que ce soit, ce qui est précisément le propre d'une marche en avant. Il est à cet endroit-là exactement comme la mort qui réfléchit à sa continuité; et la construit. Mais, ce n'est pas encore un marcheur en avant complet. Au sujet de la chose ronde, puisqu'il lui est permis de retourner en arrière, il vit à cet endroit-là autant que moi, c'est-à-dire il reste attaché à la réalité du rond par la constante remémoration de son âme. De même il vit, c'est-à-dire il reste attaché à la réalité du monde, par tous les endroits où son âme, de mémoire naturelle, peut retourner à des termes de comparaison, par exemple s'il aime, s'il accomplit les actes de généra-tion, s'il jouit, s'il souffre. Il est un marcheur en avant parfait dans le sens de la chose bleue, car pour le bleu il est parfaitement mort; mais dans le sens de tout le reste où il est encore vivant, il est, par le fait même de cette vie, attaché aux réalités essentielles auxquelles son âme fait de perpétuels retours en arrière. Une mort dans un sens donné, pour si parfaite qu'elle soit, n'en fait donc pas ce marcheur en avant total néces-saire à cette magnifique marche en avant totale qui est, disions-nous, le progrès. Ce qu'on peut lui repro-cher, en disant qu'il n'est pas encore le marcheur en avant idéal dont l'armée se soulèvera d'un même pas dans une marche qui ne la rapprochera jamais plus de quoi que ce soit d'en arrière, c'est qu'il n'est qu'aveu-gle de naissance. Son aveuglement *de naissance* lui permet de marcher en avant seulement au sujet de la lumière (car, par bleu, j'entends dire maintenant lumière puisque ce qui est valable pour la couleur bleue, en ce qui le concerne, est valable pour toutes les couleurs et toutes les combinaisons de couleurs), puisqu'au sujet seulement de la lumière son âme sans mémoire ne peut retourner en arrière ni faire le moindre mouvement qui puisse le rapprocher de l'en arrière. Pour qu'il soit le marcheur en avant idéal, il faut que son âme n'ait pour rien la possibilité de retourner en arrière ; c'est-à-dire qu'il lui soit impossible de retourner à une quelconque réalité essentielle ; c'est-à-dire qu'elle n'ait mémoire de rien. Et, comme quand il s'agit de la lumière si l'âme n'a mémoire de rien cela s'appelle être aveugle *de naissance* ; quand il s'agit de l'ensemble de toutes les réalités essentielles, si l'âme n'a mémoire de rien, cela s'appelle être mort *de naissance*. C'est l'état du marcheur en avant idéal. Et si le progrès est une marche en avant, c'est le triomphe de la mort.

Mais nous naissons vivants.

Rien ne peut prévaloir contre cette vie qui précède l'instant de naissance. Elle nous charge de tant d'immenses souvenirs que, nu, encore sanglant de l'orage maternel, encore étouffé du pantèlement de cette plage où se départage le combat des abîmes et de la terre, à l'instant même où nous sommes déposés par l'écume sur le seuil du porche, une connaissance extraordinairement précise et puissante nous attache avant toute chose aux réalités essentielles. Je veux me faire le plus humble possible vis-à-vis de ce grand triomphe de la mort qui me remplissait à l'instant de son ciel lie-de-vin, de sa terre verdâtre et de ses os blancs. Je ne veux pas tirer l'épée et me mettre à frapper comme un forgeron dans la mêlée. Il faut très peu pour renverser ce triomphe : une main nue, la main d'un enfant, d'un enfant d'une heure, oh ! même pas : à l'instant où il vient de glisser hors de l'écume, ayant encore sa forme de poisson, de l'abîme. Il déplie ses bras, il ouvre sa main. Cette main ouverte c'est la plus terrible ennemie de la marche en avant, de votre progrès si votre progrès est la marche en avant. À mesure que je réfléchis en partant de cette petite main-là, j'entends tout le triomphe de la vie. Car, elle est ouverte, toute rouge encore de saumure ; elle est au monde depuis quelques secondes et, si je mets mon doigt dans cette main, elle se referme sur mon doigt et elle le serre ; au monde depuis quelques secondes, mais déjà une mémoire plus vieille que tout l'univers. Elle est dans le monde depuis une seconde, mais elle a déjà une mémoire en arrière de son existence d'une seconde et, se souvenant, elle accomplit son premier geste. Et quand cette main a serré mon doigt j'ai dit : cet enfant vit. En effet, cette extraordinaire mémoire de l'abîme que l'enfant a emporté au-delà du porche, c'est la vie. Si à ce moment-là il ne *se souvenait de rien*, la main ne se refermerait pas sur mon doigt ; le poumon n'aurait pas aspiré le premier air ni le cœur commencé ce formidable geste originel qui l'a serré sur lui-même, puis il se desserre et c'est ce qu'on appelle battre et maintenant il va battre des millions de fois. S'il ne se souvenait de rien, il serait mort. Mais cette mort ne serait pas un triomphe ; cela voudrait seulement indiquer qu'il n'a pas réussi à passer le porche. La mort, à cet endroit-là, n'est pas une chose triomphante, c'est-à-dire qui construit sa continuité. Elle est, au contraire, cette compagne naturelle de la vie, cet anneau de l'enchaînement des contraires, ce point de retour d'où la génération s'élance de réalité en réalité comme l'oiseau qui saute sur une branche à ma gauche, puis sur une branche à ma droite à travers l'arbre, et ainsi, de retour en retour atteint enfin l'espace libre où il s'envole. Et si cette main ne se refermait pas sur mon doigt, étant morte, ne se souvenant de rien, cela voudrait simplement dire qu'elle est morte, elle seule ; mais cela ne voudrait pas dire que toute la vie a disparu de la terre, que la mort est triomphante car, en ce même instant, sur tout l'ensemble de la terre, à la seconde précise, des millions de mains d'enfants naissant à la seconde précise, attachées à des âmes se souvenant de tout, vivraient.

Et je m'attache pendant un petit moment à me représenter toutes les naissances de chaque seconde sur la terre. À l'instant précis où je compte un, puis deux, puis trois, comptant ainsi les secondes ou les battements de mon propre cœur, des milliers d'enfants de toutes les couleurs naissent sur toute l'étendue de la terre, dans les villes, les villages, les fermes, les forêts, les huttes de glace du cercle polaire, les huttes de paille de l'équateur, partout, même en pleine mer, même sous les bombes, je les vois naître comme la frange d'écume dont le halètement de l'abîme vient blanchir le seuil du porche. Sans cesse ; sans répit. Et mon cœur pourrait s'arrêter de battre et les secondes cesser d'exister pour moi mais il y a dans le temps d'inépuisables provisions de secondes qui ne cesseront jamais d'exister et à chacune d'elles le débordement des gouffres s'avance sur les plages de la terre et les couvre de naissances vivantes. Mon cœur peut s'arrêter de battre et cesser de marquer en moi-même les mouvements océaniens de l'arrivée de la vie, la vie ne cesse pas d'arriver sur les confins de la plage où elle devient pour nous sensuellement perceptible, et ma mort n'est que l'enchaînement logique des contraires, l'enrichissement des abîmes où le gonflement perpétuel s'émeut. Et, le triomphe auquel j'assiste maintenant en moi-même, ce soir, comptant un, puis deux, et trois, et peu à peu l'un après l'autre des chiffres qui me portent de dizaines en dizaines, puis de centaines en centaines, vers des mille, et des millions et des milliards de secondes et sans fin, me dépassant et me retrouvant vers tant de milliards et de milliards que les chiffres n'ont plus de nom, sans que je puisse jamais imaginer une fin quelconque à cette succession des secondes du temps : c'est le triomphe de la vie, à mesure que je vois continuellement attachées aux secondes déferler des vagues de chair incessamment naissantes sous le porche où notre connaissance des choses finit. Car, à peine déposée aux confins où notre connaissance des choses commence, cette chair est déjà pleine de souvenirs ; déjà elle peut aller en arrière d'elle-même, se souvenir de la réalité essentielle qui lui permet, dès que je mets mon doigt dans cette petite main neuve, de serrer mon doigt ; or, en arrière d'elle-même c'est l'abîme ; et la mémoire de cette âme neuve qui, tout de suite, dès le seuil retourne trouver dans l'abîme une réalité essentielle qui détermine l'action de cette chair neuve, c'est la vie. Et alors, je vois toute la magie de son triomphe car, dans les gouffres même où plus rien ne peut la porter, elle a donc entrecroisé tout un embranchement de rayons et de reflets sur lequel elle peut encore reposer sa réalité essentielle. Et le porche même qui est la frontière matérielle où ma connaissance s'arrête, je le vois se fondre, s'effondrer comme le porche de sable d'une falaise sous le déferlement d'une vie qui n'est plus seulement cette frange écumeuse de chair vivante mais l'immense océan de la mémoire de l'âme. Tous ces enfants qui naissent de seconde en seconde, quand, malgré l'éternité de la succession des secondes, il me restait l'épouvante qu'un souffle de l'air pouvait emporter leur fragilité d'écume et l'éteindre, je les vois maintenant solidement appartenir au corps de la vague, elle-même s'enraciner dans tout le mouvement océanien de l'abîme. Et tous les espaces à perte de vol d'alcyon ou d'archanges, je les vois occupés du halètement de la vie. Cette écume qui glissait renouvelée de seconde en seconde jusqu'à la portée de mes sens, elle n'est pas le commencement de la vie mais la continuation ; car, de même que la fleur qui couronne les abîmes de la mer se défleurit après son frissonnement, redevient de l'eau, glisse dans la vague, sur le chemin de ses racines et, emportée de mouvements monstrueux s'enfonce dans la profondeur des gouffres, les parcourt, les habite, en fait la matière, les ténèbres, le poids, et enfin compose, puis détermine la force qui la repousse refleurie vers les couronnements lumineux, la vie occupe seule tous les espaces du temps. Pour si profonds qu'en soient les gouffres, pour si musculeux qu'en soient les spasmes et mystérieuses les ténèbres, et aveuglantes les phosphorescences, et divines les richesses inimaginables, l'enfant dont nous disons qu'il vit depuis une seconde à peine en émerge sans départ. Pour si éloigné qu'il semble être de la splendide immobilité de plomb noir des abîmes, c'est là qu'il est enraciné par le cheminement de la mémoire de son âme et il n'est pas une huile de fleuve sous-marin, un glauque battement de ressac profond, un enlacement de tourbillon qui soit séparé de lui.

Ainsi sur les plages de la terre où, il y a quarante-six ans, j'ai été déposé dans les mêmes conditions tandis que de seconde en seconde se déposent sans arrêt des tonnes de chair vivante, toute la richesse de l'abîme arrive dans la charge des souvenirs. Elle n'est plus un triomphe statique que je puisse comparer à celui de la mort, c'est un élargissement sans fin d'ondes de triomphe comme des orbes d'arc-en-ciel superposées à l'infini. Car, à mesure que je *raisonne* en moi-même, je sens qu'il n'y a plus d'un côté l'abîme et de l'autre côté la vie terrestre ; que je manquais d'audace logique tout à l'heure quand j'imaginais dans l'abîme de simples entrecroisements de reflets et de rayons sur lesquels pouvait reposer la réalité essentielle. La vie et l'abîme sont faits l'un de l'autre. Le monde matériel n'existe que par rapport avec les souvenirs de l'âme. De même qu'à la sortie de l'abîme, cet enfant qui a encore la forme des poissons de grands fonds entraîne avec lui la mémoire parfaite dont il va avoir besoin, a l'ouverture de ses sens, pour constituer autour de lui l'échafaudage du monde matériel, à l'heure où de nouveau il s'enfonce à l'abîme il entraîne avec lui la mémoire parfaite dont il va avoir besoin pour établir les rapports qui assurent sa continuité. Car, si la vie pouvait se perdre, l'abîme lui-même serait perdu ; il n'existerait rien. Or, nous savons qu'il existe quelque chose.

Il n'y a plus d'images exactes pour que je me représente maintenant la véritable grandeur du triomphe de la vie : je veux parler de l'infinie diversité de ses capillarités, de ses endosmoses, de ses liqueurs intérieures, de ses milliards d'endroits radieux où s'opère constamment le mélange, le mariage, l'attachement, l'amour, celui qui « meut tous les soleils et les étoiles[1] ». Je peux, seulement par moments, en éclairs éblouissants, voir grossièrement l'ensemble. C'est comme un orage de comètes, plus nombreuses que les gouttes d'eau dans l'orage et le poudroiement continu de leurs longues chevelures de souvenirs ; une harmonie de feu dont le mouvement de lumière occupe si parfaitement tout l'espace du temps qu'elle a pour mes sens la qualité de l'immobile. Il n'y a plus aucune seconde où l'on puisse « perdre la vie ». Si le plus petit parasite du plus petit microbe de l'ensemble pouvait perdre la vie, l'univers à l'instant même se dissiperait comme un échafaudage de vapeurs.

1. Nouvelle citation de Dante (« Le Paradis », chant XXXIII, v.145). Traduction adaptée.

Et c'est au moment précis où cette image est éclairée en nous qu'il faut vivement retourner à ces temps où on voudrait vendre la peau de l'homme avant de l'avoir tué.

Mon cordonnier à la chéchia rouge fait des souliers. Il a un baquet dans lequel il amollit le cuir : c'est de l'échine de bœuf. De temps en temps il plonge sa main dans l'eau et il tâte pour savoir si la souplesse est venue comme il la désire. Quand il sent qu'elle est là il tire la pièce et il la bat sur sa pierre. Il ne s'agit plus maintenant pour cette peau d'être l'enveloppe des épaules d'un bœuf ; il faut la faire devenir capable d'aider et de renforcer la plante des pieds d'un homme. Et ça se fait en obéissant à des lois que mon cordonnier connaît et auxquelles il obéit. Non seulement il y obéit mais il serre son obéissance le plus près possible de ces lois car, plus il en sera près, plus il sera fort. Les connaître et leur obéir est une force ; les bien connaître au point de leur obéir automatiquement comme on obéit au gonflement des poumons est une très grande force. Ce mécanisme détermine la définition même de la loi. Est loi toute obligation qui apporte avec elle un furieux appétit d'obéissance automatique. Ainsi mon cordonnier a ce qu'il appelle une pierre. C'est un gros galet de silex tout arrondi et tout lissé qu'il est allé chercher dans l'Ebron (c'est le nom du torrent qui passe en bas, sous les coteaux de petite vigne). Il a un marteau à grosse tête camuse et, à coups de marteau, il bat le cuir sur la pierre. S'il ne le battait pas, après l'avoir trempé, le cuir resterait raide et cassant, et ne pourrait pas aider à renforcer la plante des pieds des hommes. Il y a plus de deux cent quarante-cinq petits os dans un pied et, rien que pour faire un pas, ces deux cent quarante-cinq petits os, plus les muscles, jouent entre eux un extraordinaire jeu de combinaison les uns par rapport aux autres. Il y a onze cents pas par kilomètre et, Mathieu Bourgue qui a justement commandé les souliers pour lesquels le cordonnier bat les semelles, fait bien ses vingt kilomètres par jour, un jour dans l'autre, soit qu'il aille d'un de ses champs à un autre, soit qu'il laboure sa grande pièce de terre, soit qu'il aille pousser le troupeau qui ne rentre pas assez vite, soit qu'il vienne à la bourgade depuis sa ferme de la Margotte qui est déjà à sept kilomètres d'ici. Le moindre dérangement dans le jeu de ces deux cent quarante-cinq os (à peu près) et ça va être une douleur répétée combien de fois, rendez-vous compte, le long de tous ces kilomètres que Mathieu Bourgue est obligé de faire tous les jours derrière la charrue, ses brebis, et tout quoi. Alors, il n'est pas très patient (ils ne sont pas très patients, ici, ni les uns ni les autres, pour le travail mal fait) et ce qu'il fera, c'est facile à prévoir : il te prendra d'une main ces souliers qui lui font mal et il te les balancera d'abord à l'autre bout de la cour. Ça sera son premier mouvement de colère quand il verra qu'il ne peut pas s'en servir, que par conséquent ce ne sont pas des souliers (malgré la forme, malgré le travail du cordonnier). Son deuxième mouvement sera d'aller les reprendre et alors, suivant le cas, ou il les donnera au fils (auquel il y a des chances qu'ils fassent mal aussi puisqu'ils ne sont pas à ses mesures), ou bien alors carrément il les découpera pour qu'au moins ça serve, à n'importe quoi, à quelque chose où on a besoin de cuir. Mais, par rapport à mon cordonnier, ce qui arrivera c'est qu'il l'engueulera sûrement, que peut-être même il se fera tirer l'oreille pour payer et que sûrement aussi il ne viendra plus commander qu'on lui fasse une paire de souliers. Il ira essayer chez un autre ouvrier pour savoir si cet autre n'obéirait pas mieux que celui-là aux lois auxquelles il faut obéir pour faire de vrais souliers. Alors, puisqu'on est cordonnier et que c'est grâce à ça que la famille mange, tant vaut que ces lois on y obéisse au doigt et à l'œil, recta, quoi ; d'autant qu'on a son amour-propre ; et, ouvrier, si tant est qu'on dise qu'on l'est, on l'est autant qu'un autre. Même plus, se dit le cordonnier en soi-même. De ce temps il bat le cuir, et il a pris pour le battre une cadence particulière si bien personnelle que si on l'entend de l'autre côté de la place, on sait que c'est lui qui bat le cuir et non pas son ouvrier : l'ouvrier bat avec trois petits coups brefs et deux grands coups lents très appliqués ; lui bat avec quatre, cinq, six, sept grands coups lents très appliqués, trois petits coups très brefs comme pour reprendre élan et après encore un, deux, trois, quatre, cinq, six, sept grands coups très appliqués pendant lesquels on sent qu'il tourne et retourne en même temps le cuir dans tous les sens.

Je veux retrouver tous les gestes de l'artisan les uns après les autres, même les plus petits et tous les noter, sans faire de phrases, même si ça doit ennuyer ; si, me dit-on, ça n'est pas beau, ce n'est pas ce *beau*-là que je cherche. Je cherche à exprimer le plus exactement possible la succession des efforts paisibles de l'artisan dans l'usage automatique qu'il fait de lui, pour s'appliquer le plus exactement qu'il peut tout le long de la loi naturelle. Ce que je veux voir maintenant c'est cette danse extraordinaire des mains et de l'esprit, d'abord dans un métier particulier, puis dans tout l'artisanat, cette grande danse d'insectes qui transforme la matière. C'est à ce beau que je voudrais atteindre.

Il bat le cuir. (Avec ses dix coups : sept lents et trois brefs. Une vieille habitude. Selon lui c'est ce qu'il y a de mieux pour battre.) Il dépose la pierre à ses pieds. Il dépose le marteau sur l'établi, prend l'alêne, prend le modèle en papier. (Il a fait mettre le pied en chaussette de Mathieu Bourgue sur un journal à plat par terre et dessiné le tour avec un crayon. Il a dit : « Appuie-toi bien ; il faut que ton pied s'écarquille ; qu'est-ce que tu as là ? — Touche pas, bougre, c'est un oignon, ça lance comme du feu. » Il a dit : « J'y ferai attention. » C'est ce qu'il appelle son modèle.) Il applique son modèle sur le cuir. À la pointe de l'alêne il le dessine. Il laisse l'alêne dans son tablier. Il prend le tranchet, la pierre ; il affûte ; laisse la pierre dans le tablier, appuie le cuir contre sa poitrine. Il découpe la semelle (juste et pas très juste : juste pour ne pas gaspiller de cuir — qui coûte cher — pas très juste car, étriqué c'est foutu). Elle est découpée. Il la regarde, la plie, la déplie, essaie la souplesse, la met sur l'établi, puis l'alêne, puis la pierre et il se dresse. Il va au mur de l'atelier. Il cherche dans les formes de bois alignées sur des clous par rang de taille. Quarante-quatre. Le pied de Mathieu Bourgue en bois. Pas tout à fait le pied. Il ne peut pas avoir la forme exacte du pied de Mathieu Bourgue. Ça va seulement de numéro en numéro. Il n'y a pas l'oignon. Il n'y a pas non plus cette manie qu'il a, Mathieu, de marcher en détournant un peu son pied en dedans. (Il n'y a qu'à le regarder marcher pour voir qu'il le fait et qu'il est à son aise quand il le fait. Si quelque chose l'empêchait de le faire il serait mal à son aise.) La forme en bois c'est un numéro ; c'est valable pour la grosseur mais ça n'est pas valable pour tout ce qui est le pied personnel de Mathieu et ses manies. Ce qu'il faut faire donc c'est de la rendre valable pour ces choses car, c'est très important, c'est tout le métier. Car autrement il n'aurait qu'à se sangler les pieds avec des bandoulières, comme... comme qui ? Mettons comme les Gaulois, tenez, ou comme les sauvages. Ce ne serait pas la peine qu'il y ait un métier qui s'est attaché à faire en ce sens des choses parfaites. Tout au moins aussi parfaites que ce qu'on peut. C'est ça la civilisation.

Alors il s'assoit sur son tabouret. Il tient la forme de bois dans ses mains. (Rodin disait que faire des souliers est un métier de sculpteur ; il disait : chez certains vieux cordonniers j'ai senti que le métier leur donnait des plaisirs qui sont exactement des plaisirs de sculpteur.) Il ramasse des débris de cuir qui sont autour de son tabouret. Il regarde la forme de bois. Tiens, c'est là qu'il a son oignon le Mathieu Bourgue. Comparé au modèle en papier c'est tout à fait là. Il cloue un morceau de cuir sur la forme ; puis un autre ; et ainsi trois. Cela fait l'épaisseur. Il faut donner la forme à cet oignon. Il prend son tranchet et, en effet, pendant un petit moment, il sculpte le cuir ; il coupe ce qu'il y a en trop, il arrondit, il arrange, et voilà que la forme en bois a maintenant son oignon au même endroit et de la même grosseur — à peu près — que le pied de Mathieu Bourgue. Il dépose la forme à côté du tabouret.

Maintenant son travail va rejoindre un travail qu'il a fait hier soir. Hier soir il a pris une grande peau souple (c'était toute la peau d'un veau ; elle avait la forme de la bête entière mais plate comme si la bête avait été écrasée entre les feuilles d'un grand livre comme on fait pour les fleurs). Hier, il a pris son carnet où sont inscrites les mesures. Il a étalé la peau sur une planche. Ce qu'on appelle « la planche ». Il a calculé. Il a pris un journal de l'avant-veille et, là-dedans, à travers les articles, il a tracé d'abord une demi-lune et puis une sorte de tronc de pyramide. Il a découpé au ciseau sa demi-lune et son tronc de pyramide à travers l'annonce du départ d'une escadre, un récit de bombardement et un éditorial hystérique dont les mots, si on les suivait à la lettre, condamneraient à mort cinq cent mille hommes. Tout ça maintenant c'est, en papier, la tige du soulier de Mathieu Bourgue. Hier soir il essaya le modèle en papier sur la forme en bois, vit que ça allait. Alors, il appliqua le papier sur la peau, traça le tour du modèle à la pointe du tranchet, puis découpa le cuir souple, soigneusement, tenant compte de ce que, à mesure qu'on coupe une matière souple, la matière se retire de chaque côté de la coupure ; coupant donc un peu plus large que son trait.

Maintenant donc il prend sa pelote de fil. Il en tire sept brins de la longueur de ses bras écartés. De la paume de sa main il les roule ensemble sur son genou. Il prend son morceau de poix. Il poisse les fils tout du long, les collant ensemble, faisant ainsi le fil à coudre du cordonnier qu'on appelle « ligneul » ; il amincit les deux bouts, les roulant entre son pouce et son index comme on ferait à quelques fines longes de moustaches et, quand les bouts sont ainsi devenus très fins, il les enroule sur deux soies de porc. Alors, il ajuste la demi-lune et le tronc de pyramide. Il les ajuste d'abord de mémoire, les approchant, les tournant, les éloignant ; et en même temps il calcule et il prévoit. Au fond, ce qu'il fait actuellement c'est qu'il a des surfaces planes et qu'il est en train de les convertir en volume. C'est déjà joli ; mais, mieux encore, il faut que ce volume puisse contenir exactement le pied de Mathieu Bourgue. Il n'y a pas là de règles générales et géométriques : c'est un entre-croisement de règles particulières et proprement individuelles. Et, dans le cas qui l'occupe, contenir exactement, ça veut dire que le soulier doit avoir la forme du pied de Mathieu Bourgue ou plutôt la forme de l'air autour du pied ; qu'il doit avoir sa qualité de soulier, c'est-à-dire qu'il soutienne, qu'il protège solidement, donc qu'il ait des formes dures ; et qu'il doit avoir sa qualité je dirai aérienne, c'est-à-dire qu'il soit si naturellement la matière enveloppante du pied qu'il se fasse oublier, qu'on n'y pense plus, que Mathieu Bourgue puisse marcher et faire tout son travail (dont tout le monde profite), sans se douter qu'il a des souliers aux pieds. Ça, bien entendu, ça doit pouvoir se résoudre géométriquement parlant en partant de tous les points du pied que les parois du soulier toucheront et en posant chaque fois le problème ; par exemple pour le talon : on donne une circonférence de centre O et de rayon R. On trace la circonférence concentrique ayant pour rayon... et ainsi de suite pour le parallélogramme de la plante des pieds et le triangle des orteils, mais le talon n'est pas une circonférence pure, ni la plante un parallélogramme pur, ni les orteils un triangle pur. Ça ne fait rien, il y a des altérations aux formes qui ont également leurs règles ; on y arriverait. Mais on n'aurait encore que l'habillement du pied au repos et pas du tout ce à quoi mon cordonnier pense maintenant, c'est-à-dire au pied qui marche dans les prés, puis après dans les labours, et pour rentrer à la Margotte il marchera dans ces sacrés chemins de silex où tout détourne. Oui, alors il faudrait faire intervenir la physique, les lois des leviers et des poulies et faire attention de ne se tromper dans aucun calcul car, un 3 au lieu d'un 4 ou une virgule mal mise ça voudrait dire une douleur dans l'oignon du Mathieu Bourgue, une douleur répétée des milliers de fois par kilomètre et qu'il va à la fin jurer, balancer les souliers et ne plus jamais venir les commander ici. Et alors, tous ces calculs prendraient un temps considérable et c'est un endroit où la technique réussit moins bien que l'inspiration ; une inspiration naturellement soumise au métier comme toutes les vraies inspirations ; c'est-à-dire l'élan spirituel d'un homme qui dans un sens donné est individuellement supérieur aux autres et, ne s'appuyant sur aucune règle, sinon les siennes propres, prévoit.

On va dire que je compare les petites choses aux grandes. Mais j'ai passé vingt ans de ma vie — et les plus glorieuses années — à regarder avec amour les mains et l'esprit de mon père en train d'accomplir le travail que je décris. Et ce n'est pas par fantaisie que j'ai pensé tout à l'heure à Mozart. Il n'y a pas de petites ni de grandes choses (c'est pourquoi tout à l'heure j'ai également pensé à l'arrivée du poète dans la société artisanale, dans cette civilisation que je ne vais pas tarder à appeler patriarcale quand, de geste en geste, je serai arrivé au sommet des gestes). Il n'y a que l'emploi des forces de l'homme et une multitude infinie de problèmes résolus dans tous les cas ; le résultat étant grand ou petit suivant la qualité de l'homme qui les choisit puis les résout.

Ainsi, mon cordonnier à la chéchia rouge ajustant en pensée la demi-lune au tronc de pyramide prévoit le volume qu'il va construire. Et, enfin, ayant résolu son problème (qui est de faire des souliers sans lesquels les hommes auraient à vaincre une dureté de plus), ayant vu à l'avance comment ces surfaces de cuir vont se changer en un volume exact (et ça s'est fait en tripotant le cuir avec ses mains pendant que son esprit est attaché à la résolution du problème, c'est ce que, dans tous les cas, on appelle le métier), étant dans son cas particulier sans qu'il le sache, ni qu'il y attache d'importance (mais c'est la gloire du métier) à cet endroit le plus haut de l'homme où, ayant prévu, il va accomplir ce qu'il a prévu, il prend sur son établi un objet de cuir qu'on appelle la *manicle* et il en arme ses mains. C'est exactement le ceste des gladiateurs romains. Quelquefois d'ailleurs le ceste s'appelait aussi *manicle*. C'est une mitaine de cuir ; elle protège la paume de la main. C'est de là qu'il va pousser l'alêne. C'est sur la manicle qu'il enroulera le ligneul à chaque brassée pour serrer durement le point. Le voilà donc qui revêt son armure. Quand l'Arioste décrit le Furioso[1], il le fait mettre nu. Roland n'est plus armé que de sa folie ; et la destruction des villages commence.

Lui il met ses armes ; et d'abord la mitaine de cuir, puis il prend la pince de bois. Cette demi-lune et ce tronc de pyramide dont il connaît maintenant l'ajustement, il les place entre les mâchoires de la pince et il serre avec ses genoux. Il prend l'alêne ; il prend le fil ; il appuie le talon de l'alêne contre la manicle, il pousse et il perce le premier trou. Il prend à sa bouche la pointe fine du ligneul raidie de la soie de porc. Il retire l'alêne. Il passe de droite à gauche la soie de porc dans le trou frais ; il passe de gauche à droite l'autre soie de porc de l'autre bout du ligneul dans le trou frais. Il tire de chaque côté, entre-croisant le fil. Il s'entoure la manicle du ligneul et il serre en écartant les bras comme s'il nageait ou qu'il soit en train de vouloir écarter durement de grandes ailes, et ainsi il fait le premier point. Il reprend l'alêne ; il appuie encore le talon contre la manicle ; il pousse ; il perce un autre trou, reprend la soie à ses lèvres, la passe encore dans le nouveau trou et il repasse l'autre soie ; il tire ; il s'entoure encore la manicle et il serre encore de toutes ses forces. Et ainsi, lentement, mais sur une cadence qui maintenant quoique lentement va de plus en plus vite, il prend, il appuie, il pousse, il perce, il passe les soies croisées et il écarte ses bras en serrant le point. Quand on le regarde un peu de loin et qu'on le voit

---

1. *Le Furioso* : c'est dans l'*Orlando furioso* (*Roland furieux*), poème épique de l'Arioste (1474-1533) que Roland, rendu fou par l'amour, se livre à une fureur dévastatrice. La mention est ici d'autant plus remarquable que l'Arioste va devenir une des références constantes de Giono dans son œuvre d'après-guerre.

ainsi régulièrement porter la main à l'alêne, à la bouche, ce rond de coude qu'il fait pour s'entourer la manicle du ligneul, et puis qu'il ouvre régulièrement ses bras, n'ayant pas plutôt ouvert ses bras qu'il les referme pour recommencer les gestes qui vont les rouvrir, et qu'il les rouvre, et qu'il les referme malgré la lenteur, on dirait qu'il vole. On dirait qu'il volète ; qu'il est un énorme oiseau très lourd obligé de voler à grands coups d'ailes très lents ; qu'il se soutient ainsi au-dessus de quelque proie, qu'il est l'oiseau magique, le *rock* de quelque conte arabe, que ses bras qu'on voit s'ouvrir ne sont que les os de ses ailes et que ses ailes immenses mais invisibles, ayant crevé les murs de son atelier, battent dans les hauteurs du ciel.

C'était tout au moins l'impression que j'avais quand mon père cousait. Il y avait toujours à ce moment-là un grand silence car ce travail ne fait pas de bruit, à peine le chuintement du fil poissé passant dans le cuir, le claquement du fil contre la manicle, le claquement du point qui se serre, le claquement de la poix qui se décolle de la manicle, tous bruits qui peuvent très bien s'accorder avec l'idée de grandes ailes duveteuses mais qui claquent un peu en battant. Mon père ne parlait pas, ayant à chaque instant le bout du ligneul en soie de porc entre les lèvres et ayant moi-même le sentiment qu'il était défendu de lui parler (puisqu'il ne pouvait pas répondre) comme à un homme qui est en train d'exercer des forces magiques, je voyais de grandes ailes autour de lui. Quelle joie de savoir que celui-là c'était mon père. C'était parfois l'hiver et la lampe était allumée, et chaque fois qu'il serrait le point de ligneul, ouvrant ses bras, deux grandes ailes noires couvraient les murs.

Ainsi donc, il a cousu la demi-lune au tronc de pyramide et il s'arrête de voleter dans son atelier ; c'est

70

que la tige du soulier est faite. Il desserre ses genoux, laisse aller la pince de bois, dépose l'alêne sur l'établi, prend les ciseaux, coupe le bout du ligneul. À ce moment-là il fait une petite chose qui est de l'économie. Il ne faut pas gâter les biens de la terre. Il a deux bouts de fil qui restent. Il les noue ensemble : c'est un nœud secret. Il roule les deux brins sur l'index, puis les deux bouts passent dans l'anneau que le bout du doigt a ouvert ; il tire et il a ainsi un autre fil poissé complet, seulement un peu court et avec un nœud au milieu. Il aura l'occasion de s'en servir avant que le soulier soit fini. Et il le pend à un clou avec d'autres, en attendant.

Il prend la forme de bois, puis la semelle qu'il découpait au commencement. Il applique la semelle sur la plante de la forme. Il regarde si cet oignon qu'il sculptait tout à l'heure est bien d'accord avec la petite bosse qu'il représente sur la semelle. C'est bien d'accord. Alors, il cloue la semelle sur la plante de la forme avec deux clous qu'on appelle deux clous libres. Ces clous, on les enfonce à peine. Ils sont là juste pour tenir, pas pour clouer. Il faut que pendant les premiers instants de la construction ces deux clous soient là comme les doigts d'une main ; et si le cordonnier avait trois mains il ne les planterait pas, mais comme il n'en a que deux il les plante, mais d'une certaine façon pour qu'ils soient libres et qu'au moment où ils ne sont plus nécessaires ils s'enlèvent tout seuls. Comme le feraient les doigts d'une main qui ont fini de jouer leur rôle.

Mon père avait trouvé là un système. Il les remplaçait par des bouts d'allumettes. Il faisait d'abord un trou au tiers-point et il plantait un bout d'allumette qui tenait lieu de clou libre. Je me souviens qu'un jour, pendant que j'étais là, son apprenti (c'était plutôt un demi-ouvrier) l'interrogea à ce sujet. Et voilà ce qu'il lui répondit : (ce demi-ouvrier s'appelait Pancrace et mon père disait de lui : « Il n'a pas plus de goût à être cordonnier que moi à être pape. ») « — Tu connais le moyen de planter un clou sans faire un trou ? — Non, dit Pancrace. — Alors, quand tu enlèves ton clou libre, qu'est-ce qu'il reste ? — Un trou, bien sûr, dit Pancrace. — Et, à ton idée, dit mon père, un soulier c'est fait pourquoi ? — Eh bien ! dit Pancrace, mais... (C'est tout ce qu'il trouva à dire.) — Si tu ne sais pas à quoi ça sert, comment veux-tu en faire ? À ton idée, reprit mon père, est-ce que c'est une bonne chose pour un soulier quand il a un trou à la semelle ? — Non, dit Pancrace. — Et quand c'est un soulier neuf qui a un trou, on peut donc dire que même neuf ce n'est pas un bon soulier. — Certes, dit Pancrace ; mais, dit Pancrace, c'est un tout petit trou. — Tu peux ajouter des "tout" et des "petit" tant que tu voudras, le trou y sera quand même. — Mais, dit Pancrace, il est sous la semelle, on ne le voit pas. — Je sais qu'il y est, dit mon père. Je peux tromper tout le monde, c'est entendu, mais moi qui me trompera ? Chacun est fils de ses œuvres. » Il me regarda de ce beau regard gris, immobile et lourd, qui chaque fois arrêtait mon souffle et j'écoutais car je sentais que maintenant il s'adressait à moi. « La plupart de son temps, dit-il, on le passe avec soi-même. Il faut tâcher que ce soit toujours une compagnie agréable. » Ainsi, souvent, l'ai-je entendu parler de son métier avec cette façon de phrases accoucheuses. Ainsi apparaissait sa passion. C'est pourquoi il avait trouvé le système du bout d'allumette qui, planté à la place du clou, ne s'arrachait plus, se cassait tout simplement quand on décollait la forme de bois de la semelle, une fois le soulier fini. Le petit bout de bois bouchait ainsi le trou que mon père colmatait encore pour le surplus à la cire froide et à la cire chaude. C'est ce qu'on appelle de nos jours perdre du temps. Mais, malgré tout ce temps perdu, mon père a eu le temps de planter quatre marronniers, deux tilleuls, vingt cerisiers, cent plants de vigne (en plus du temps de faire de beaux souliers) et il a également eu le temps d'aimer, de souffrir et de mourir.

Ainsi tournent les pensées, les désirs, les résolutions, les colères de celui qui fait un soulier. Il semble que tout cela dure très longtemps, mais pas du tout. Il était six heures du matin tout à l'heure quand le cordonnier battait le cuir sur la pierre (et depuis longtemps cela ne réveille plus personne, ni dans la maison, ni dans celle d'en face, ni dans les deux d'à côté ; à peine si, aux premiers coups de marteau les dormeurs, qui sont généralement des dormeuses, ont entr'ouvert les paupières et vu l'aube). Et maintenant il n'est pas encore sept heures. L'enfant est levée, elle va partir à l'école. Le café est fait ou tout au moins il sent fort et la ménagère tape à petits coups de cuiller sur la débéloire pour le faire passer plus vite. Mais, avant d'aller boire le café neuf (lui, en se levant, il a bu du réchauffé de la veille) il faut faire encore un petit travail. C'est-à-dire un gros travail : l'assemblage. C'est vite fait, mais ça compte car tout de suite après ce travail le soulier « a déjà figure ». Il prend la tige cousue : ces morceaux de cuir qui, de plan sont devenus volume. Il la met sur la forme. C'est l'embryon du soulier. Il le couche dans l'auge de ses genoux. Il prend les pinces de fer. Il tire la pointe de la tige jusqu'à lui faire chevaucher un peu la semelle. Il la cloue avec un clou libre. Ainsi de suite tout autour de la semelle il cloue la tige par des clous libres. Et, dans ce moment qu'il est là à bâtir vraiment son soulier (cette fois c'est là que le bon ouvrier se reconnaît), à un autre endroit de la petite bourgade, le menuisier en est dans les vingt-cinq à trente derniers coups de varlope sur la face de ce qui sera un pan de la huche pour la ferme Pissarouette. Lui aussi a près de lui une odeur de café neuf. Et n'était l'élan de son bras qui est encore plus fort que son envie, il laisserait la planche, il s'essuierait les moustaches à l'avance et marcherait vers la cuisine. Mais l'élan va et tant vaut qu'on avance. Juste en tournant le coin, c'est le serrurier qui lime des gâches de verrous pour les étables à porcs de maître Arnaud dit « Beaux Yeux ». Et là aussi il y a l'odeur de café ; mais attends !... Et maintenant c'est le jour vert malgré cette aube noire d'automne qui n'en finit plus. Il y a le déclenchement dans l'horloge du clocher pour indiquer que c'est le quart d'avant sept heures. On peut voir un peu tout le long de la rue. Et c'est le drapier qui est sorti pour battre une pièce de velours ; c'est derrière les vitres du vannier, presque opaques, comme gelées par de la poussière d'écorce, les gestes sombres d'une ombre d'homme qui a l'air de lutter paisiblement avec une énorme araignée d'or. Il lui replie les pattes une après l'autre et toujours elle en dresse d'autres qu'il replie toujours soigneusement, sans se presser, étant penché dessus la grosse bête d'osier, et il en fait le tour ; c'est une large corbeille à lessive qu'il est en train de tresser.

Sous la carapace argentée de la petite ville que touche l'aube verte, tous les métiers sont en marche à travers la matière. Le drapier est venu battre la pièce de velours sur le pas de la porte. Il rentre et lance le pan du drap sur sa table plate. Il prend ses ciseaux. Il passe son pouce dans un des anneaux de l'outil et l'index dans l'autre anneau. Il fait claqueter la mâchoire de lame pendant qu'il regarde le velours étalé et qu'il calcule. Il va faire une belle paire de pantalons[1]. À travers des vitres non plus pas très propres on voit le chaudronnier ; il émerge d'un enfer théâtral où les grands chaudrons pendus aux murs mettent des soleils rouges et les plaques de cuivre dressent des flammes immobiles. Il traîne une proie noire qui se plaint en gémissements de bronze chaque fois qu'elle frappe sa jambe. C'est une bassine de platée[2]. Il la dépose dans le jour qui vient des vitres. Il la tâte et la regarde et puis il trouve sa maladie. C'est un trou, comme une blessure dans la suie. Il prend un grand morceau de papier de verre et il se met à soigner en frottant et en nettoyant et bientôt, sous ses mains, s'allume un autre petit astre de cuivre. Le bourrelier remplit de crins les coussins d'un collier de cheval. Il pense à des cous de cheval, à la peau qui frémit sous le lustre des poils. Il voit le pas que prend la bête sur la route et comment son ouvrage se balancera. Si on lui disait qu'il pense à tout ça il serait étonné et il dirait « non » ; il dirait qu'il pense au café. Cependant, quand on regarde longtemps quelque chose on finit par sentir qu'on a dans le fond de la tête une sorte de contrée grise où s'inscrivent, non plus les formes de ce que l'on regarde mais les formes de ce à quoi l'on pense. Et dans cet endroit-là du bourrelier il y a maintenant le cou de cette jument pommelée pour laquelle il fait le collier (elle s'appelle Bella). Il ne dit pas (il se dit qu'il met encore trois poignées de crin, puis il va aller boire son café) mais il sait (car il voit passer tous les gestes du cou de Bella dans cette contrée désertique de sa tête) que cette partie du cheval c'est comme un rouleau d'eau dans un torrent (combien de fois l'eau dans l'Ebron, pendant qu'elle

1. Le drapier est en même temps tailleur.
2. *Bassine de platée* : bassine destinée à contenir et à faire cuire la platée des animaux.

piaffe, rue d'écume, bat du sabot dans les boues, se cabre et courbe l'encolure, donne alors l'impression que quelque frein lui retient durement la mâchoire en bas dessous). La pelle du boulanger danse à pied plat et bat de la paume des mains sur le seuil du four. Il sort sa deuxième fournée dans laquelle, parce que précisément elle est cuite dans ce dernier quart de sept heures où fume le café neuf, il y a des fougassettes et de ces petits pains longs pas plus gros que des bras d'enfants qu'on appelle ici des « pompes ». Non pas la pompe qui monte l'eau mais la pompe des triomphes et des choses glorieuses ; ce goût de suave poussière qui entoure la langue des Césars quand ils chevauchent le long des avenues triomphales ; le goût des blés opulents. Il y a encore trop d'ombres dans le matin pour que l'horloger puisse commencer le combat de sa patience contre l'exact et le minuscule mais, pendant qu'il regarde monter la lumière, il passe à la peau de chamois le boîtier d'une grosse montre d'or. Mais, par contre, les ombres du matin ne gênent pas du tout le tanneur. Son exactitude à lui c'est un nombre de poignées de tan et de poignées de sel qu'il pourrait compter exactement même en pleine nuit (et l'exactitude du cordonnier c'était une exactitude de sculpteur ; et l'exactitude du boulanger c'est l'odeur qui sort des joints du four quand le pain est cuit). Le tanneur est en train de relever trois peaux de martre[1]. Il y a déjà plus d'une heure qu'il travaille. Il a sorti de la fosse des peaux de renards et une peau de loutre et il a posé sur le rebord de la fenêtre qui donne sur le ruisseau une peau d'hermine bien réussie. Il la surveille de l'œil pour que le vent — parfois le vent se lève brusquement le matin — ne fasse pas tomber la peau

1. Littré signale bien l'emploi du terme dans le vocabulaire de la tannerie, mais sans en préciser le sens (*relever*, 10ᵉ sens chez Littré).

dans l'eau. Mais non, il y a à peine un peu d'air des montagnes, et au contraire, il joue dans la fourrure blanche avec la clarté qui monte. Et comme il regarde par la fenêtre, il en voit un qui descend dans le pré, venant du quartier Soubeyran. On le voit marcher à travers les saules. Il vient ici ; il sait qui c'est ; il sait pourquoi il vient. C'est un homme qui fait des vestes en fourrure : c'est Charles, quoi. Il entre. Il demande si on est levé. « Bien sûr qu'on est levé. » Il vient voir si les peaux d'agneaux sont prêtes. « Bien sûr qu'elles le sont, regarde. » Il les touche ; il dit qu'elles sont mieux que la dernière fois. « Ça ne dépend pas de moi, ça dépend de la bête. Les agneaux de Fabre ont une toison solide comme un gâteau de miel et très légère. Ça fait cent fois que je m'en aperçois. Ça vient de ce qu'ils restent à pâturer longtemps dans l'automne sur le "Bonnet de Calvin" (le Bonnet de Calvin est une montagne d'ici qui a la forme d'un bonnet de théologien). — Tu crois que ça y fait ? » demande le confectionneur de vestes. Alors le tanneur répond que c'est précisément ça qui fait tout. Et il explique comment les vents constants, les herbes spéciales et probablement même les rayons du soleil qui tombent là-haut plus d'aplomb construisent ces laines légères et merveilleuses. Ils trouvent naturel, l'un et l'autre, que leurs métiers soient liés aux grandes occupations du zodiaque. Ils entendent bien, par toute leur vie, comment le printemps, l'été, l'automne et l'hiver commandent dans les champs qui les entourent. Et le confectionneur de vestes dit que c'est bien car il est précisément en train de vouloir faire la veste fourrée pour une nommée Thérésine de Val des Neiges qui doit se marier le 7 décembre. Ils parlent un moment de cette fille, se demandant et se disant de qui elle est fille, de qui son père est fils et de qui est sa mère, et avec qui elle va se marier. Elle va se marier avec Carle d'Entrepierre. Enfin, ils la voient : si c'est celle qui se marie avec Carle c'est donc celle qui, à la foire d'octobre était avec Carle à côté de sa charrette. C'est celle-là précisément ; et ils la voient : elle avait un capuchon de cheveux presque couleur de paille, n'est-ce pas, autour d'un visage rose et vert comme une douce pomme et des larges yeux de goudron. C'est bien celle-là. Elle tenait précisément la bride du cheval de Carle. C'est juste ça. Elle a l'air bien. Elle est très bien. Et tout ça, c'est du métier. C'est un beau métier, encore, celui qui a besoin de s'assortir aux yeux des filles, à leurs épaules, et au fait qu'elles vont se marier. Et alors, on choisit ce que le soleil, l'herbe et les vents ont fait de mieux en fait de peaux d'agneaux et le tanneur, alors, dit : « Attends ». Et il va chercher dans une boîte et ce qu'il sort de là c'est une peau de serpent qu'il a tannée pour son plaisir l'été dernier, et il la donne parce que, dit-il, ça fera une ceinture magnifique. Et il est très content. De même que le boucher qui s'est dit de sortir du baquet les tripes de cochons qui trempent depuis la veille. Il va faire des andouillettes. Pas tout de suite : quand il aura bu le café ; il n'y en a plus que pour une ou deux minutes ; il faut au moins attendre que sept heures sonnent ; il ne faudrait pas, quand même, être glouton : un peu de patience. En attendant, il assaisonne. Il a écrasé du genièvre et du poivre ; il a jeté quatre ou cinq poignées de cette poudre noire sur le tas de tripes : très blanches, très dures, très propres ; les cochons ici sont très bons et ont un goût magnifique. Cela vient sans doute de ce qu'on les garde lentement, pas à pas, à travers des herbes splendides. Et, en plus le genièvre et le poivre, de la fleur de sarriette et du persil sauvage. Puis, il essuie ses mains au tablier.

À la place de l'Église le charron construit deux feux en couronnes sur deux fers de roues. « Dépêche-toi », dit-il à l'apprenti qui a apporté les copeaux, qui a apporté les petites bûchettes et qui apporte les grosses maintenant. Tout ça est arrangé mais n'est pas encore allumé. De l'autre côté de la place, le maréchal-ferrant arrive. Il demande au charron combien ça va durer de temps. Il est debout et le charron est accroupi sur les pavés et il construit le foyer de bois sec sur le fer de la roue. Quand il aura allumé, le fer se dilatera et il l'emboîtera sur le bois, il le refroidira avec des seaux d'eau ; le fer se serrera et la roue sera ferrée. Il dit qu'il y en a pour une heure. Le maréchal explique. C'est parce que vers les dix heures il attend les quatre mulets de la ferme Silence. Il doit les ferrer tous les quatre. Ce sont des bêtes un peu près des mouches. Et, quand il n'y a pas de mouches, elles s'en inventent. Les deux hommes rient. Certes, en voyant ces feux elles pourraient s'en inventer de belles ! Ce sacré type de Silence, il a toujours des bêtes à histoire. Il aime les nerfs peut-être. Il faut dire aussi que, pour les terres qu'il travaille, il ne s'agit pas d'atteler des anges. Sacré nom de nom, non ! « Mais ne t'inquiète pas, ça sera fini et le garçon te donnera un coup de balai sur les braises bien avant qu'il arrive avec ses quatre mulets. Ne t'en fais pas. Et d'abord, j'allume tout de suite maintenant. Ça brûlera pendant qu'on ira boire le café. » Il frotte une allumette contre sa culotte ; il allume et voilà deux grandes couronnes de feu qui commencent à faire crépiter tout le travail des flammes. On dirait la couronne rouge de Charlemagne. « On pourrait peut-être leur dire ça à tes mulets. Tu crois que ça les calmerait ? — Ne t'y fie pas trop. » À ce moment-là le clocher se déclenche et il se met à sonner sept heures.

Le carrossier frotte ses mains contre son tablier de cuir ; le maréchal essuie ses mains sur son blouson ; le tanneur trempe ses mains dans l'eau claire, les rince et les sèche au torchon ; le faiseur de veste fourrée sort son mouchoir et nettoie ses mains ; le boulanger frappe ses mains l'une contre l'autre, souffle sur ses mains, les secoue, gratte ses tours d'ongles blanchis de pâte sèche ; le bourrelier essuie ses mains à son tablier ; le menuisier regarde ses mains et les essuie à son pantalon ; le cordonnier enlève sa manicle et, ils vont tous boire le café de sept heures.

C'est l'heure où le soleil rouge allume le grillage des forêts. Puis, il montera derrière le noir des sapinières brûlant l'aube dans ses flammes de paille, et, dès que le bord du vrai brasier dépassera la crête des arbres, ce sera le vrai jour. Le vrai jour des hommes est déjà construit. On a déjà tracé des projets dans du cuir, du bois, de la peau, du fer, de la pâte à pain et de la viande. Il y a eu une aube de mains mouvantes avant l'aube de lumière. L'ombre des ateliers s'est éclairée avant l'ombre du ciel. En cette saison, il y a encore assez de jour, à six heures et demie du matin pour qu'on n'allume pas les lampes et la clarté des mains est venue la première se poser sur les outils. À mesure que la terre se renversait de plus en plus vers le soleil, les mains ont commencé à préparer la transformation de la matière, tout s'est déjà mis au travail pour la vie. C'est le désir de la vie, son triomphe qui a fait, ce matin comme tous les matins, voleter les mains à travers les ateliers, à l'heure de la pointe de l'aube, quand il y a encore trop d'ombre pour que le corps de l'artisan soit visible ; mais sa main se voit qui tape le cuir dans la bassine, éprouve du pouce la lame du rabot, dépend les ciseaux, commence. Ces heures, entre l'aube et le café, où l'œuvre se construit, c'est le moment où l'artisan est le plus près des lois qui commandent son métier, où il les essaie une à une sur ce qu'il veut faire, à mesure que la main, sur laquelle le jour qui monte met de plus en plus de lumière, travaille avec une science beaucoup plus près de l'esprit que dans le grand jour.

Mon père gardait toujours pour ces moments du matin ses travaux difficiles. Il y avait des fois où les problèmes qui lui étaient posés ne se résolvaient pas dans la simple application des méthodes usuelles. Faire un soulier c'est bien ; faire un très beau soulier c'est mieux ; faire un très beau petit soulier, par exemple dans des peaux fragiles, avec des cuirs souples pour une belle jeune femme coquette ; ou faire un soulier pour des pieds d'infirme pour lesquels, me disait-il, il faut que le soulier soit bon et quand même beau. (Ainsi je le vis d'année en année faire des souliers de fatigue et des souliers de dimanche pour un charretier qui avait eu le pied droit écrasé par sa charrette et traînait de ce côté-là, au bout de sa jambe, une sorte de melon malade.) Quand le soir, au sortir de l'école, je montais à son atelier pour lui « tenir compagnie » pendant les heures de lampe, je le trouvais parfois en bataille avec des forces mauvaises. C'était très dramatique. Maintenant encore, j'éprouve à y penser cette angoisse qui serrait ma gorge à le voir, lui mon père, l'habile entre les habiles, le meilleur de tous, mon père enfin, rebuté par du fil, par du cuir, de la poix qui ne voulaient pas obéir. Chaque fois qu'il prenait le tranchet j'avais peur. J'avais peur qu'il se mette à vouloir forcer les choses avec de la force, comme je voyais que parfois les hommes faisaient et que, le tranchet lui sautant des mains ou glissant de biais dans le cuir rebelle vienne s'enfoncer dans sa poitrine.

Chaque fois qu'il prenait un outil j'avais peur. Je le voyais menacé. C'était un mauvais combat. Mais, chaque fois, très vite, dès que j'étais là, il s'arrêtait, déposait l'ouvrage à ses pieds, bourrait une pipe. Et alors, fiston ? disait-il, et il me faisait raconter l'école ou les jeux, et, dès qu'il me voyait tari, il commençait lui-même à me raconter quelque histoire du temps de son père à lui, mon grand-père qui était colonel, carbonaro, colossal, cruel, tout ; un magnifique aventurier de légende, et qui avait combattu à cheval en Calabre contre les États de l'Église. Mais le lendemain, à l'aube, je l'entendais se lever dans le plein silence, quand les hirondelles commençaient à peine à s'appeler de nid à nid, quand le vent vert parlait encore tout seul dans la cage de fer du clocher qui dominait notre maison. Il entrait dans l'atelier qui était à côté de notre chambre, fermait la porte, me laissait dans un sommeil qui continuait encore un peu mais tout léger, encore irrité des inquiétudes de la veille, le sachant, lui, retourné à son champ de bataille. Peu à peu, sans ouvrir les yeux, au blanchiment de mes paupières, je savais que le plâtre de l'aube était aux vitres ; le premier froissement de jupe d'une hirondelle glissant du nid flottait, puis bientôt dehors, tout leur vol d'étoffe et de cris, et ma mère aussi se levait, froissant précautionneusement sa jupe aussi dans l'ombre grise. Je l'entendais descendre l'escalier, ouvrir la porte de la cuisine, puis mouliner le café. Après, il y avait toujours un moment de silence avant d'entendre taper sa cuiller sur le rebord de la débéloire, et c'est dans ce silence que tous les matins j'ai entendu chanter mon père. C'était un bourdonnement dans lequel il était impossible de reconnaître un air, malgré qu'il soit modulé et qu'il exprimait[1] parfaitement bien une sorte de joie ironique ; c'était seulement l'acte de chanter, un bourdon-

1. *Qu'il exprimait* : ce verbe subordonné à l'indicatif, suivant une première construction au subjonctif (la plus normale avec la conjonction d'usage récent *malgré que*), est sans doute un lapsus ou une erreur d'édition (on ne possède pas le manuscrit).

nement lèvres fermées ; le même qu'il eut dans l'heure qui précéda sa mort. Et je savais qu'il était vainqueur. Un matin je l'entendis dans une telle victoire que je me levai et, tout en chemise de nuit, allai pousser la porte de l'atelier. À cette heure il était très peu éclairé, la haute fenêtre étant orientée vers le Nord-Ouest. Il y flottait une sorte de vapeur laiteuse toute bleutée dans laquelle je vis voler les mains de mon père. Elles étaient assurées, joyeuses, patientes ; elles se déplaçaient au-dessus du travail avec cette grande science naturelle des oiseaux qui construisent un nid. Et jamais je n'ai eu autant de paix dans le cœur que ce matin-là ; jamais je n'ai eu autant d'espoir dans la vie, jamais je n'ai eu autant de certitude sur la beauté d'être au monde. Et maintenant encore, quand j'ai perdu cette certitude, c'est à ce matin-là que je remonte. Je sais maintenant que par la grâce de mon amour pour lui, j'ai vu ainsi mon père dans sa force éternelle ; mais, le petit garçon blanc en chemise de nuit ne s'embarrassait pas de formules bonnes pour moi maintenant qui descends vers la mort. L'atelier était seulement plein d'une victoire dont je n'avais pas besoin d'apprécier toute l'étendue pour qu'elle justifie la vie. Je refermai doucement la porte ; peu après j'entendis sonner sept heures et mon père qui descendait boire son café.

*

Comme ils le boivent tous, ce matin de 1934, 1935, 1936, 1937 dans la petite ville artisanale, pendant qu'autour d'eux le monde se trompe. On ne les considère pas beaucoup pendant toutes ces années-là. Quand on parle de l'artisanat c'est avec dédain et mépris, et même on n'en parle plus. Si, à ces moments-là, je dis que moi, ces hommes m'intéressent, on me répond que je suis un original ; qu'en tout cas je ne vois pas clair ; et même, pour peu qu'on ait la bile infatuée, que je suis un ennemi du peuple. Certes, je le vois : tout le monde s'efforce de faire le contraire de ce que font ces hommes ; et les philosophes les chassent de leurs Républiques. On s'est tellement décidé et redécidé, assuré et réassuré dans cette marche en avant ; on s'est tellement enfiévré, on y a tellement attelé de systèmes que ça s'est mis à galoper et à courir. On a tellement poussé de hourras que, tous les chevaux de l'esprit emballés, sans rênes ni freins, on s'est enivré d'une vitesse de route sans s'apercevoir que c'était une vitesse de chute, qu'on roulait en avalanche sur des pentes de plus en plus raides, qu'on tombait (alors, oui, ça va vite) et l'artisan restait assis sur les sommets. Il n'y avait plus de raisonnement logique possible ; le monde entier était saisi par l'esprit de vertige ; ce qui était solide, éternel, immobile, on ne pouvait plus s'y retenir : l'appel des profondeurs, la succion des à-pics transformait le vide des abîmes en une sorte de matière où l'on pouvait, semblait-il, se laisser aller. Alors le montagnard lâche les « prises » par lesquelles il se cramponnait à l'escalade ; dans l'instant où il chavire en arrière en abandonnant la vie, il peut se croire comme un dieu : le ciel a pris en bas la place de la terre ; en haut où était le ciel, c'est les grandes verdures de la vallée, les forêts, les torrents, les villages, et c'est vers ça qu'il monte à toute vitesse, tête première comme une fusée, pendant qu'il tombe. Ainsi l'esprit de vertige avait enivré le monde tout le long de ces années d'abandon et de chute qui ont précédé le début de l'écrasement. Car, celui que le vertige a abattu, quand il arrive en bas, avant de retomber mort, il rebondit de terre deux ou trois fois malgré que tout se passe très vite ; mais une civilisation, c'est un très grand corps, et, malgré que tout se passe en réalité très vite aussi, mesuré par notre notion du temps, cela se passe très lentement ; l'abandon des prises, le moment où l'on se prend pour dieu pendant que le ciel et la terre changent de place, la chute, durent des années ; l'écrasement, et les douleurs, et les souffrances, quand le grand corps rebondit de terre deux ou trois fois avant de retomber mort, tout cela dure aussi des années. Une civilisation tombe et s'écrase *au ralenti* ; à peine si ses os viennent de se briser ; ses viscères vont mettre peut-être un demi-siècle à éclater et il en faudra peut-être encore un demi avant qu'elle soit cette charogne tombée de la grande falaise. Mais, dès à présent elle est tombée ; elle a même terminé sa chute ; elle commence à s'écraser en bas.

Perdre le goût ne semble rien ; perdre le goût de vivre. La matière qui se transforme en objet appelle furieusement en l'homme la beauté et l'harmonie. Il est tout de suite cramponné de toutes ses forces à ces désirs. Pour si humble que soit la chose. Mais aucune loi ne pourra empêcher l'homme d'être une individualité. Pour si rapprochés qu'on force à être les angles de vision sous lesquels ils regardent tous ensemble le même objet, ces angles ont des sommets séparés en chaque âme. C'est pourquoi les hommes peuvent apporter à la vie ; et alors elle leur donne ; car ils apportent chaque fois quelque chose qu'ils ont seuls le pouvoir d'apporter : leur expression personnelle, et c'est par là qu'ils ont intérêt à vivre. Pour si universelles que soient les lois que je décrivais tout à l'heure et qui commandent à la confection d'un soulier, elles ont, comme toutes les lois naturelles, une souplesse qui leur permet de s'adapter aux initiatives de toutes les individualités. Nous savons qu'un soulier se fait toujours de la même manière mais nous savons aussi que le soulier que Paul a fait ne ressemble en rien au soulier que Pierre fait. Si même nous sommes un « exigeant » en soulier, un « difficile », nous avons peut-être trouvé un autre ouvrier qui s'appelle Jacques et qui nous satisfait entièrement, mais est seul à nous satisfaire, est seul à posséder la façon de faire qui nous satisfait totalement, et nous savons que si Jacques mourait, il serait extraordinairement difficile de trouver un homme qui ait la même façon de faire. Nous disons même que ce serait un miracle ; et en effet, le propre fils de Jacques ayant ses manières, son enseignement, ses secrets, si vous voulez, aura en même temps, quoique fils, quoique élève, quoique initié, sa façon personnelle et le travail ne sera jamais exactement pareil. Sa façon d'interpréter les lois de la confection du soulier sera un apport personnel. Il y a là quelque chose de nouveau — pour si humble que ce soit (je sais que c'est très humble un soulier et que cela vous aurait peut-être plus touché si le fils de Jacques était le fils d'un grand peintre, d'un grand poète, d'un grand philosophe ou d'un grand découvreur de monde et qu'il apporte ainsi dans la peinture, la poésie, la philosophie ou la connaissance du monde une façon nouvelle) mais je tiens profondément à m'attacher à cette chose humble, à ce simple soulier qui lui aussi apporte quelque chose de nouveau — et c'est, pour si petit que ce soit, un élément de la grande recherche et de la grande passion. C'est une *prise* solide par laquelle la civilisation est attachée à la vie. Tous les gestes que j'ai essayé de représenter minutieusement tout à l'heure ont un grand pouvoir d'attachement : le geste de prendre et de quitter le marteau, la cadence des coups qu'il frappe, pousser l'alène, se passer la manicle, poisser le fil, coudre en ouvrant les bras comme des ailes et tous les gestes que je vais encore représenter dans la grande journée artisanale, quand nous aurons bu le café, composent la passion de la vie artisane.

Mais, dans les années qui précédèrent le moment où nous sommes maintenant, le temps était venu de vouloir donner des lois humaines au métier. Les lois naturelles sont si logiques, et la logique est un tel outil de construction, que le plus grand appétit des hommes est de faire des lois. Mais quand il faudrait qu'elles soient avant toute chose soumises aux lois naturelles, ce sont les lois naturelles qu'on veut leur soumettre. Tous les gestes que je décrivais, on comprend bien que leur succession est une harmonie soumise à l'initiative personnelle de l'artisan ; que c'est à proprement parler le métier ; que cette initiative est précisément ce qui est susceptible de passionner, d'attacher fortement l'artisan à la vie. C'est ce qu'on appela du temps perdu ; et l'on jugea qu'il ne fallait plus perdre de temps ; qui n'existe pas. Et voici le raisonnement dans lequel on commit l'erreur de ne pas comprendre l'individu ni sa place dans la hiérarchie des valeurs. Pour faire un objet, dit-on (continuons à prendre le soulier), il faut, mettons deux cents gestes essentiels par jour. Si l'ouvrier ne fait qu'un seul de ces gestes pendant tout le jour, pendant toute l'année, pendant toute sa vie, il aura pour le faire une habileté monstrueuse. Il le fera plus vite ; beaucoup plus vite. Sur le temps de le faire il gagnera peut-être vingt secondes. Nous n'avons qu'à prendre deux cents ouvriers ; ils ne feront chacun qu'un seul geste, avec cette habileté monstrueuse qu'ils auront, pour le faire, l'objet allant de l'un à l'autre comme le long d'une chaîne, et au bout il sortira de la chaîne tout fini en beaucoup moins de temps qu'il ne fallait à un ouvrier seul pour le faire. Nous voulons dire que les deux cents cordonniers travaillant séparément pouvaient faire par exemple quatre cents souliers par jour ; nos deux cents cordonniers travaillant *à la chaîne* produiront huit cents et même mille souliers par jour. Victoire ! La civilisation monte !

On a perdu deux cents cordonniers. En raison même de l'habileté qu'ils ont pour accomplir un seul de ces gestes, ils sont désormais incapables d'accomplir le cycle complet de tous les gestes qui aboutiront à un soulier fini. Il n'y a plus qu'un seul cordonnier monstrueux composé de deux cents corps ; mais tandis que les deux cents apportaient deux cents façons différentes, chacune personnelle et vivant dans l'ordre de la qualité, on n'a plus qu'une production uniforme, neutre, morte. On a gagné en quantité ; on a perdu la qualité (je ne suis pas un économiste ; je ne veux pas parler des monstruosités financières qu'on a aussi du même coup créées ; l'homme seul m'intéresse : c'est à lui que je retourne). Le plus grave n'est pas là ; quoique la perte de la qualité entraîne un défaut de joie général. On a détaché deux cents hommes de la vie.

Ceux qui créaient la raison nouvelle répondaient : nous ne les avons détachés de rien. Qui les empêche de vivre ? La civilisation entièrement construite sur les plans de notre raison, leur fournira tout ce qu'il faut pour vivre. Le geste qu'ils feront tout le long de leur vie deviendra tellement *machinal* qu'ils le feront sans y penser (mais, nom de nom, c'est que moi je veux qu'ils y pensent, dit à ce moment-là Dieu du haut des étoiles ; faire sans penser est une malédiction terrible).

Tout le monde sait qu'on peut parfaitement bien vivre en étant, disons cordonnier, pour ne pas changer de métier (celui-là étant mis là à la place de tous), cordonnier dans une petite bourgade, même perdue dans les montagnes. Tout le monde sait que cette vie peut être extraordinairement succulente même et que l'artisan a pu tout le long d'elle jouir de l'amour, de la joie, de la liberté, de tout ce qui fait la vie belle. Tout le monde connaît des générations de semblables artisans. On ne voit jamais dans ces vies que le métier y pèse. Peut-on imaginer une vie comparable passée tout entière à accomplir un seul geste du métier de cordonnier? Peut-on imaginer un homme qui, toute sa vie, coudra des semelles et ne fera que coudre des semelles sans savoir d'où viennent ces semelles, où elles vont, et ce que finalement on en fait; ou bien qui passera toute sa vie à battre le cuir, pas plus, toute sa vie, du premier janvier à la Saint-Sylvestre, sans jamais faire rien que ça, et puis le cuir s'en ira de ses mains pour faire, ça ne le regarde plus, pour faire n'importe quoi, un objet dans la conception duquel il n'est rien qu'un batteur de cuir? Vous voyez ça? Et, vous le désirez, pour vous-même, par exemple? vous avez envie d'apprendre ce *métier-là*? Vous avez envie de consacrer votre propre vie à ça? Ça vous passionne? Non. Ce qui vous passionne c'est une œuvre, n'est-ce pas, c'est créer, c'est « faire quelque chose »? Est-ce que vous voyez, par exemple, une jeunesse portée violemment par l'enthousiasme de son cœur vers la position de batteur de cuir ou de couseur de semelle? Pouvez-vous imaginer l'adolescent nostalgique dont le rêve sera d'entrer dans la *chaîne*? Vous voyez bien que cela ne correspond à rien, n'appelle pas, ne se fait pas désirer, n'est qu'une contrainte, une obligation. Voilà des gens qu'on oblige, qu'on contraint à ce *métier*. À la place de la liberté, voilà l'esclavage. À la place du métier librement choisi et qui plaît, auquel on consacre sa vie, voilà la chaîne à laquelle on attache les hommes; et maintenant ils n'ont plus qu'un désir, c'est vivre, atteindre la vie, que la chaîne ne leur permet plus d'atteindre.

Ceux de la raison nouvelle répondaient: mais bougre, nous vous disons qu'on gagne du temps, qu'on va plus vite. Votre cordonnier que vous nous représentez levé à cinq heures et demie du matin, en train de combiner sa demi-lune et son tronc de pyramide, il n'aura plus besoin de se lever de si bonne heure, de commencer sa journée de si bonne heure et non plus, le soir, de la prolonger si loin. Nous allons diminuer la journée de travail ; on travaillera de moins en moins longtemps dans le jour. On travaillait dix heures de rang, on ne travaillera plus que huit, puis plus que six, plus que trois, que dis-je, on arrivera à travailler une heure seulement par jour. Certes, nous ne sommes pas encore à ce moment-là, mais c'est parce qu'on ne nous écoute pas assez ; c'est parce qu'il n'y a pas encore assez de chaînes. Nous allons vous libérer avec un entassement prodigieux de chaînes. Mais, qu'on nous écoute seulement, qu'on se fie à nous, qu'on s'y confie, qu'on s'abandonne entre nos mains totalement et vous allez voir.

— C'est tout vu, car déjà maintenant nous voyons tout ; il n'est pas besoin d'aller plus loin. Que ferais-je de mes heures que vous-mêmes appelez "libres" ?

— Ce que vous voudrez.

— Si précisément je suis un de ces deux cents cordonniers que vous avez dès l'abord attachés à la chaîne, ce que je sais faire et par conséquent ce que je *veux faire*, ce sont des souliers.

— Faites-en.

— Ce grand détour me ramène donc au point d'où j'étais parti. Avec cette différence qu'avant ma vie était pleine de mon métier et toute libre ; maintenant, *il y manque* cette heure, ou ces trois heures, ou ces six heures que je vais passer enchaîné à votre chaîne. Et si, dans ces heures libres, je veux faire tout autre chose qu'un soulier, n'importe quoi, me cultiver par exemple comme vous dites avec de grosses bouches grasses, ou vivre, tout simplement, c'est-à-dire aimer, souffrir et mourir, croyez-vous que je vous ai attendu pour le faire, croyez-vous que mon métier précédent me l'interdisait? Croyez-vous que depuis des milliers de siècles on vous a attendu, vous et vos raisons, pour vivre? On l'a fait sans discontinuer, je le faisais librement moi-même, hier. Tout à l'heure vous avez demandé : "Qui vous empêche de vivre?" Ce que vous m'avez enlevé. Tout à l'heure vous disiez que la civilisation construite d'après les plans de votre raison me fournirait tout ce qu'il me faut pour vivre. Elle ne pourra pas m'en fournir le goût. Ce goût je l'avais hier.

— Vous voulez donc retourner en arrière?

— Je veux surtout me cramponner à la vie par des prises solides et je me sers instinctivement des vieilles prises qui, au cours des siècles, ont soutenu, sans jamais lâcher, des milliards d'escaladeurs.

— Voilà bien, monologuaient alors les esprits nouveaux[1], le raisonnement de l'esprit rétrograde. Depuis les cent dernières années du monde, l'homme ne cesse pas d'inventer et de créer des merveilles; il semble que brusquement il soit en pleine floraison d'intelligence. Pour ne nous en tenir qu'aux deux plus fantastiques créations voilà qu'il vole, autant qu'il veut, tant qu'il veut, où il veut, comme un dieu, comme un véritable dieu; et voilà également que, parlant d'un point quelconque de la terre, il peut faire entendre sa voix à la terre entière, comme un dieu. Évidemment, tout ça se fait avec un appareil; mais, cet appareil, c'est lui qui l'a inventé et créé. Et puis, il ne s'agit pas de chicaner, le résultat est là : il vole et sa voix s'entend à des milliers de kilomètres. Il est de plus en plus l'être

1. Ici commence le long monologue à la première personne des défenseurs du progrès technique, qui ne s'achèvera que page 106.

le plus puissant du monde qu'il habite. Rien ne peut lui résister ; il ne peut même pas se résister à soi-même. C'est pourquoi nous ne répondons même plus aux arguments de ceux qui croient que vivre est simple. Ils seront irrésistiblement arrachés aux petites aspérités de ce terre à terre auquel ils se cramponnent et notre intelligence des choses les emportera dans ses bras ailés. Nous sommes sur le point d'acquérir le don d'ubiquité des dieux ; déjà nous pouvons presque être partout à la fois. Les autres, ces derniers qui ne se rendent pas encore à l'excellence de l'avenir que nous construisons, veulent se cramponner aux prises anciennes et ainsi, vivre, pourrait-on dire, peu à peu, avec une prudence animale. Nous sommes des hommes, et ce nom qui nous désigne, si, pendant tout le temps où nous croyions qu'il y avait en haut l'Olympe et en bas la terre, avait un sens d'humilité, il a maintenant un sens de suprême orgueil. Légitime. Nous répétons : légitime. En moins de cent ans nous avons porté le moteur à explosion à une perfection inimaginable ; dans le même laps de temps — infime — nous avons réussi ce tour de force de faire trans-porter de l'immatériel par de l'immatériel. N'est-ce pas vraiment là de l'ouvrage de dieu ? Chaque fois que nous nous comparons à dieu, on a l'air de croire que c'est par fatuité ; non, c'est le plus simplement du monde parce que nous nous rendons justice. Qu'y a-t-il de plus immatériel que l'électricité ? Qu'y a-t-il de plus immatériel qu'un son ? Nous avons si bien réussi à faire transporter l'un par l'autre qu'il se fait maintenant chaque jour un charroi immense de sons à travers l'espace. C'est devenu, j'allais dire quotidien, mais c'est plus que ça, c'est devenu naturel. Vous entendez ? Ce mot-là, il faudrait que nous vous le gueulions : *naturel*. Et si nous l'écrivions il faudrait l'écrire en lettres énormes. Voilà le fait : d'une chose miraculeuse nous avons fait une chose naturelle. Nous fabriquons un naturel miraculeux. Le miracle, nous le rendons si facile, si quotidien qu'il devient ordinaire, banal. Par rapport au reste du monde animé nous occupons la place que dieu occupait par rapport à nous. Nous disposons à notre gré du miracle. Et, ce qui prouve bien que nous montons à toute vitesse vers l'Olympe, c'est que dieu n'occupe plus la place qu'il occupait par rapport à nous. Les miracles de dieu sont peu de chose auprès des nôtres. Changer l'eau en vin, nous le faisons ; changer le plomb en or, nous le faisons, ressusciter Lazare — je dis bien, Lazare, c'est-à-dire un cas particulier et non pas la généralité des cas — nous le faisons aussi. Nos aveugles voient ; nous marchons sur la mer, nous multiplions les pains et si vous nous dites que tout ça n'est en somme que l'œuvre du fils, eh bien ! nous pouvons vous montrer, en ce qui concerne dieu le père, que nous disposons également de sa foudre par exemple. Ce n'est pas un transfert de force qui s'est opéré entre dieu et nous ; lui restant à sa place et nous déléguant ses pouvoirs : c'est un transfert de lieu, nous montant à toute vitesse vers le ciel, vers la place que dieu occupe. Bientôt même notre cœur occupera la place du cœur de dieu. Il n'en est plus très loin ; ils vont coïncider car, voyez, n'avons-nous pas déjà le mépris de tout ce qui n'est pas nous-même ? Et la joie, ce pauvre petit jouet humain, est-ce que nous y pensons encore ? C'est bien là ce que nos détracteurs eux-mêmes nous reprochent, n'est-ce pas ? Mais, voyez comme cela tourne à leur confusion : ce sont précisément les prérogatives des dieux. Je vous le dis, bientôt nos cœurs vont coïncider avec le cœur de dieu. Et voilà ce que nous allons faire. Nous allons d'abord tout démesurer ; nous allons enlever au travail sa mesure humaine ; ce qui faisait qu'un homme seul pouvait affronter le travail avec ses forces individuelles, nous allons le détruire et le remplacer par une mesure inhumaine. Nous allons faire exactement pareil pour tout, car tout se tient et notre travail démesuré ne serait rien qu'une curiosité si tout n'était pas à l'échelle et il finirait par mourir au fond de quelque roulotte, comme un géant de cirque. Nous allons donc démesurer la politique, la philosophie, le nationalisme, le patriotisme, le militarisme, le militantisme, l'égoïsme qui, devenu immense, peut très bien s'appeler fraternité. Nous allons tout gonfler : les dieux habitent les palais de nuages que les orages entassent en des milliers de kilomètres de haut. Il faut que l'homme seul ne puisse plus vivre seul ; il faut qu'il ne puisse plus agir avec ses simples forces individuelles. Il faut non seulement qu'il sente dans sa chair son incapacité physique mais qu'il sente dans son cœur la terreur de la solitude. La famille elle-même, qui constituait sa société naturelle, il faut que notre construction du monde la menace tellement, l'écrase tellement par son allure gigantesque qu'il en arrive à la perdre dans une conception nouvelle de la famille, démesurée à l'échelle de tout. Alors, il sera bien obligé de s'agglomérer dans ces individualités gigantesques, dans ces communautés que nous désirons voir se constituer. Il sera bien obligé d'abandonner cette qualité artisane à laquelle il se cramponne, de s'abandonner corps et âme, de tomber dans le corps de l'ouvrier monstrueux que composent les ouvriers de la chaîne. Toutes ces chaînes seront enchaînées les unes aux autres. C'est alors qu'on pourra vraiment dire : l'homme, et non plus : les hommes. Les constructeurs de la Babel ont été précipités sur la terre parce qu'ils s'étaient trompés : on n'atteint pas les dieux avec une tour de pierre ; on les atteint avec une tour de chair. Dans ce que nous concevons, elles seront entassées les unes sur les autres, gâchées en des mortiers dont nous avons le secret, armées de jeunes espoirs que nous aurons trempés à notre manière ; et l'homme que les hommes auront ainsi construit, divinement plus puissant que les hommes construits par dieu, atteindra dieu et notre cœur coïncidera avec le cœur de dieu.

» Comment peuvent-ils désirer encore rester cramponnés à leurs *prises* ? Comment peuvent-ils dire qu'ils sont en train de vivre, ventre contre terre, montant péniblement de centimètre en centimètre dans la douleur de leurs mains. N'est-il pas plus beau le vol magique que nous leur proposons ? N'est-ce pas plus héroïque ? Ne donnons-nous pas une plus grande sensation de puissance ? Comment peuvent-ils prétendre encore que l'héroïsme, que la puissance, que rien n'a d'ordre de grandeur ; que tout est toujours pareil : dans le télescope et dans le microscope ; que la nébuleuse spirale est en même temps au ciel et dans l'atome ; que leur vie minuscule est également héroïque. Enfin, voyons, les héros, c'est gros ! L'oiseau qui s'élance du sommet glacé de la montagne et qui vole à des milliers de mètres au-dessus de la vallée, il faut bien qu'il ait de lui une opinion gigantesque pour qu'il ait l'audace de son vol ! Jusqu'à maintenant nous nous considérions comme trop petits. Eux se considèrent encore comme trop petits (à jamais trop petits pour voler autrement que par l'âme et le cœur). Nous, nous avons le sens de l'énorme ; nous avons l'audace de nous élancer dans le vide. Quel vide d'abord ? C'est eux qui prétendent qu'il faut rester soigneusement cramponnés à des *prises* solides parce qu'autour de nous c'est le gouffre ; c'est leur sens du petit qui approfondit autour d'eux les vraies dimensions de l'univers. Mais, pour nous, il n'y a ni vide, ni gouffre ; nous pouvons tout atteindre instantanément. Ce dans quoi ils ont la terreur de tomber, nous savons que nous n'avons qu'à allonger simplement notre jambe pour poser notre pied sur les prairies de la vallée. Ce qu'ils appellent notre *esprit de vertige* c'est seulement la claire vision des choses, les dimensions de l'univers ajustées à notre grandeur. Le vide dans lequel ils croient que nous nous renversons, ayant lâché les *prises* auxquelles ils se cramponnent farouchement, est un espace qui désormais nous appartient et dans lequel notre puissance divine nous porte.

» Que s'ils doutent de notre grandeur il est alors facile de décrire les multitudes qui la composent. Elles ont une double puissance : le nombre et leur étrange qualité. C'est une innombrable armée de squelettes. Notre idéal est supraterrestre ; les réalisateurs sont supraterrestres. À tous les endroits où nous devons combattre pour la vie, nous avons placé un squelette et c'est lui qui combat à notre place. Nous, nous n'avons qu'à nous occuper du squelette. Voyons d'abord les choses un peu en détail. Le long d'une route, par exemple, vous ne verrez plus un homme qui marche : vous verrez un homme assis dans le thorax d'acier et de verre d'un squelette qui marche pour lui. Il n'y a plus qu'à tourner de droite et de gauche une petite roue pour le faire aller à droite ou à gauche ; marcher n'est plus l'affaire des jambes, c'est une affaire de mains, de petites pressions de pieds et de fesses. Si le squelette s'arrête, il n'y a qu'à sortir du squelette et s'occuper de lui, relever son capot, guérir quelque viscère d'acier. Il est bien inutile de marcher soi-même. Si le squelette ne marche pas quand même, il est bien inutile de marcher à sa place comme on faisait dans le temps ; on s'assoit au bord de la route, on attend que passe le squelette automobile au service d'un autre homme. On fait signe d'arrêter. Il s'arrête. On charge l'homme d'une commission pour le médecin du squelette. Il y en a dans tous les villages et même dans le large des routes. Et il va le prévenir. Des fois même il suffit de s'adresser à un squelette d'un autre genre : c'est un fil allongé sur des poteaux. C'est un squelette ; il parle à votre place. On parle dans la bouche de ce squelette-là et, à des kilomètres plus loin, sans qu'on soit obligé de marcher, de changer de place, ce squelette parle pour vous à un médecin mécanique que vous n'avez jamais vu et lui signale que vous êtes en panne. D'ailleurs, les allées royales d'ormeaux et de chênes qui accompagnaient les routes avec de l'ombre et des oiseaux, on les a abattues pour faire de la place. Il nous faut de la place. Les hommes anciens n'avaient que des corps alors, évidemment, les arbres avaient peut-être leur utilité. Nous autres, hommes nouveaux, nous avons des *empâtements*[1] ; il nous faut beaucoup de place pour que ces empâtements puissent se croiser, se dépasser, se déplacer à l'aise, et d'autre part le squelette lui-même nous donne de l'ombre tout le long du voyage. À quoi bon marcher ? À quoi bon également aller parler soi-même aux gens à qui on a quelque chose à dire ? Il faut affronter des visages, des yeux ; tous les contacts des corps avec les corps sont des drames de la connaissance. Il n'y a qu'à parler au squelette-téléphone ; le squelette parle pour vous, où vous voulez. Il n'y a pas besoin de se soucier de la qualité du regard, ou de la beauté de la bouche, ou de la passion qui à quelque degré que ce soit s'enflamme, s'allume ou tout au moins toujours rougeoie dans deux êtres vivants en contact direct. Tout ce qui appartenait aux corps, ce qu'on pouvait appeler par exemple l'appareil passionnel d'un corps vivant au milieu de tous les corps terrestres est remplacé par un appareil technique qui

1. Giono joue ici de l'homophonie entre l'*empattement* des voitures (c'est-à-dire approximativement leur largeur) et l'*empâtement*.

est chargé d'accomplir ce que les passions accomplis-saient. L'homme n'a plus besoin d'être ému, d'être fort, d'être quelque chose. Il lui est permis de n'être rien. Il a des squelettes qui sont tout.

» Restons toujours dans le détail; la multitude viendra après; il faut d'abord bien comprendre la vie divine que ces squelettes divins nous donnent. Pre-nons encore un exemple et prenons-le cette fois dans le plus romantique de cet appareil passionnel que nous nous efforçons de remplacer par de l'appareil technique. Prenons par exemple le cas d'un homme et d'une femme qui s'aiment. Nous devons convenir que nous n'avons pas encore trouvé un appareil qui aime à notre place. C'est une chose dont nous devons encore rester chargés. Évidemment. Mais là aussi la conception nouvelle de la façon de vivre transforme tout, à l'ancienne mode, du temps où il n'y avait que des corps sur la terre et pas du tout de squelettes mélangés à ces corps, l'amour était un formidable élément de racinage et de peuplement des solitudes. Quand l'homme était encore obligé de vivre par ses propres moyens, l'amour était l'instant le plus pathé-tique de toute sa vie. Le face à face avec dieu, les deux corps se le procuraient l'un à l'autre. Pour nous qui voyons clair dans l'avenir divin de l'homme, nous dirons que c'était un procédé de dénuement. Cela ressemble tout à fait aux trucs qui permettent à Robinson Crusoé de vivre en attendant dans son île déserte. Reconnaissons cependant en toute bonne foi que, l'amour, nous sommes encore obligés de le faire nous-mêmes; c'est un joint dans lequel nous n'avons pas encore pu glisser de squelette; mais, nous l'avons entouré de squelettes et la vie qui nous y mène, nous la vivons par la procuration des squelettes. Dans un monde que les derniers de nos adversaires appellent *naturel* (et ce mot leur remplit la bouche) c'est-à-dire, disons-nous, dans un monde où l'intelligence de l'homme se borne à jouir des dons du monde, l'amour, c'était tout de suite la recherche de la solitude. Car, la capacité de jouir de tout, l'extrême sensibilité que l'amour apporte, la fureur étonnée de la chair, donnant un prix infini aux plus petites valeurs du monde, l'homme avait besoin de sa propre vie, ne permettait à personne d'autre de s'en servir et la vivait. Tout partait de là ; c'était le centre du typhon. Cet élément orgiastique, la multitude de squelettes que nous employons à vivre l'a écrasé et moulu comme poivre. L'emploi du squelette est voluptueux par lui-même. Nous n'arrivons plus à l'amour sur la fin d'un formidable élancement vers dieu. Au contraire, nous sommes dieu tout le reste du temps et l'amour est une fonction comme les autres. Il n'y a plus de sommet pathétique mais un épice général et commun.

» Le souci des temps d'autrefois s'est souvent préoccupé de cette disparition des valeurs premières. Il se la représentait sous la forme d'une danse macabre. C'étaient des temps où l'on avait tellement confiance dans l'appareil passionnel qu'on s'efforçait de recouvrir de chair tous les symboles, tous les dieux. L'inquiétude, au contraire, décharnait et le symbole de la chute des hommes rebelles, c'était le squelette[1]. Ils voyaient des squelettes envahir les jardins, marchant avec de raides génuflexions à la pavane[2] ; ils cla-

1. Giono mêle ici avec les formules « danse macabre » et « chute des hommes rebelles », les deux tableaux de Breughel qu'il a évoqués précédemment : « La Chute des anges rebelles » et « Le Triomphe de la mort », où l'on voit, par exemple, une femme vivante enlacée par un squelette.
2. La *pavane* est une danse ancienne qui, plutôt que de raides génuflexions, comporte des mouvements arrondis, d'où son nom, qui évoque la roue des paons.

quaient des condyles, oscillaient de l'iliaque[1], bascu-
laient de l'épine, balançaient des humérus, saluaient
du frontal, arrivaient pas à pas, secs, les uns après les
autres un peu comme des machines qu'un esprit
conduirait ; ils se mêlaient à la vie et le somptueux
déroulement des champs de fleurs et des collines
s'éloignait de l'autre côté du grillage blanc de leurs os.
Le même rire éperdu qu'aucune lèvre ne contenait
plus éclairait toutes ces têtes aux grandes orbites
d'ombre. Aucun des attributs de la vie n'était plus
dans les mains des hommes. Les mains des hommes
étaient à l'abandon, molles et vides. Les instruments
de musique, les outils, les rênes des chevaux, les
plumes, les livres, les manches de la charrue, le
semoir, le sabre, l'eau bénite, la corde de la cloche,
l'ostensoir, la trompette : tout était tenu par des
phalanges fermées sur des métacarpes. L'os de sel des
phalangettes grattait les guitares ; les maxillaires écra-
saient le cuivre des cors de chasse ; épaules de chevalier contre omoplates ; épaules de laboureurs contre
omoplates ; épaule de prêtre contre omoplate ;
hanches de femme contre iliaque ; taille enlacée de
cubitus, métacarpes plaqués aux fesses ; l'humanité
sautait en cadence sèche avec les squelettes. Parfois,
quelque princesse coupée de terre comme une gerbe,
renversée dans l'angle d'un cubitus et d'un humérus,
fanée comme du foin, la tête flétrie, commençait à
pourrir en pleine danse sous le rire sans limite de son
cavalier d'os. Là, un pontife, rétif comme une chèvre,
se faisait trousser ses jupons de dentelles par quelque
impérieuse rotule qui forçait ses vieilles cuisses. Ici, un

1. *Condyle* et *iliaque* sont deux termes d'anatomie rattachés à la
description du squelette. *Condyle* désigne une extrémité d'os faite pour
s'emboîter dans une articulation. *Iliaque*, mis ici pour « os iliaque »,
appartient à la description du bassin.

homme n'est jamais en contact direct avec un autre homme ; il y a toujours un ou plusieurs squelettes entre eux ; jamais un homme ne peut toucher une femme ; les squelettes sont agglomérés sur les femmes comme des mouches sur des gouttes de lait. On les voit qui se pâment, à tout moment, renversées ou sur le point de se renverser avec une extraordinaire ivresse dans les yeux de leurs grands visages tristes. La même ivresse est dans les yeux des hommes que, de tous côtés, les squelettes tirent vers les contredanses. Il n'y a plus de mains libres, plus de cœurs libres, et le ventre des femmes, sous les doigts d'os, s'emmêle en lui-même comme la pelote de laine entre les griffes d'un chat. Il n'y a plus de libre que la tristesse de tous ces visages tournés les uns vers les autres pendant qu'ils s'éloignent les uns des autres dans l'ivresse géométrique.

» Les temps anciens qui inventaient les danses macabres se trompaient. Ce n'est pas l'inquiétude qui décharne, c'est la raison, et la certitude qu'elle donne. Le squelette n'est pas le symbole de la chute des hommes rebelles, c'est celui de l'ascension des hommes puissants. Le squelette ne nous effraye plus ; nous avons créé des squelettes divins. Ils n'envahissent plus nos jardins contre notre gré ; nous avons nous-mêmes ouvert les jardins, abattu les arbres ; nous avons nous-mêmes créé les squelettes, nous les avons contrôlés, nous nous sommes poussés pour leur faire place, nous les mettons entre nous et notre femme, entre nous et nos enfants, et bras dessus, bras dessous, en avant la musique. Quand notre raison s'est mise à créer, quand, peu à peu, des méthodes de plus en plus exactes ont organisé l'emploi de notre raison, nous nous sommes aperçus que la chair ne servait pas à la force, que la chair était inutile à la force. La chair du bras, à quoi sert-elle ? Sans les os qui sont dedans, ce serait un lamentable boudin. L'os seul est puissant. Une bielle de locomotive n'a pas de chair. C'est strictement un humérus et un cubitus joints par un condyle et, voyez-la qui démarre la roue! Nous avons inventé ces deux os et ce coude qu'est la bielle, telle qu'elle est, admirable dans sa sécheresse d'os d'acier; inventer de la chair pour mettre autour serait du temps perdu, serait une invention ridicule.

» On y a cependant pensé à cette chair. Instinctivement, c'est la faiblesse de l'homme de penser à la chair. Aussi bien ce sont les plus faibles qui y ont pensé et l'image qu'ils se faisaient ainsi de la machine était à la fois la révélation de sa grandeur divine et l'expression de leur faiblesse. Nos techniciens sont des hommes forts et raisonnables; leur intelligence voit la réalité par-delà les apparences. Ils n'ont pas besoin de représenter la forme d'un homme pour savoir que la machine la plus informe qu'ils créent est un squelette d'homme divinement puissant. Mais, ceux qui ne sont pas techniciens (quoique enivrés par la puissance divine que leur donne la technique) ont imaginé une machine en forme d'homme, non plus le squelette mais l'homme lui-même et dont des tôles imiteraient la chair. Cette machine a une tête, des bras (et non plus de simples os), une poitrine (et non plus des cylindres et un carter), cela se tient debout sur des jambes; cela marche en faisant des pas, travaille avec ses bras comme un homme, cela s'appelle un robot. À ce point-là ce n'est qu'un moyen terme. Ce qui est séduit par une machine semblable, c'est notre nostalgie de chair, notre goût maladif pour la faiblesse. Nous, nous allons plus loin. Nous n'avons pas besoin de l'aspect physique. Notre raison ne se satisfait que dans la pureté de l'essentiel. Nous allons à l'essentiel des choses; l'os nous suffit et, quand nous avons appétit de prendre connaissance des formes nouvelles que notre puissance revêt, notre esprit suffit à les comprendre. Le moteur à vapeur et ses accessoires, le moteur à explosion tel que l'aviation l'utilise (semblable à un ostensoir vivant où le dieu bruit avec ses ailes de fer et s'environne lui-même de ses propres rayons), l'appareil circulatoire des centrales électriques ; les veines caves, les artères des systèmes générateurs hydrauliques composent devant notre intelligence l'idéal de l'homme métallique plus sûrement que le robot. Les squelettes avec lesquels nous marchons bras dessus, bras dessous à la conquête des hauteurs ont perdu leur apparence humaine ; ils n'ont plus gardé que le sel. Aussi bien leur puissance est-elle devenue vraiment divine. Nous en avons qui jouent de la musique, mais au lieu de frotter de la guitare dans un jardin, elles se font entendre de Sydney à Moscou. Nous en avons qui dament la terre, mais au lieu d'être le bruit d'un calcanéum qui touche l'herbe, c'est l'abattement de milliers de tonnes qui fait chaque fois trembler six kilomètres de tour. Nous en avons qui creusent la terre, mais au lieu d'être la phalange qui gratte un coin du jardin pour y enfouir les bijoux de la princesse, l'aumônière du pontife ou l'épée du chevalier, ce sont des bennes avec des ongles de deux mètres qui arrachent d'un seul coup quatre mille kilos de terre, les soulèvent sur des grues, les emportent sur des ponts roulants, vont les déverser au bout d'un geste de plusieurs centaines de mètres de déploiement. Dans le trou que ce squelette creuse en un jour on peut enterrer tous les dieux que l'homme a inventés en vingt mille ans. Nos usines sont rangées les unes à côté des autres, épaule contre épaule, sur des rangs de plusieurs milliers, sur plusieurs milliers de rangs. La multitude des boîtes crâniennes de ces usines est comme la multitude des galets de l'océan. Elles dres-

103

sent leurs cheminées comme d'innombrables lances de croisés. Dans chacune d'elles, les machines sont à côté les unes des autres, si étroitement à côté qu'entre deux machines on ne peut pas mettre un homme. À chaque minute du temps, une machine neuve naît du centre de l'usine ; en même temps qu'elle naît, pour lui faire place, à l'autre bout de l'usine, une machine sort par la grande porte. Il y a bien longtemps qu'il n'y a plus d'herbe sous cette porte ni loin au-delà de cette porte, tant il y a continûment des machines qui sans cesse sortent dans le monde ; cette terre qui est là à la porte et loin au-delà de la porte ne sert plus qu'à laisser passer les machines. De l'immense armée immobile des usines, sort l'immense armée des machines animées épaule contre épaule, sur des rangs de plusieurs milliers, sur plusieurs milliers de rangs, capables de tout faire, depuis celle qui peut saisir un fil de soie jusqu'à celle qui peut grossir mille fois le soleil. Elles font tout : elles font la guerre, elles disent la messe, elles rapetissent la terre, changent les fleuves de place, transforment un sapin en journal, se servent de tout comme matière première, se servent d'un lac, se servent d'une montagne, se servent du vent, de la pluie, de la mer, se servent de rien, font naître ce dont elles se servent ; changent les vallées en lacs, les marais en plaines, les plaines en villes, les villes en usines, les usines en machines, les machines en machines ; entassent sur les valeurs premières des valeurs secondes, des valeurs troisièmes, des valeurs millièmes qui deviennent premières, sur lesquelles de nouvelles machines entassent de nouvelles valeurs secondes, troisièmes, millièmes ; font un charroi extraordinaire de voluptés et de jouissances, comme des fourmis changeant de place les œufs de la fourmilière, les mangent, les pondent, les soignent, les abandonnent, les nourrissent, les affament, les charcutent, les greffent les unes sur les autres, les pilent comme du poivre, les répandent partout comme de la poudre, les allument, les éteignent partout à la fois comme le vent allume et éteint le phosphore de la mer, les font changer de sens, de but, de résultat, plus vivement que change de sens le vol de l'hirondelle et, détruisant leur destination première, inventent, par la simple mise en marche de leurs corps métalliques, des destinations secondes, troisièmes, millièmes, auxquelles cette mouture, ce pilage, ce greffage de voluptés les unes sur les autres s'adressera désormais. Les machines existent en immenses diversités. Chaque machine est à deux fins : la fin pour laquelle les hommes l'ont inventée et la fin qui est l'esprit même de la machine, sans que les hommes puissent exercer le moindre contrôle sur cette fin. Chaque machine transforme deux matières : la matière pour la transformation de laquelle elle a été inventée et l'homme qui se sert de la machine. Ce pouvoir de transformation qu'elle fait ainsi subir à l'homme appartient en propre à la machine autant que l'esprit appartient en propre à l'homme. C'est *l'esprit de la machine.* Il agit sur les muscles, sur les artères, sur les veines, sur la composition du sang, sur le rythme des poumons, sur la cadence du cœur, le mordant du foie, le sable des reins, les rapports des nerfs et du cerveau, les rapports des muscles et des nerfs, les rapports des os et des muscles, les réflexes, les successions de mouvements, la cadence de déplacement des membres ; il intervertit les emplacements de postes de commande du cerveau, modifie la compréhension des faits, le sens de la vérité, la vision du monde, l'utilisation de l'âme. Il n'y a pas un gramme de terre, il n'y a pas une goutte d'eau, il n'y a pas une étincelle de feu, il n'y a pas un souffle d'air, pas une cellule de chair, pas un atome de moelle, pas le plus mince fil d'un muscle, pas la plus petite poussière d'os, pas une bulle de sang, une couleur d'œil, une forme de lèvre, un son, un mot, un "pas", un "or[1]" que nous ne lancions en avant dans des sifflements terribles de vitesse. Voilà notre grandeur!

*

Oui, eh bien! ici c'est tout à fait différent, et voilà ce qui se passe.

Ils viennent de boire le café, et, tout de suite après, les mains se sont mises de nouveau à guetter, puis à toucher la matière, puis à la modifier. C'est immédiatement sous la vue de la vie, et cela va à la vie par la voie directe. Les mains où vient claquer la navette de chaque côté du métier à tisser, autant que la main raidie en proue d'oiseau à la pointe extrême de la lime qu'elle équilibre et guide, autant que la main qui se balance au bout du bras du semeur, contiennent la vie, sont des sacs de sang, sont riches de cette science humaine qui ne vient pas des déductions de l'esprit mais de la connaissance des conditions du monde. Il n'y a pas un geste artisanal qui ne soit fait en même temps des milliards de fois dans le jour par une aile, une nageoire, une antenne, une griffe, une graine, un épi, une feuille, le vent ou le soleil. Un copeau s'arrache, un fil de trame s'allonge sur la trame; un fer à cheval se courbe; l'araignée noue la traversière[2] de sa toile; la mésange tord l'osier au rebord du nid; le vannier tord l'osier au rebord de la corbeille; la truelle lisse le plâtre; l'abeille maçonne les flancs du rayon;

1. Dans les premières éditions, ces mots prêtaient à confusion du fait de l'absence de guillemets. Nous suivons ici la correction proposée dans l'édition de la Bibliothèque de la Pléiade.
2. *Traversière* est un nouvel exemple de l'emploi par Giono dans ce livre du vocabulaire de divers artisanats. Il s'agit ici d'un terme de tisserand, employé de manière métaphorique.

la vie prolonge son combat de seconde en seconde. Tout de suite derrière la peau du doigt il y a un organisme secret. Toucher le met en contact avec le monde ; l'ajoute ; le fait fonctionner par rapport. C'est la raison d'être. À cette raison le désir de grandeur ajoute l'amour d'être. La grandeur est un rapport. Un des termes de ce rapport est l'homme. L'autre est quoi ? Avant de savoir ce qu'il est nous savons ce qu'il ne peut pas être. Puisque l'homme est un des termes de ce rapport, l'autre terme ne peut pas être quelque chose qui est encore l'homme : ni dieu, ni le mythe et, en général, aucune création humaine. Il est donc tout ce qui n'est pas l'homme. Ainsi, le sentiment de la grandeur et son désir n'existe que si l'homme établit un rapport entre lui-même et ce qui n'est pas lui-même. Mais, ce rapport établi, l'homme a l'amour d'être.

J'ai souvent écrit devant quatre roses. Elles sont des quatre espèces que j'ai dans mon jardin. Il y a une « Marie-Angélica », une « Anna de Diesbach », une « Blanche Flow », et une « Deuil de Paul Fontaine ». Elles ont des noms de femmes, et même le nom d'une affection. Cependant, rien n'est plus différent de moi qu'une rose. Elle me touche à un endroit que ni une femme, ni une affection ne touchera. Car, si la femme ou l'affection me touchent à cet endroit-là, ce sera par comparaison, c'est-à-dire par reflet de la rose ; la qualité venant exactement d'elle seule ; le besoin de comparaison, venant du désir d'ajouter cette qualité à la femme ou à l'affection ; désir que j'ai si je m'efforce d'enrichir mes richesses. Élément de richesse, la rose est tout ce qu'elle veut, sauf moi ; elle n'est personne d'autre que la rose. Et j'ai beau lui donner le nom de rose, ce n'est pas son nom ; ce n'est qu'un moyen arbitraire de me souvenir d'elle ; son nom c'est exactement : ce qui n'est pas l'homme. Me souvenant alors de ces quatre roses vers la fin de ce débat que j'ai engagé au moment où je veux clairement exprimer l'origine de l'amour d'être, je sens qu'à partir d'elles quatre je peux déterminer les dimensions fantastiques du terme auquel je dois constamment me rapporter. Je l'aperçois d'abord à travers des lueurs et des brumes[1].

Ce sont les terres avec les champs ; les routes que font les pas ; l'étendue des plaines, le désir de savoir ce qu'il y a dessus et, au-delà ; le relèvement des collines, l'envie qu'elles me portent ; le relèvement des montagnes ; l'envie qu'elles me haussent ;

le dévallement des vals qui tombent du front des glaces appuyées contre le ciel ; ce qui se voit par l'ouverture des vallons ; comment les vallées me font glisser de l'une dans l'autre ;

le corps entièrement bleu des contrées qui m'attendent debout dans le chambranle des vallées, quand les échos tournent et frappent les parois comme des oiseaux de fer et qu'au-delà le débouchement[2] de la montagne, c'est midi et le silence sur des étendues si plates que le bleu s'est dressé là-dessus comme un théâtre ;

la descente à travers la forêt quand à chaque pas la montagne monte d'un pas dans mon dos entre moi et les pays que j'ai quittés ; la sortie de la forêt quand tout s'éclaire et qu'à chaque pas la pente approche d'un pas les pays vers lesquels je descends ; l'abord des plaines quand le pied se pose pour la première fois à

1. Ici commence une longue énumération à laquelle, par la ponctuation qu'il a prévue pour en faire une seule longue phrase de quatre pages (jusqu'à la page 112), Giono a voulu donner quelque chose d'un poème.
2. *Au-delà le débouchement* peut être un provençalisme, s'il ne s'agit pas d'un lapsus.

plat, l'enchaînement des plaines aux plaines, dans des charnières de haies, de bosquets et de vergers ;

le cheminement à travers le dédale sonore des arbres quand les feuillages sont des voûtes peintes de toutes les légendes que je connais et de toutes celles que j'apprends à mesure, pendant que quelqu'un fait sonner la corde grave d'une harpe de temps en temps comme avec une main qui rêve puis se réveille ;

les grands découverts où j'entre ensuite quand la roue des champs se met lentement à tourner autour de moi en s'en allant vers l'arrière, quand je vois s'incliner autour de moi comme pivot le rayon blond des avoines, le rayon rouge des sainfoins, le rayon vert des pâturages, le blé gris, le velours des terres labourées pendant que le fer rond de la roue frotte d'un mouvement imperceptible le cercle lointain d'un horizon de collines crêtées de bois en dents de peigne ;

la fontaine où je m'arrête quand tout s'arrête et tombe sur place ; quand alors le ciel se bombe au-dessus de moi, où gémissent comme des augets de meule[1] les longues glissières d'air pleines de rayons de soleil ;

l'apparition du cheval quand déjà l'eau du canon galopait dans le bassin, pendant que lui s'approchait en galopant dans le pré, puis il apparaît — c'est-à-dire il est là subitement à l'endroit où il n'y avait rien, avec sa poitrine frémissante, ses narines à fumées rouges, ses oreilles d'enfer, ses yeux de déesse, un rire vert, et dès qu'on le regarde il éclate avec un bruit cotonneux de foudre et disparaît ;

1. Les *augets* sont les seaux ou godets placés à la circonférence d'une roue pour recevoir l'eau qui la fait mouvoir, dans le système hydraulique qui actionne, par exemple, les meules d'un moulin. Ces augets produisent aisément un bruit de gémissement au fur et à mesure qu'ils reprennent la position verticale au sortir du courant dans lequel ils ont puisé l'eau.

tout ce qui s'approche dès que je m'arrête et qui m'enferme comme une abeille dans de l'ambre : quand les odeurs, les couleurs, les sons particuliers de l'endroit où je me suis arrêté ont le temps de s'adresser à moi pendant longtemps et me recouvrent peu à peu d'une chaux translucide pleine d'éventails de prismes ;

l'appel des bois, quand sous les éclairements qui passent à travers les nuages quelque lointain rassemblement de hêtres se met à luire, découvre ses couloirs, ses colonnades, ses écorces en flancs de vache, ses profondeurs enrouées, m'appelle comme un cor de chasse, me donne rendez-vous, me raconte tout le lacet de traces qu'il me faut encore délacer ; toutes les invitations vers lesquelles ma force fait tout de suite volte-face, quand brusquement un oiseau, je ne sais pas, un verdier ou une rousserolle file comme une étincelle sur des routes extraordinaires, quand le triangle des grues enfonce dans les lointains sa tête de flèche et pousse droit devant lui, quand un coin de ciel s'ouvre sur la respiration d'immenses pays inconnus ;

et alors le vent, quand il prononce des mots étrangers, que je me sens brusquement en train de comprendre un langage nouveau et que tout mon corps répond dans la même langue comme s'il s'agissait de se mettre d'accord pour un commerce amoureux en cachette, derrière le dos de quelqu'un ;

et alors encore, les chemins, les grandes routes, les roulages, les pistes, les sentiers, les carrefours, les nœuds, les croix, quand l'œil immobile et froid du lointain m'enivre, que la route me saisit dans ses dents en crochet et m'avale, tête première, puis épaules, bras, jambes, et me fait glisser le long de ses serpentements vers le bleu de son ventre où tout se confond ;

les hauts plateaux ; la solitude couchée dans ses

peaux de moutons qui sentent fort ; de l'herbe à perte
de vue, l'ombre d'un nuage passe, le vent lui-même ne
fait pas de bruit : il pèse, il se soulève, il trébuche,
s'appuie dans l'avoine sauvage, s'efforce en silence,
donne deux grands coups d'aile en plein silence,
s'envole ; on n'entend qu'un peu d'air pétiller derrière
lui comme de l'eau sur une braise, quand j'arrive sur
ces hauteurs plates, quand je n'ai plus pour m'aider à
supporter le ciel les deux parois d'une vallée ou les
arbres, ou même le lointain encerclement des collines,
quand je sens dans mon cou le fléchissement des
pointes d'herbes ; quand tout est plat, plat d'une
grande prudence, parce que tout est très haut, quand
je suis le seul être vivant vertical ;

et, dès qu'il y a un peu de sable ou de poussière nue,
les traces et les voies, le passage des bêtes ;

quand la solitude est toujours compacte et propre
comme un marbre, mais ici une femelle de putois a
traîné son ventre plein, un sanglier a charrué des
touffes d'orchis vanillé ; un écureuil a épluché des
grains de genièvre, une marmotte a griffé le tronc d'un
buisson de bousserolle[1] et léché la sève à coups de
langue qui sont marqués dans le sirop séché ; ici il y a
un quart d'heure une hermine fuyait, une fouine a
craché une goutte de sang dans la poussière ; un
renard a brisé[2] ; l'air bouge encore au-dessus de
l'empreinte qu'un lièvre a frappée en sautant ;

quand la solitude est debout dans mon dos, qu'elle
me souffle son haleine de mangeuse d'ail et l'odeur de
son corps qui sue dans des fourrures,

alors les éléments du ciel, d'un ciel dans lequel je
suis seul à être debout, et c'est une situation pleine

1. La *bousserolle* est un arbrisseau à baies rouges.
2. Le renard a brusquement donné une autre direction à sa course,
pour tromper ses poursuivants.

d'angoisse, d'instinct je me courbe, quoique mon âme se plante en arrière, je baisse la tête, je laisse pendre mes bras comme si j'attendais quelque foudre au commandement de laquelle il faudra me jeter à quatre pattes quand à l'horizon, qui est à la hauteur de mes yeux, une porte s'ouvre dans l'espace sur une couleur qui vient aussitôt recouvrir à vif mon amour, mes haines, mon désespoir et l'espérance, quand commence le grand dialogue chimique et chimérique entre les halètements de valve dans mon cœur et l'éparpillement ininterrompu de cette farine aux cent milliards de couleurs qui compose le gris immobile d'un ciel extraordinairement pur.

Le monde est là, avec lequel il faut à chaque instant que je me mette en mesure.

Sous quelque forme que ce soit, dès que le monde me touche ou dès que je le touche, j'aime exister. Je ne parle pas de la joie, mais du mélange ; je parle de ce combat dont incessamment il faut que je prolonge le temps. Il ne s'agit pas d'un rapport immobile entre deux chiffres ; il s'agit de l'affrontement de deux valeurs vivantes et ce sont les fluctuations incessantes du rapport de grandeur entre elles qui ordonnent la joie[1].

Faucher le blé, battre l'épi, vanner la balle, moudre le grain, pétrir la farine, mouler le pain, chauffer le four ;

1. À partir de ce mot commence une deuxième longue phrase constituée d'une série d'infinitifs substantivés sujets qui aboutiront, p. 114, à l'attribut « c'est grandir ». Cette phrase, en pendant à celle des pages 108 à 112, définit les actes par lesquels la seconde des deux « valeurs vivantes », l'homme, peut espérer se mettre en équilibre avec la première, le monde. Ainsi pourrait-il, comme le rappelleront les derniers mots de la phrase, se livrer à l'affrontement qui est la seule joie véritable.

ouvrir tous les matins les grandes portes grecques des bergeries, pousser le troupeau vers les herbages, le rentrer à midi, le faire sortir de nouveau à l'approche du soir et, quand la nuit d'été est plus fleurie qu'un pré, fermer sur le troupeau les grandes portes craquantes, tondre la brebis, filer la laine entre deux doigts, tricoter la laine, tisser la laine ; agneler la brebis, frotter l'agneau, soigner l'agneau qui a la clavelée, le raide[1], le ver, la fièvre, faire téter l'agneau dans le seau avec le pouce comme tétine, lâcher les agneaux dans l'étable, aller les reprendre sous chaque ventre, les enfermer dans leurs claies, porter l'agneau dans ses bras le long des grands devers de fougères qui descendent vers les bergeries, tuer l'agneau, le gonfler, l'écorcher, le vider, lui couper la tête, abattre les gigots et les épaules, scier l'échine par le milieu, détacher les côtelettes, racler la peau, la sécher, la tanner, s'en faire une veste ;

tanner la peau d'un veau, d'un renard, d'un chat, d'un lièvre, tanner, raser la peau d'un bœuf, la couper, la clouer, la coudre, en faire un soulier, un harnais, des guides, des longes, des bottes ;

abattre les arbres, traîner les troncs, les scier en long, faire des planchers, des charpentes, des piliers, des meubles ;

tirer le fer de la montagne, le charrier dans de longues charrettes pendant qu'il est encore en pierre, le fondre, le forger, le tordre, le limer, le trouer, l'assembler, l'assujettir, l'aiguiser, le façonner en bêches, pioches, coutres, couteaux, haches, marteaux, racloirs, râteaux, cercles de roues ;

tirer la pierre des carrières, la tailler, tirer la chaux, tirer le plâtre, tirer le gravier, tirer l'argile, cuire la

---

1. La *clavelée* et le *raide* sont bien des termes de vétérinaire qui désignent des maladies de moutons.

brique, cuire la tuile, gâcher le mortier ; bâtir ; dresser l'échafaudage dans le bourg, au village, dans les champs, au croisement des routes, au flanc de la colline, dans la solitude, planter les poteaux, qui sont des troncs de sapins, attacher les traversières, qui sont également des troncs de sapins avec de grosses cordes qui sont du chanvre tourillonné à la roue, placer les plateaux qui sont des planches de hêtre encroûtées de mortier sec, croiser les chevrons, pendre la poulie, descendre la corde qui est en chanvre tourillonné à la main,

pendant que de longues charrettes charrient les matériaux, s'arrêtent dans des auberges, se font ouvrir les grandes portes des étables, parlent de la maison neuve, avec le piéton[1], avec le passant, avec le cavalier, avec le patron, avec la servante, la vieille femme, le berger, le faucheur appuyé sur sa faux ; elles s'abritent de la pluie sous des chênaies puis s'allongent de nouveau sur les chemins dans la dorure des flaques d'eau, marchent vers l'échafaudage qui contient le mur neuf pendant que le soleil revenu, écarte de tous les côtés ses ailes de paon dans l'averse qui fuit à travers les pays ;

connaître les saisons, démêler l'intersection où elles se décident et emportent dans leur décision le sort des sèves et des sangs, apprendre peu à peu ce qu'apportent et ce que retirent les lunes, savoir à tout moment de quoi c'est l'heure, tenir compte des jours de gestation des vaches, des truies, des juments, de l'époque des mues, de la durée des germinaisons ;

vivre dans l'équilibre de cent choses diverses et composer de tous ces ballants opposés son équilibre personnel, c'est grandir ;

1. *Piéton* est pris ici, non dans son sens moderne, mais dans un sens plus ancien de facteur rural qui fait son service à pied.

à mesure que ce qu'on appelle la joie — un sentiment amer et magnifique — s'installe à côté de moi
avec les gestes rondement égoïstes de quelqu'un qui
n'est pas le premier venu.

Et c'est un combat solitaire.
Je n'ai pas intérêt à faire combattre les autres à ma
place. Ou quoi que ce soit à ma place. Sous prétexte
d'économiser mes forces. On n'économise pas la
force : celle qu'on n'emploie pas n'existe plus à l'instant même où on la met de côté. Ce dont on veut ainsi
me débarrasser, ce n'est pas d'une fatigue, c'est d'une
prérogative. Je n'ai pas intérêt à être malin ou riche
d'argent, ou puissant sur les autres ; vivre, personne
ne peut le faire à ma place. Que la machine soit un
assemblage de pièces d'acier ou un assemblage de
pièces humaines, ou un mélange des deux assemblages, elle est un intermédiaire entre la vie et moi. Si
je vis par le truchement d'un quelconque de ces
assemblages, j'y perds. Il y a une difficulté contre
laquelle se banderait mon désir de grandeur que la
machine transforme en une facilité qui m'avilit. Je
prends l'habitude de jouir des choses faciles. Il y a une
multiplicité de contacts nécessaires à l'établissement
de ma joie que le travail d'équipe disperse ; il y a une
connaissance complète qu'il empêche ; il y a toute une
partie de moi-même qu'il n'emploie pas, qui se bruta-
lise par manque d'usage puis qui meurt ; et je la
perds.

Vivre est un combat solitaire.
Je ne parle pas d'anachorètes. Ce que je vais
raconter maintenant s'est passé le 18 septembre 1937.
Il se trouva que dans les mois qui précédèrent, mon
ami Cather, fermier de Silence, avait commandé :
d'abord pour lui une paire de souliers dits alpins,

c'est-à-dire qui se lacent sur le côtć (c'était pour pouvoir marcher à l'aise dans les poussiers d'orge); ensuite, il avait, non pas besoin mais envie depuis longtemps d'une longe extra-longue, propre à amarrer ses quatre mulets et ses trois chevaux sur un grand cercle d'aire avec les harnachements conséquents; ensuite Mélanie Cather, maîtresse du ménage, avait voulu six jarres de terre crue contenant chacune neuf boisseaux pour des usages qu'elle savait mais sur lesquels elle ne donnait pas d'explications; ensuite, la fille Rose avait été autorisée sur sa cassette de vente de cocons à soie à prélever de quoi se fournir en un beau manteau d'hiver (elle le voulait en peau de mouton), tout de suite l'autre fille Françoise avait rechigné et obtenu le même manteau, et le fils aîné avait plaidé pour un boggey qui, finalement, par un miracle lyrique, s'était transformé, lors des conversations de commande en une calèche, inutile mais superbe. Sur tout ça le bourg avait travaillé trois mois et, vers le 12 ou le 13 septembre, ceux qui avaient ainsi travaillé pour Silence s'étaient trouvés réunis sans préambule au Cercle, un soir où l'orage tournait et, l'un ayant dit (celui de la calèche): j'aurais bien besoin d'un peu de beau temps, on lui demanda pourquoi (puisqu'il travaillait en atelier fermé) et il annonça que c'était pour aller livrer la calèche à Silence. Au bout d'un moment ils dirent tous: ça m'arrangerait aussi somme toute. Tu as bien fait d'y penser. Ils avaient tous quelque chose à livrer à Silence et tout était presque fini. Il ne restait de pas complètement terminés que les souliers alpins, le plus vite fait; mais Cather avait tellement dit que ça ne pressait pas avant octobre que le cordonnier s'y était mis de main molle, le reprenant, le quittant, le laissant; enfin, il promit d'être prêt pour la date où tous les autres monteraient et on pouvait être sûr qu'il serait prêt puisque c'était son intérêt. On se servirait de la calèche, bien entendu. Restait la question des chevaux. Là-dessus, on trouva que Médé qui faisait les charrois de la gare petite vitesse pourrait prêter les siens si on lui disait de venir avec ; d'autant plus que, la beauté de la chose d'un départ en calèche et ce qu'on pouvait supposer de la réception à Silence, tout semblait être une affaire toute préparée pour Médé. Médé est grand, sec, brun, sans bouche, de bel œil, et toujours prêt à frémir comme un tremble à tout ce qu'on lui propose d'un peu extraordinaire. Je sais aussi qu'ils le rencontrèrent le même soir comme il venait de sortir de l'auberge de Château-Rouge où l'orage tournoyant l'avait lui aussi retenu plus de deux heures. Il était prêt à s'engager, lui et ses chevaux, pour le char même du soleil. Ce fut entendu tout de suite et tout de suite ils s'en léchèrent les babines ; on pouvait prévoir quelle serait la réception à Silence. La journée du 18 septembre montra bien que dans cet ordre d'idées on ne peut rien prévoir du tout.

De très bonne heure elle était claire comme de l'eau de roche ; un peu banderolée en bas dans la plaine par un long serpent de brume verte qui dormait sur les emplacements du fleuve et dans lequel, à mesure que l'heure arrivait, on vit peu à peu rougir la chaleur du jour. D'en bas toujours, montait l'autre signe du beau temps, un bruit d'huile en poêle qui est le bruit que fait de loin la chanson mélangée des milliers d'oiseaux habitant le pays des eaux, des limons, des mouches et des grands platanes. Ici, comme d'habitude et par rapport, une paix à entendre craquer un sapin à un kilomètre de distance et un silence si bien d'ici que la ferme où l'on allait s'appelait elle-même Silence depuis plus de cinq cents ans. Jusqu'ici, tout ce que je raconte, je l'ai su par ouï-dire, je n'ai pas été témoin ; j'étais parti d'une heure encore meilleure pour aller chercher des champignons ; mais voilà ce qui est maintenant de notoriété publique. Médé fut le premier debout. La beauté particulière de l'aube, l'exaltation qu'il avait dans le ventre et ce vers quoi coulait le jour lui firent inventer dans le genre affectueux, non pas un, non pas une série, mais une source, un mississippi de jurons magnifiques et tendres avec lesquels il salua, caressa, étrilla et pomponna ses chevaux pendant plus d'une heure. Il n'était pas encore jour et il faisait toute cette affaire dans la rue. Médé a une voix de cuivre ; ce qu'il dit s'entend. Ça et les piaffements de fer sur les pavés, les fenêtres commencèrent à s'ouvrir. La première peut-être pour réclamer du silence mais tout de suite elle fut remplie au-delà de son contentement avec du Médé de derrière les fagots. Au dire de ces voisins-là qui cependant y sont habitués, c'était de toute beauté, je cite leurs propres termes, je sais personnellement ce que c'est que les jurons de Médé, tant dans le genre affectueux que dans le genre tragique. Ce sont des convulsions de la nature auxquelles il m'a été donné d'assister. C'est à proprement parler une ascension d'anges rebelles, mais d'ordinaire, au bout de dix minutes, le paroxysme est atteint et il vous tombe dans les oreilles un grand calme dont on se dit tout de suite qu'il arrive à temps, et que, sans lui, on n'aurait pas tardé à se mettre à hurler à la lune comme un chien qui a peur. Cette fois-là — je répète que je n'étais pas témoin — cela dura plus d'une heure, sans arrêt. Résultat : le jour ne passait pas encore entre les balustres du clocher que toute la rue était réveillée, en chemise aux fenêtres, hommes, femmes, enfants s'interpellant, interpellant Médé l'imperturbable. Il ne s'abaissa pas d'ailleurs à leur donner la moindre explication. Il était divinement au-dessus de leurs réclamations et de leurs prières. Il peigna les crinières, brossa les flancs, lustra, sécha et fit reluire les bêtes. Il passa les sabots au pinceau noir. Il tressa la queue rouge de Matelot avec des floquets de paille jaune ; et, dans la queue grise de Bella il entremêla la tresse d'une étoffe d'un bleu extraordinaire. Quant à Coriolan, il le prépara tout spécialement de la tête aux pieds, des roses aux oreilles, des grappes de raisins en paille dans la crinière et un travail si somptueux dans la queue qu'en fin de compte elle resta semblable à l'épi de quelque céréale magique, à une sorte de maïs céleste. Laissant autour de tout ça parler ceux qui parlaient, ne leur répondant jamais, faisant son travail et jurant continûment dans l'affection, la tendresse, l'amour, la douceur de cœur et la joie de vivre. Tout ça ! Puis, à un beau moment il jeta l'étrille, la brosse, le seau contre le mur, il détacha les bêtes de l'anneau et les laissa libres. Elles restèrent toutes les trois immobiles comme des bêtes d'émail. À peine si elles frémissaient un peu de l'oreille en entendant les cent voix entremêlées chuchotantes des fenêtres. Alors, Médé s'arrêta de jurer. Il mit ses mains dans les poches. Il dit trois mots ; personne n'a su me dire lesquels et, sans se soucier des bêtes, il leur tourna le dos et s'en alla. Et les trois bêtes, dans toute leur splendeur, le suivirent comme si elles étaient attachées aux flancs de cet homme par dix mille kilos de brides en cuir de taureau. Voilà ! Ça m'a été dit depuis, cinquante fois par cinquante personnes différentes, cinquante fois pareil ! Et il laissa la rue vide de mots, de couleur et de cœur. Mais, imaginez-le arrivant avec ses trois bêtes d'émail chez celui à la calèche. Ah ! catastrophe, dit celui-là, les yeux larges comme des soucoupes. Coriolan marchait en tête, revêtu de gloires inimaginables. Médé était redevenu sans bouche ; il ne restait plus qu'une petite ligne grise dans son visage et encore on n'était pas sûr que ce soit ça. Le carrossier regarda sa calèche. C'était difficile de lutter avec des chevaux pareils. Pourtant, jusqu'à présent il s'était imaginé d'avoir fait un travail respectable. Et c'était un travail respectable. Médé aurait pu le dire s'il avait eu envie de dire quoi que ce soit. Mais il n'avait plus envie de parler maintenant que c'était fait ce qu'il avait à faire et que les trois chevaux d'émail étaient créés. Ce qu'il faut savoir c'est que, ce qu'on appelle ici une calèche n'est pas à proprement parler une calèche. Cela ressemble aux dog-carts des fermiers américains. Sur quatre roues c'est léger, haut, gracieux et capable de passer partout. Ça suit magnifiquement un galop d'attelage sur une grande route et pour le reste de la montagne, bien attelé, ça monterait à une échelle. Pratique, c'est aimé et désiré des jeunes parce que ça permet l'usage un peu folle[1] que la jeunesse fait de tous les objets et parce que « ça pose », c'est-à-dire, avec des mots différents, c'est noble et ça donne de la noblesse à qui conduit cette chose noble. Quant à celle-là, le fils Cather (il s'appelle Tallien de son prénom) ne pourrait pas s'en plaindre. À elle seule elle avait plus de noblesse que toutes celles du pays réunies ; elle donnerait une « pose » fantastique. Cela venait du délié extraordinaire de toutes les pièces qui la composaient. Les roues, avec des rayons plus maigres que des bras de fillette de sept ans donnaient une telle impression de légèreté qu'on pensait en les voyant à des graines de pissenlit ou bien à la chose sans corps d'une lumière qui rayonne : le point rouge d'une lampe par exemple. Pour le reste, c'était fait en feuilles archi-contreplaquées, comme un violon disait le carrossier. Et en effet, dans ce quartier du bourg que la bouche de Médé n'avait pas réveillé, la calèche grondait doucement dans le calme du matin à l'unis-

1. *Usage un peu folle* est sans doute un nouvel exemple de lapsus ou d'erreur d'édition.

son du bassin de la fontaine. Il aurait fallu voir la façon délicate avec laquelle les deux hommes attelèrent à ce violon les trois chevaux d'émail. Le mouvement des mains de Médé rassura le carrossier. C'était bien une chose respectable qu'il avait faite. Là-dessus, quand tout fut prêt, Madame et Mademoiselle la carrossière apparurent à la fenêtre, un peu dépitées, écrasant calmement des seins de chemise de nuit sur des bras nus. Au bout d'un petit moment de rien dire elles comprirent que les hommes ne s'engageraient pas d'eux-mêmes et elles annoncèrent que s'il faisait vraiment très beau, elles monteraient à Silence dans le courant de l'après-midi. Ce qui passa très bien parfaitement inaperçu dans le grand moment de jouissance du départ, quand Coriolan, Bella et Matelot firent le premier pas et les légères graines de pissenlit le premier tour de roue. Médé était sur le siège, les six guides en mains ; le carrossier, avec un petit air modeste, était largement étendu comme avec vingt-quatre fesses et six ventres sur les quatre places du coffre. Tourner sur la place de l'Église et on prenait le mantellier[1]. S'il était prêt, je te crois qu'il était prêt. Il n'avait pas dû dormir de la nuit. Et il n'avait pas emballé ses manteaux. Il prétendit que l'air vif et le soleil feraient du bien à la toison. Mais d'abord, quand il vit arriver toute l'histoire, le Médé et son train, lui qui n'avait pas d'imagination, dans le genre juron il lâcha une série de « sacré de, sacré de... — Quoi? demanda Médé. — Rien ». Il étala les manteaux sur deux places, le carrossier s'arrangea pour n'avoir plus que douze fesses et le mantellier monta. Beau temps, dit-il. C'était vrai. Le cordonnier avait un ulcère au pylore. Il disait que sur la photo

1. Le contexte montre que ce *mantellier* est tout naturellement le fabricant de manteaux, mais le mot n'est pas connu.

c'était gros comme une tête d'épingle mais que ça faisait du mal plus qu'une montagne. Il s'assit à côté de Médé sur le siège. On passa par la rue de Verdun. Alors, dit le cordonnier, comment allez-vous ? Ils dirent : tu vois. Il dit que lui, il allait fumer une bonne cigarette à jeun, là-dessus, au bon air. Sur le pas de la boutique, le bourrelier et son pignouf[1] attendaient. On chargea la longe et les harnachements. À ce moment-là la belle-sœur sortit dans la rue. Elle était venue habiter à la boutique après la mort de sa sœur, faire marcher le ménage du veuf. Elle était belle comme du lait. Une graisse légère, toute heureusement répartie sur elle, riait au coin de ses lèvres, aux plis de son coude, au bas de son cou, à l'entrée de sa gorge. À tout moment, de petits plis riaient sur toute sa chair qu'on voyait. Malgré la bonne heure elle était habillée de pied en cap et de la poudre sur les joues. Elle sentait l'eau fraîche et la rose arrosée. L'opinion c'est que le pignouf de son beau-frère lui disait de temps en temps deux mots. Ils n'en faisaient toutefois rien voir. Surtout ce matin où cependant ils avaient l'espoir de rester toute la journée seuls et bien tranquilles. Au contraire, la belle-sœur regardait l'attelage ; elle regardait Médé. Ses yeux avaient d'autres envies que le pignouf et, somme toute, on sut à la fin que ce qu'elle avait espéré c'était partir avec eux. C'était, bien entendu, impossible et ça le resta malgré sa poudre et le lait dont elle était faite. Mais on pouvait parier la voir monter là-haut après-midi, peut-être même à cheval derrière le pignouf sur sa motocyclette. Deux ou trois mots furent lancés là-dessus. Puis, on sortit de la bourgade parce que la

---

1. *Pignouf* est attesté en argot au sens d'apprenti d'un cordonnier, sinon d'un bourrelier. Le sens moderne dérive sans doute de cette acception.

tuilerie et ses jarres étaient à deux cents mètres d'ici, sur la route de Silence. Le jour se levait comme on trottait hors des murs.

C'est ici que moi j'interviens. À partir de maintenant, ce que je vais raconter c'est ce que j'ai vu et à quoi j'ai participé. J'étais sous les hêtres. Je n'ai jamais vécu un matin pareil. Les gestes pesaient moitié poids comme si on était dans de l'eau claire. Le poumon était devenu une sorte d'appareil de connaissance. L'air se mangeait avec la joie que donnent les bons aliments. Il y avait des goûts qui pénétraient en moi-même et me parfumaient si profondément que je sentais immédiatement leur odeur passer dans mon sang comme une qualité nouvelle qui se mettait tout de suite à agir sur mon envie de voir, de toucher, de courir, de crier et de danser comme si c'étaient les seules raisons de la vie. Par là-dessus le jour monta. La lumière même à travers le feuillage des hêtres devint une féerique lumière verte de fond de l'eau et, à travers les sommets des arbres, je vis les beaux rayons souples du soleil tressés comme les osiers d'une corbeille avec des nuages en plumes de cygne. J'entendais l'écureuil gratter ; j'entendais les mulots courir, j'entendais les feuilles bouger ; j'entendais l'écorce craquer ; j'entendais voler les colombes ; j'entendis le pas de trois chevaux sur la route dans les lacets de la forêt. C'était peu après un détour près de la source. Je bus. Je sentais l'odeur des chanterelles, l'odeur des prèles, l'odeur des bardanes, l'odeur des centaurées ; le sulfureux de certains bolets ; le citron des russules, le sucre de la sève d'érable ; l'odeur d'écurie magique des grands espaces couverts de feuilles. C'est ainsi, comme je me relevais de dessus la fontaine, le menton ruisselant d'eau et le froid dans le gosier que je vis apparaître Coriolan. Sur le coup, je m'imaginais enchanté. Et le coup continua à sonner dans ma tête durant toute la journée. Si l'on sait bien, tel que j'ai dit, quelle était la qualité marine, allègre et poissonneuse de la matinée et comment la forêt près de la fontaine sentait l'algue et le repaire sous-marin, on peut comprendre comment il me sembla voir surgir des verdures glauques du détour, non pas Coriolan, mais l'hippocampe. Il marchait en flèche. Il avait un pas très spécial qui n'était pas l'amble espagnol, certes, mais qui n'avait plus rien de commun avec le pas qui lui servait à traîner la charrette des colis de petite vitesse. Sa tête magnifique se recourbait en cime de fougère et tout son corps, écaillé de plaques de sueur, ondulait dans l'effort avec une telle noblesse qu'il grandissait en proportions énormes à mesure qu'on se rendait compte de tout. Après lui, rien n'étonnait plus parce qu'on était déjà saoulé d'étonnement et, non seulement Matelot et Bella semblaient naturels (un naturel de fond de mer) mais la calèche elle-même, avec son chargement auquel s'étaient ajoutées les jarres, on se rendait compte que sans elle la matinée n'aurait pas été complète et quand, derrière la calèche, je vis les cinq piétons qui suivaient, je fus à la limite de l'aisance et du contentement. Pendant que tout ça montait vers moi, je me disais : voilà bien l'arrangement que la magie fait tout de suite avec le corps des hommes : sur l'instant qu'elle les plonge dans un endroit où ils n'ont pas l'habitude de respirer, elle change leurs poumons en conséquence et, somme toute, une minute après on est autant à son aise là qu'ailleurs. C'est dans cet état d'esprit que je m'approchais des hommes où j'avais tout de suite reconnu Médé. Sur l'instant, je fus surpris du brillant de leurs yeux mais, je dus rapidement briller de la même façon car eux ne manifestèrent aucune surprise. On ne s'arrêta même pas. Il y avait un pas commandé par Coriolan qui tirait dans la montée avec trop de décision pour qu'on puisse penser à le rompre. J'emboîtais le pas. J'entendis disparaître derrière moi ma chasse aux champignons, le projet de ma grande promenade dans les solitudes de la forêt, et on m'expliqua que nous allions à Silence porter ce qu'ils appelaient les « manufactures ». À les voir sur la calèche et y compris la calèche, on ne pouvait pas croire que c'étaient, comme ils disaient, des œuvres de la main. La toison des manteaux était vraiment en or. Et il n'y avait aucune chance pour qu'on puisse obtenir des jarres semblables à celles qui étaient là sans compromissions occultes ; je les trouvais tous bien modestes.

Quand on émerge de la forêt par le Nord, Silence apparaît dans ses hauteurs. À partir de là le chemin ondule dans les pâturages et, à chaque détour, dans le grand découvert, il apporte quelque chose de nouveau. Une fois ce sont les grands murs d'enceinte de la ferme ; puis d'une petite bosse très sèche, généralement couverte de centaurées, il montre la large porte ronde. À mesure qu'il va de droite et de gauche, gagnant chaque fois comme dans une sorte d'escalier, il fait se découvrir les bergeries, les soues, les écuries, le corps de bâtiment et tout de suite après une lyre de bouleaux et de trembles dans laquelle le vent ne cesse pas de jouer. C'est Silence. Après, peu à peu, à mesure qu'on monte, on voit plus haut la muraille d'une forêt de sapins, immobile, toute noire, arrêtée en ligne droite tout le long des herbages dorés. C'est Silence. Après, on voit se dresser dans la distance des pays sauvages d'au-delà la forêt toute une contrée d'éboulis rouges, d'ossements montagneux, de déchirement de terre et, loin au fond, un pain de sucre en neige. C'est Silence. Ce qui est Silence aussi, c'est un gros ruisseau d'huile brune sans un mot qui s'embranche cinq ou six fois dans le chemin et chaque fois on le voit porter d'énormes truites immobiles, puis il disparaît sous les herbes des pâturages. D'ordinaire, quand on est là, il n'y a plus longtemps à attendre, il suffit de marcher bon pas. Mais cette fois il sembla que nous ne pouvions pas attendre une minute de plus après celle qui nous avait fait sortir de la forêt et, dès que l'attelage fut en plein découvert, nous commençâmes à hurler tous les six ensemble un grand bon coup. Les chevaux s'arrêtèrent. Deux échos s'occupaient encore de nous qu'un homme arriva sur le rebord de Silence et nous regarda. On le vit se tourner vers la ferme et sans doute appeler, ou plutôt s'enquérir car, l'émotion et les gens de Silence ça fait deux. Malgré la réponse il resta muet à se demander qui nous étions, puis il disparut. On fit repartir les chevaux jusqu'à la butte aux centaurées et là on les arrêta d'un nouveau hurlement. De là on voyait la porte charretière et sa barrière en herse qui fut poussée et deux cette fois sortirent. Nous nous laissâmes regarder à leur aise. Nous devions être beaux ! Nous six, ce qui fait une troupe insolite pour ces hauteurs, et la calèche où il devait bien y avoir de l'intriguant en fait de couleurs, de formes ou d'autres pour les deux qui nous regardaient d'en haut. Pour nous qui savions ce que nous apportions, c'était très épatant de se laisser regarder ; nous nous disions : « Attendez, mes petits amis, qu'est-ce que vous allez prendre pour votre rhume ! »

En plus des deux devant la porte — ils avaient dû cette fois appeler ou tout au moins dire ce qu'ils voyaient — un groupe de trois, où il devait y avoir une femme, se montra devant les bergeries, puis, sortant de la cour des étables, on vit s'avancer ce qui était sans aucun doute Mélanie, la maîtresse : une énorme jupe cloche bleu charrette dindonna jusqu'au rebord. Là, on vit qu'elle croisait ses énormes bras nus sur son ventre puis qu'elle s'aplombait sur des jambes solides, dressant le torse, gonflant le cou et on entendit sa voix descendre : une sorte de cor de chasse qui demandait les passeports. En avant ! On poussa les chevaux, Coriolan jouait un jeu splendide. Nous ne le voyions que par-derrière, puisque nous suivions et d'autre part nous étions — même moi — habitués depuis ce matin à cette subite inspiration de ses membres qui le faisait éclater comme une fleur ou s'allonger comme un serpent puis écarquiller des jambes crochues dans des obstacles invisibles sur une cadence qui emportait, mais eux là-haut, et la cloche bleu charrette, le voyaient de face, puis de profil suivant les sinuosités du chemin et, pas un visage ne pouvait se détourner du spectacle, on le voyait bien : dès que Coriolan prenait à droite, ils faisaient tous tête droite et tête gauche dès qu'il retournait. Ainsi jusqu'au dernier détour qui était à peine à dix mètres sous le surplomb ; à ce moment-là on vit arriver Cather qui se planta à côté de sa femme et cria : « Et alors ? » Alors, on s'arrêta et, sans mot dire, on les laissa tous plonger du regard dans la cargaison qui arrivait et, à ce moment-là ici dessus ce fut plus que jamais Silence. Le plus beau Silence de plus de cinq cents ans. Cather allait se décider à descendre mais Mélanie qui le comprenait toujours cinq minutes avant son premier mot cria : « Eh ! bien quoi, montez ! »

Il y a trois bergers, deux valets, deux servantes, trois fils, deux filles et les patrons. Ils étaient tous en cercle, un peu loin, comme tenus à distance par l'événement quand Coriolan aborda la plate-forme par un saut de lion suivi de Matelot et de Bella qui sautèrent, suivis de la calèche où les jarres sonnèrent, suivis de nous qui subitement, sans savoir pourquoi, nous étions mis à marcher au pas et balancer les bras en cadence comme des conscrits.

J'ai dans la tête maintenant que j'en parle cette haute ferme et ses gens. Il n'y avait là aucune facilité. Les contreforts de la muraille disaient contre quoi on luttait. C'était un endroit difficile à amuser. Pas par manque d'appétit lyrique, au contraire : les six yeux des bergers partaient d'un œil de sultan habitué à cent mille nuits, jusqu'à l'œil rond d'un enfant pareil à un coup de pierre dans l'eau ; et il y avait la sensibilité des bouches des servantes et des filles ; notamment certaines fossettes de chaque côté des lèvres et certains minuscules gouffres vertigineux dans des joues et jusqu'au menton autoritaire des Cather, mère, fils et filles, jusqu'au nez romain des Cather, père, fils et filles : tout était fait pour la joie noble et le rire plus grand que le rire des dieux. Mais c'était exigeant sur le matériel. Avant, ça se rendait compte, sachant peut-être instinctivement jusqu'où tout ça peut aller, ça ne se laisse aller qu'à bon escient. J'ai souvent entendu désirer des fêtes paysannes. On a même créé des entrepreneurs car, l'État qui connaîtra le secret des fêtes paysannes sera le maître du monde. Mais il y a ces yeux, ces lèvres, ces mentons, ces nez, ces contreforts de pierre, et la hauteur, et Silence qui s'appelle Silence depuis le fond des temps.

Mélanie fut la première à comprendre. Cather en était encore à s'approcher du cordonnier, j'entends, en salutations polies sur sa famille à six générations, que Mélanie ordonna d'ouvrir la porte en grand et « Faites-les entrer », dit-elle, puis elle me fit son grand sourire car je suis le seul homme à qui elle ait jamais souri et, sans se préoccuper de rien elle nous précéda, se faisant livrer passage à Coriolan lui-même qu'elle frappa doucement d'un revers de main sur le museau. À partir du moment où, étant entrée dans la cour par cette porte des remparts la calèche s'arrêta le long des trottoirs où l'on faisait le ménage du matin, il se passa

128

cent affaires particulières toutes très importantes. La fille aînée lâcha le balai et le seau au moment même où sa mère arrivant à la porte enjamba le balai et le seau sans rien dire et entra ; la fille courut vers la calèche. Cather avait fini par avoir entre ses mains le paquet de souliers alpins et il se mouillait les doigts pour dénouer la ficelle. Le bourrelier tirait du coffre la longe et les harnachements comme de gros paquets de tripes noires. Le carrossier tenait le fils aîné par le bras et tous les deux en même temps ils faisaient deux pas en arrière, s'arrêtaient, regardaient, faisaient deux pas en avant, touchaient la carrosserie, faisaient deux pas en arrière, deux pas en avant, deux pas en arrière, sans se lâcher du bras, comme si le carrossier était un professeur de danse. La fille aînée passa son manteau directement sur sa souille et de souillarde[1] devint une femme rouge de visage, couverte de poils blonds frisés sur tout le corps et grosse comme quatre brebis lavées ; la cadette apparut à la fenêtre de la chambre, regarda, cria, courut en tournant dans des escaliers qui firent tourner ses cris, sortit en courant, s'arrêta à dix mètres de sa sœur et arriva dans ces dix mètres à petits pas, lentement, jusqu'à être tout près d'elle qui se pavanait sans rien dire ; alors, elle caressa le manteau puis, des yeux elle chercha si le sien était bien là, prête à pleurer. Médé, indifférent, détendait les chevaux. On frappait des coups dans une porte de cave qui s'ouvrit à la fin, laissa passer Mélanie et les deux valets ; d'un mouvement de bras elle embaucha les trois bergers et tous les six ils s'approchèrent des jarres. Transporter les jarres n'était pas facile et je

1. La *souillarde* est un baquet de lessive et par extension une arrière-cuisine. Giono semble prendre le mot au sens de « fille de souillarde », et en tirer le mot *souille*, au sens de « vêtement d'une fille de souillarde ».

donnai la main. Elle nous les fit ranger, un peu enfoncées dans la terre de la cave, contre le mur du Nord. J'aime Mélanie Cather. Elle sait ce qu'elle veut et, même quand elle est seule à le vouloir, elle l'obtient exactement comme elle le veut. Elle nous a fait pivoter tous les six exactement comme si le jour tout entier était destiné à assurer l'aplomb et l'orientation de ces réservoirs de terre. Puis, elle nous ordonna de sortir comme si, tout de suite après notre départ, elle devait commencer dans ces lieux et avec ces objets quelque travail infernal, mais elle nous suivit et notre bande émergea au jour ; je crois que je portais encore la lampe allumée. La danse du fils et du carrossier était finie ; il y avait même dans ces deux contemplateurs de la calèche un peu de fatigue quoique émerveillée. Tout le reste semblait fini aussi tant pour les deux filles qui n'avaient pas quitté les manteaux mais, immobiles, se les caressaient mollement sur les flancs, que pour Cather emberlificoté dans ses harnais. Alors, Mélanie demanda ce qu'on attendait ; et elle décida tout de suite ce qu'il ne fallait pas attendre. Pour le petit berger aux yeux en ronds de pierre sur l'eau elle l'agrippa à l'épaule et j'entendis qu'elle lui disait de partir avec le troupeau tout de suite, d'aller à la Vacherette, pas plus loin et là d'attendre Kléber qui monterait le remplacer à quatre heures. Comme le berger aux yeux de sultan le plus vieux, et qui avait les initiatives, fit remarquer qu'aujourd'hui ils devaient partir tous les trois et monter aux bergeries secondes pour quatre jours, elle répliqua que ce serait pour demain. Aujourd'hui, il y avait autre chose à faire. « Et d'abord, Cather, dit-elle, est-ce qu'en fin de compte tu les mets ces souliers ou bien tu ne les mets pas ? » En effet, il était pieds nus, assis sur un tas de paille. Il voulait à la fois mettre ses souliers et tripoter ses harnachements et il s'était embarrassé de l'une et de l'autre affaire. « Je les mets », dit-il, et tout de suite il enfourna ses pieds nus dans les alpins. « Bon, dit Mélanie, alors fais sortir la grande table. » Du temps qu'on la sortait elle donna quelques ordres, c'est-à-dire qu'elle commanda au ciel et à la terre.

La fête paysanne n'a ni commencement ni fin. Elle a commencé avec la joie du premier épi de blé récolté, elle ne finira que le jour où, au bout de la tige de blé il n'y aura plus d'épi mais de l'herbe sèche. Quand cette fête n'éclate pas elle attend. Il lui en faut peu, surtout dans les périodes de travail : moissons, vendanges, fenaisons ; cela tient tout le temps à un fil. À chaque instant ce sont des fêtes particulières puis brusquement c'est une fête générale qui éclate comme la communication d'une étincelle à la poudre. Les origines de la fête paysanne sont faciles à comprendre : elles sont dans l'émotion que tout homme sain ressent devant un tas de blé, une récolte quelle qu'elle soit et dans le sentiment de liberté, de sécurité et de paix qui naturellement l'accompagne (doit l'accompagner). Pour préparer une belle fête paysanne, c'est très simple de recette : on prend une belle récolte, on prend la liberté, la sécurité, la paix. C'est le couronnement naturel de tout travail accompli. Sans fêtes, pas de travail ; sans travail, pas de fêtes.

Ici, ce fut Médé qui la fit éclater. Il n'y avait, comme toujours, pas besoin de grand'chose ; encore le fallait-il. Quand Médé n'invente pas de jurons il concentre une drôle de force intérieure sans emploi et qui cherche son emploi de droite et de gauche. À ces moments-là, il lui vient une drôle de lippe comme si sa bouche se bouleversait en retenant ce qui veut sortir. Il regarda le charroi de la table et il nous dit : « Portez-la dehors, sous les arbres. » Mélanie qui continuait à commander s'arrêta le suspens d'un éclair. Une seconde Mélanie et Médé en face : « Oui, dit Mélanie, sous les arbres, là-bas. » Et elle montra la gauche, car Médé avait négligemment montré la droite. Il se contenta de répéter : « Sous les arbres », pour bien signifier que, droite ou gauche, il avait gagné. La montée à travers la forêt nous avait donné appétit et soif. On mit là-dessus un jambon entier et un couteau qui coupait bien. Il y avait un panier de fromages blancs, une jatte de lait caillé, de la crème, du miel, une salade de mâche à l'oignon et aux girolles confites, des andouillettes froides, de la saucisse, du pâté de porc au genièvre, de la galette de froment, une dame-jeanne de vin rosé, deux bouteilles d'eau-de-vie, un énorme pot en verre plein d'eau glacée, de la gelée de framboise, des fraises des bois, des airelles, des prunes, des bolets au vinaigre, de la betterave rouge, un fromage de hure. Les filles apportaient ; Mélanie triait des clefs dans son trousseau. Les garçons apportaient. Cather faisait l'aller retour de la table à la maison. On le voyait entrer par une porte et sortir par l'autre comme une aiguille dans un ourlet. Les bergers ouvraient leurs couteaux. Il y avait des fromages forts pliés dans des feuilles de châtaigniers, des œufs frais, de la conserve de lièvre, du pâté de perdreau, de la salade de poisson et de tomate, du verjus à la sarriette, du maïs éclaté, une gelée d'épeautre au jarret de veau, un gros pain neuf froid d'une heure, du cidre de pomme, de la bière de ménage, de l'eau-de-vie de cerise, du vin cuit, du moût, de la confiture de rhubarbe, du vinaigre au basilic, des mouillettes, des cendrettes au cerfeuil, de la casse faite avec du lait de brebis, des échalotes et de la moutarde sauvage ; un plein panier de noix, de noisettes, de faînes cuites, un grand linge blanc, plié en huit énormes plis qui devait servir de nappe et qu'on n'avait pas eu le temps de déplier avant que tout vienne sur la table. On n'était assis que d'un seul côté de la table et notre vis-à-vis c'était, par-delà les forêts, le déroulement de plus de cinq cents kilomètres de montagnes de France : depuis Miribel, la Madone, le col des Mille-Martyrs, la Grande-Sure, la Charmette, le Vieux-Frou avec ses rochers d'oiseaux, Saint-Thiébaut-de-Couz et ses forêts bleues, Montancour et la Grange Communale, la Cochette dans ses glaciers et le col des Égaux, Aiguenoire et les bois de Saint-André ; l'entassement prodigieux des montagnes les unes sur les autres, à l'endroit le plus épais où la terre, la neige, la glace, les rochers, les pans de forêts, les éboulis et les gorges dépliés, repliés, et agencés par la perspective composaient une rose de diamant étincelante et sur laquelle le ciel reposait comme sur un pivot ; puis, le déroulement s'en allait fumant de vallées bleues, tout doré des hêtres d'automne, souligné du galon rouge des routes bordées d'érables, par Jean-Liond, la Servagette, Mont-Beauvoir, Mont-Grelle, l'Échaillon, Grotte-Perret, Fontaine-Noire, Fontaine-Vive, bois de Bande, Bout-des-Monts, bois de Menuet, chapelle de la Madeleine, vers Saint-Pierre de Génébroz, Château-Savardin, les Échelles jusqu'au tonnerre de dieu qui, à l'endroit où les monts se raccordaient aux plaines, tordait par moments une très lente foudre pâle dans les brumes et les orages bas. Au-dessus de nos têtes, les trembles nous éventaient de palmes vierges. De temps en temps une feuille d'or tombait. Il n'y avait qu'un vent de cime très haut dont nous ne sentions que les plumes basses, mais l'odeur en était d'antre sombre, apportant des images d'ombres, de mousses, de lichens à barbe, de feuillages noirs, d'eau fraîche et de pierres éclatées. On entendait chanter les tourdres, les cailles, la vrille rouillée des alouettes ; les merles sifflaient ; des aboiements dont on ne savait pas s'ils étaient de chiens ou de renards éclataient loin dans les prairies. Le fils aîné traînant un gros filet de pêche descendit vers le ruisseau. Le cadet courait après lui. Mélanie arriva, marcha sur Médé. « Comment ferais-tu, dit-elle, pour attraper trois pintades en plein jour ? — Je n'essayerais pas, dit Médé. — Et tu mangeras avec les anges du ciel, dit-elle en montrant notre table déjà si pleine. — Alors j'essaie », dit-il ; il se dressa et la suivit. Cather regarda le vieux berger. Je voyais l'œil de Cather, l'œil de sultan du pâtre. Au bout d'un peu, un clignement tous les deux et, en avant, ils se dressent l'un après l'autre. Et ils s'en vont. On les regarde mais on mange et on boit. C'est dix heures du matin à l'ancienne. On commence à ne plus voir le monde que comme un théâtre. On a envie de gestes parce que subitement on se rend compte que d'un geste on peut toucher à pleine main le Mont-Beauvoir au fond de l'horizon. Depuis, on a apporté du saucisson, du lard salé, un pot de graisse de porc, un pot de graisse d'oie qu'on a renversée dans un plat et sous la graisse on voit du foie, des abatis, une cuisse et des aiguillettes. Chaque fois qu'elles apportent de nouveaux présents, les servantes s'assoient à côté de nous, sur le banc. Elles y sont maintenant toutes les deux avec les deux filles. Mais la voix de Mélanie là-bas du côté de la cuisine. Nous ne savons pas ce qu'elle a dit mais les quatre filles se sont dressées à la fois et elles courent vers le potager. On n'entend plus très bien, c'est-à-dire qu'on entend trop. On ne comprend plus ce que l'on dit, on comprend à côté. Ce qu'on regarde s'approfondit. L'œil reste fixé à l'endroit où il met son regard car, tout de suite le regard s'enfonce comme une aiguille rougie dans du beurre. On voit des choses extraordinaires dont il faut à la fin se secouer les oreilles. On a bu le vin cuit, le vin cru, la bière, le cidre, l'eau-de-vie blanche, le cognac. Je me dresse. Je suis très grand. Je suis obligé de pencher ma tête pour ne pas toucher le feuillage des trembles.

Je ne m'étais jamais aperçu que le terre-plein de Silence était en pente. Jusqu'à présent il me semblait plat. Et pourtant, je suis obligé de me pencher à droite et à gauche pour que la pente ne m'entraîne pas. J'ai envie d'aller aux cuisines. J'y vais.

J'entrais. C'était le cœur du feu, de la plume et du sang. Sur la table qu'on avait poussée contre le mur, trois tas d'entrailles de pintades dans lesquels fouillait Médé. La cheminée grondait de quatre ou cinq fagots secs de bois de pin avec lesquels il était évident qu'on voulait faire une grande nappe de braise. Pour l'instant, les flammes sautaient à plus de deux mètres de hauteur comme un bouc rouge. Mélanie, énormément plus grosse que d'habitude, assise sur sa jupe bleu charrette, comme maçonnée dans ses plis, plumait les pintades à pleines mains. Médé cherchait les gésiers. Il les nettoya du pouce. « Va me chercher du persil. » Quand il eut le persil il était en train de touiller le sang des volailles avec un balai de bruyère. « Hache-moi de l'ail. » Il en bourra les gésiers. « Va demander du vin rouge. » Il mélangea le vin et le sang. « Est-ce que tu sais enlever le fiel ? » « Comment voulez-vous qu'il sache, dit Mélanie ; donnez-moi ça. Il y faut des petits doigts. » Si elle voulait dire par là qu'elle-même savait le faire, rien ne pouvait mieux prouver que les gros doigts faisaient l'affaire ; je ne sais rien qui ressemble plus à des boudins que les doigts de Mélanie. Je le lui dis. Elle répliqua qu'elle ne m'avait jamais vu boire, mais que, somme toute, à part la perte totale du peu d'intelligence que j'avais, c'était un spectacle monotone. Elle fouilla délicatement à travers les feuilles du foie et du bout de l'ongle fit sauter les petites poches vertes. « Arrive, dit Médé. — Fous-lui la paix, dit Mélanie, ce qu'on fait ici demande du sang-froid. — À part ce que je fais, dit Médé. — Qu'est-ce que tu fais ? dit Mélanie. — Comme d'habitude. — C'est-à-dire quoi? — Un plat bulgare, et à moi; va me chercher trois oignons. — Jamais entendu parler de ça, dit Mélanie. — C'est ce que je fais tous les jours. » Elle s'arrêta de plumer, restant le poing en l'air plein de grosses plumes. — Tu te fais tous les jours des plats bulgares? — Non, tout ce que je fais est un plat bulgare. — Eh bien! quoi? dit Mélanie. — Eh bien! tout. Avant, ce que je faisais c'étaient des saloperies chinoises, maintenant c'est des plats bulgares. — Si tu es fou, dit Mélanie, c'est une autre affaire alors; allez-y tous les deux, mais dès que vous aurez fait vos cochonneries, donnez-les au cochon.

— Va me chercher une poignée de poivre, une poignée de genièvre, deux clous de girofle, une feuille de laurier, une branche de basilic, deux tiges de menthe, une ombelle de fenouil, du sel, du vinaigre et un bout de lard.

— Venez ici mes chattes, venez ici mes petites; venez Rose, Françoise, Marie, Julie, venez mes doux fils, emportez-moi ces plumes. Pas toutes les quatre, une suffira. Allez me chercher, toi un verre d'eau-de-vie, un grand. Toi du lard maigre, toi du thym sec et de la ficelle. Toi maintenant tire la lardoire, aplatissez-moi ce feu.

— Va me chercher, dit Médé, une poignée de riz ou bien d'épeautre, ou bien de blé s'il est beau. Touille-moi ça pendant ce temps. Arrête-toi, pétris-moi ça avec les mains. Vas-y mon vieux, où est le potager? As-tu vu des échalotes? Attends, vas-y fort. Faut que ce soit une pâte fine. Ajoute un verre de vin.

— Frottez, disait Mélanie; frottez mes chattes; frottez mes mignonnes. Frottez-moi toute cette viande avec de l'eau-de-vie. Piquez-moi ces trois bêtes par le cou avec la lardoire. Approchez deux chaises. Attendez, faites-moi boire. Le cœur me saute. C'est ce feu. Approche le verre de ma bouche, mes mains sont trop grasses. Là, merci, ça va bien. Placez-moi cette lardoire sur les deux dossiers de chaises : on va flamber les oiseaux.

Une allumette. Une grande flamme bleue enveloppa les trois pintades. Médé me cligna de l'œil. « La tour de Babel », me dit-il en confidence. Je ne comprenais pas du tout ce qu'il voulait dire, mais je trouvais que c'était bougrement bien approprié. Seulement il cria « Stop » en dressant la main en l'air. Et c'était le moment où l'on allait enfiler la lardoire dans les volailles. « Voilà, dit-il. — Quoi ? — Le farci. — Qu'est-ce que tu veux que j'en fasse ? — Enfourner dedans. » Et, comme elle était ébahie de l'audace : « Goûtez, dit-il en tendant une petite noisette de notre pétrissage. — Pourquoi pas ? » dit Mélanie quand elle eut goûté.

Malgré le ronflement du feu on entendit les hommes qui s'exclamaient dehors les murs. C'étaient les deux fils qui ramenaient leur pêche. Ils avaient une quarantaine de grosses truites tordues en lunes par la poche du filet et qui se détordaient sur l'herbe ; une même donna un coup de queue et sauta de plus de vingt centimètres. C'était une grosse rose et verte et qui finissait de mourir en écartant des ouïes plus larges que des pétales de coquelicot. Le reste du lot tressaillait seulement de la gorge, découvrant des branchies dont le halètement rougissait le blême des écailles comme des points de braises qu'un vent ranimerait dans de la cendre. Une forte odeur de gouffre et de froid sortait du tas de poissons. On demanda comment ils avaient pris ça. Ils dirent qu'ils avaient un trou où censément ils parquaient les grosses à travers des claies de roseau. Les plus petites, en effet, étaient larges comme ma main. Il fallut trouver des couteaux pour tout le monde. On commença à ouvrir les ventres, à vider, à jeter les tripes par terre. Plus vite qu'on retire un doigt du feu on vit arriver les six chats de la ferme. Un qui était sur le rebord du grenier se jeta à l'aveuglette dans le lierre, à l'angle des murs. Il tomba en miaulant à travers les feuilles mais, retrouvant ses griffes, ses jambes, sa gueule et sautant par-dessus les autres, il arriva premier.

Cather et le berger revenaient de la forêt en portant un sac. C'étaient des champignons frais ; plus de vingt kilos de charbonniers dont ils connaissaient tout un pays, dirent-ils. Déjà quand ils renversèrent leur sac à côté des poissons s'éleva l'odeur délicieuse de citronnelle et d'anis que ces champignons exhalent dans la poêle. Médé avait réclamé de la farine. On lui en apporta un sac de la plus belle, cristalline comme du sucre. À mesure que les poissons étaient grattés et vidés, ils étaient roulés là-dedans. Alors on voulut du feu. Il fallut dresser deux foyers de pierre et Médé fut détaché en ambassade pour aller demander les ustensiles à Mélanie. Les hommes entendaient s'occuper d'eux-mêmes. Médé revint avec tout le nécessaire et même avec l'autorisation d'aller puiser de l'huile. Ce qui étonna bougrement Cather. De toute façon, lui ne laissa pas tomber ses devoirs. Les hommes ont meilleure tête devant les fêtes que les femmes. Il prit la clef des mains de Médé avec beaucoup de naturel. Il dit : « Venez ! » Le cellier était à côté des caves et tenait une bonne partie des sous-sols. Il était creusé à même le roc de la montagne et tout filigrané à la lumière de longues bandes de quartz cristallisé. Il y avait quatorze jarres d'huile, chacune capable de contenir un homme. En relevant les couvercles de bois on les trouvait pleines jusqu'à ras bord. L'huile était verte, lourde, odorante, au-delà de ce qu'on pouvait supporter sans être ravi : un ravissement dès qu'on sentait cette odeur. « Pire qu'une fleur », dit Médé. Quand on plongea la louche, l'huile était si lourde qu'il semblait qu'elle allait vous arracher le puisoir des mains avec son poids et, en la versant, elle coulait dans la bassine comme une belette. Sa robe à la lumière de la lampe éblouissait. Mais, de tout ça, malgré l'extrême beauté de la matière qui avait fait taire tout le monde le plus beau était l'odeur : rien n'en peut dire l'attrait, ni tout ce qu'elle réveillait de sain et de fort au fond de tous les appétits. Il y en avait quatorze jarres et l'on était à trois mois de la récolte de l'année. Il n'y avait pas à plaindre l'huile. Telle qu'elle était, dans cette excellence presque divine, on pouvait en verser, en renverser, s'en barbouiller, s'en laver et la faire couler en ruisseaux tellement elle était abondante et gratuite, et seul le respect qu'on a pour les choses parfaites la faisait employer avec mesure et économie. Malgré tout, on ne put empêcher Médé d'en boire directement une pleine louche. Il aimait ça, mais surtout ça le purgeait en prévision de ce qu'on avait encore à manger, dit-il. Toute la profondeur du cellier était pleine de vases ; d'autres jarres de toutes dimensions, de pots pour les graisses, les conserves, les confitures, les confits, même de gros bols de faïence. Tout était couvert de papier, ou luté de couches d'alcool ; chaque bocal avait une étiquette ; ils étaient tous classés par ordre de grandeur, par catégorie, par matière. C'était une excellente bibliothèque de travail pour la connaissance du monde.

Tout le monde prétend qu'on fait cuire les truites dans du beurre. Du beurre, ce n'est pas ce qui manquait. On en avait à tel point que Cather en avait pris des noix pour graisser les plis neufs de ses souliers alpins. Mais, pour nous, pour moi et généralement pour ces pays sauvages dont le raffinement est dans la sauvagerie même, rien ne vaut la truite frite à l'huile. C'est mon avis, c'est mon goût, et je le soutiendrai devant le pape même, puisque c'est mon plaisir et ma joie.

Le feu, la poêle, l'huile, tout jouait. On y jeta les poissons les uns après les autres. Quelle odeur nouvelle ! Comme tout ça était diaboliquement fait pour s'adresser à notre naturel ! Comme on pouvait dans tout ça démêler ce qui était l'odeur de la farine vierge, de l'huile cuite et de la chair rose de la truite. Le verger, le champ de blé et le ruisseau. Quand sur l'autre feu on commença à couler doucement des poignées de champignons charbonniers dans une nouvelle friture, alors s'éleva, précise et arrogante, une odeur d'anis, de citron, d'humus, de feuillage, de grotte, d'ombre, de mousse, d'humidité, l'odeur d'une sorte de secret de la terre ; comme une salutation toute personnelle de la forêt qui montait la garde autour de la clairière. De ce temps on avait tout à la fois à côté de nous débarrassé la table et mis la table avec des assiettes toutes blanches. Le soleil était monté très haut ; déjà l'odeur des foins chauffés se mêlait à nos odeurs magnifiques. Dans la chaleur, l'étable et les bergeries commencèrent à sentir, en même temps que les pierres du ruisseau, que les osiers, que les hêtres, les trembles, les greniers, l'argile des tuiles, les fumiers secs et même les lointains rochers des contreforts de la montagne pleins d'énormes oiseaux. Alors, on entendit crier du côté des cuisines, des cris de femmes qui ressemblaient aux bouillons de notre huile de poêle au milieu des poissons et des champignons, et Mélanie arriva, portant les pintades rôties, les filles suivaient avec des plats de farci fumant ; il y eut une sorte de roue magique qui emporta tout le monde et brusquement ce fut midi en plein, sans horloge, sans lois et sans rien, midi à Silence.

*

Oh ! oh ! l'aigle de midi a passé et repassé au-dessus de la table ; au-dessus des arbres dans le feuillage desquels le bruit de ses ailes siffle comme de la mousse de savon. C'est un énorme oiseau qui vient du fond de la montagne. Il attend pour voler que les airs soient de plomb. Les vraies nourritures sont des éléments avec lesquels les hommes doivent jouer. Et c'est ce que nous faisons depuis plus de deux heures mieux que des hommes. L'aigle passe, coule, s'abaisse, tourne et revient au-dessus de nous en grandes orbes ; les ailes immobiles, il fait à peine dans les airs le petit bruit d'une mousse de savon qui sèche. On ne l'entend que lorsqu'il passe au-dessus des feuillages des trembles parce que les feuilles émouvantes[1] se renvoient de l'une à l'autre le sifflement paisible de l'air sur ses ailes.

Plomb solide de midi qui a cimenté tout le ciel comme un édifice. Les montagnes ne sont plus qu'un simple soubassement. Le réel du monde c'est le colossal entassement immobile des nuages dans lequel nous, maintenant, nous marchons, parmi des couloirs sans mesure, des salles où peuvent galoper tous les vents, des escaliers qui montent en tournant jusque dans les hautes profondeurs ; nous nous penchons à des balcons d'où l'on peut juger le monde et les mondes, rien que dans la balance de nos mains. Car nous avons mangé et bu ce qu'il y a de meilleur dans l'existence. Et la richesse que nous avons acquise avec notre bouche et nos dents nous grandit à la mesure de ce qu'il y a de plus grand au monde. Il n'existe plus rien dans l'univers que nous ne soyons capable de suivre. Ce n'est pas si souvent qu'on est des dieux !

1. Ces feuilles *émouvantes* sont des feuilles, comme sont en effet les feuilles de tremble, faciles à « émouvoir », c'est-à-dire à faire bouger.

Les yeux du bourrelier étaient devenus tendres et subitement ils s'étaient remplis d'une couleur suave, languissante, venant sans doute du reflet de quelque chose qu'il contemplait en lui-même. J'avais toujours pensé qu'il avait lui aussi souvent envie de dire deux mots à sa laiteuse belle-sœur. Ça devait être un de ces moments-là. « La voilà », dit-il. En effet. Tout au moins c'était possible. D'ici, on ne pouvait guère se rendre compte si c'était elle, mais en tout cas, c'était une femme et elle venait de surgir en bas dessous des lisières nord de la forêt. L'événement méritait qu'on regarde ça de plus près. Nous n'avions pas les mêmes raisons que le bourrelier pour penser à une idée fixe. On se dressa. C'était une femme habillée du dimanche, car personne ne met de vêtements blancs pour travailler. Elle commençait à monter vers nous à travers les prairies, même elle courait. Elle devait nous voir, nous étions tous debout les uns à côté des autres comme des arbres de pépinière. Elle courut donc à travers les herbes jusqu'au ruisseau. Comme elle était en dehors du chemin, là il fallait sauter. Elle s'arrêta et regarda en arrière d'elle vers les bois. Sinon on aurait été tant intéressé par elle, et qui elle pouvait être qu'on serait resté encore quelque temps de voir les autres. Ils sortaient du bois. Il y en avait d'abord trois. Des hommes dont un portait on ne savait pas quoi en bandoulière. De l'endroit où le fourré est noir, on voyait que deux autres étaient en train de se dépêtrer et ce furent, une fois dégagés, une autre femme et un homme ; et la femme s'appuya sur lui pour s'avancer à travers les herbes. De la corne des hêtres, il s'en avança un, deux, trois, quatre, cinq et enfin jusqu'à douze à la file indienne. Ceux-là marchaient gaillarde-ment avec un certain ensemble. Mais le dernier qui était sorti du bois n'était pas le dernier ; il était seulement devant. Il en vint treize, puis d'autres et, au fur et à mesure, il en sortait toujours. C'étaient presque tous des femmes. La tête de la colonne tournicotait un tout petit peu, en train de chercher le raccourci. Puis elle le trouva et tout ça se mit à monter bon pas avec un balancement de serpent qui a mangé. Si on se reportait à celle qui avait renâclé devant le ruisseau, on s'apercevait que finalement elle l'avait sauté. Les trois hommes l'avaient rejointe et aidée. Pour les autres, l'homme et la femme bras dessus, bras dessous, ils l'étaient toujours. Ils ne se pressaient pas. Ils étaient les derniers. Non. Si on regardait bien à l'endroit où débouche l'ancien chemin de Jarjayes, quelque chose était en train de bouger dans les énormes prêles qui ont presque à cet endroit-là deux mètres de hauteur. Quelle idée, si c'étaient des gens, de prendre par ce quartier humide. Mais pendant qu'on regarde là-bas, en voilà encore trois. « Ils arrivent par la combe. — Pourquoi "ils"? Ce sont des femmes. — Enfoncées comme elles sont dans les grandes herbes, on ne le voit pas du premier coup. C'est loin d'ici en bas; il y a bien deux kilomètres à vol d'oiseau. — Ces trois-là on sait qui c'est, ou presque. Qui voulez-vous qui vienne de ce côté? Ce ne sont pas des gens d'en bas; pourquoi auraient-ils fait le détour par le Frou? — Ça ne peut être, je vous le dis, que les trois Cathelanes. — Tu veux dire Marie? — Non, qu'est-ce que tu veux que je dise Marie? Marie, il lui faut ses jambes pour faire ce qu'elle fait en bas. Je veux dire Héloïse, Adrienne et Delphine. — Ça se pourrait bien en fin de compte. — Tu as raison, ça doit être les trois Cathelanes de Miracle. » Mais, vers Jarjayes c'étaient bien aussi des femmes; elles sont quatre, regardez-les comme elles sont empêtrées maintenant dans du marécage où elles n'auraient pas dû s'engager si elles connaissaient. Le mieux qu'elles ont à faire au point où elles en sont c'est de prendre leurs souliers à la main et de patauger carrément droit sur le saule. Celles-là, savoir qui c'est ? Car il faut une sacrée idée pour s'engager comme elles l'ont fait. Mais maintenant c'est tout. On n'en voit plus de nouvelles. À moins qu'il y en ait encore d'autres loin dans le bois et qui sortiront tout à l'heure. Quelle armée ! C'est saisissant. On ne sait plus que dire. Et tout ça monte maintenant vers nous d'un pas paisible quoique long et assez rapide mais le pas de la montagne donne une idée de paix et d'endroit où le temps ne compte pas comme ici dessus où vraiment il n'y a plus de temps ; tout s'est arrêté. Nous ne bougeons plus. On ne dit rien. On regarde. Qu'est-ce que c'est ? On voit par exemple qu'au lieu d'un c'est deux qui portent des bandoulières. Et tenez : trois. Non, celui-là c'est une boîte longue qu'il porte sur l'épaule comme un fusil. Mais, il y en a même deux ou trois qui en ont sous le bras de ces boîtes. Qu'est-ce que ça va être en fin de compte ? Il y a plus de femmes que d'hommes. Mélanie a froncé le sourcil ; elle fait la lippe en fer à cheval. Elle passe l'inspection de tous les côtés : depuis les trois embourbées qui se dégagent et bientôt elles seront sur du solide si elles continuent, jusqu'en bas aux deux derniers qui ne se pressent pas, et c'est bien les deux bras dessus, bras dessous, l'homme et la femme. « C'est Julie Balme dit le cordonnier. — Laquelle ? — La troisième, celle qui marche tout de suite après celui qui porte la bandoulière. Regardez-la quand elle va entrer dans le soleil. » La file indienne traversait le bosquet de hêtres. « Vous verrez si on ne la reconnaît pas à ses cheveux. » En effet elle est rousse et, dès qu'elle arriva dans la lumière, ça éclata. « Eh bien ! il y en a aussi un, dit Médé, celui qui s'est arrêté. — Qu'est-ce qu'il fait ? — C'est Rimbaud. — Pourquoi Rimbaud, qu'est-ce qu'il viendrait faire ? — Je ne sais pas ce qu'il viendrait faire, mais un type qui s'arrête quand tout le monde marche, c'est Rimbaud. » Du côté de la combe c'étaient bien les trois Cathelanes. Ça montait plus raide ; elles s'approchaient. Il fallait pour monter là des jambes de filles de la forêt. Et celles qui s'étaient fourrées dans le marécage. « C'est Berthe. — Berthe qui ? — Berthe Névière. — Que non pas, ça n'a rien à voir parce que l'autre, celle qui a le corsage rouge... — Il n'est pas rouge, il est jaune. — Enfin, celle qui n'a pas le corsage blanc, oui, c'est Anaïs. — Pas du tout. — Si, regarde-la, la façon qu'elle a de marcher si ce n'est pas Anaïs. — Vous vous trompez toutes les deux. Ces quatre-là, regardez, ce sont des filles, jeunes, à peine si elles ont dix-sept ans. — Tu vois l'âge de si loin ? — Non, mais regarde-les sauter, tu veux que je te dise qui c'est ? C'est, voilà, les deux premières, les deux qui travaillent chez la modiste de la rue Droite, et la troisième c'est la coiffeuse, et la dernière je ne sais pas mais c'est pour ça qu'elles se sont trompées par Jarjayes puisqu'elles ne sont pas d'ici. » La file indienne montait sacrément vite. Les trois Cathelanes aussi. Là on voyait Adrienne qui menait tout ; malgré qu'elles soient toutes les trois dans les endroits où la pâture est la plus haute, on les voyait pousser l'herbe avec des genoux solides ; de temps en temps Adrienne se tournait vers ses sœurs et elle devait les engager à y aller de toutes leurs forces car, tout de suite, voilà l'herbe qui se mettait à bouillir autour des trois filles comme si elles chevauchaient à toutes jambes dans de l'eau épaisse. Il n'y avait pas d'erreur. En voilà trois qui ne pourraient absolument pas être trois autres. D'ailleurs voilà maintenant l'endroit où le raccourci rejoint le chemin charretier et la file indienne qui vient de tourner ; on la voit de flanc maintenant. Le premier qui marche devant c'est Maisonneuve et ce qu'il porte sur son épaule comme

un fusil c'est une boîte dans laquelle il y a sa clarinette. Celle qui suit c'est Véronique ; derrière c'est, je
ne sais pas, une brune sacrément noire ; on devrait le
savoir pourtant, il n'y en a pas tant de ce noir. Mais
après l'homme c'est Charles et il a son accordéon :
voilà ce qu'il porte en bretelles. La femme d'après
c'est Blanchet ; celle qui suit c'est Catherine, puis
encore une qu'on ne sait pas, à moins que ce ne soit
Violette. Bien entendu c'est elle-même ; elle vient de
faire un des gestes que Violette fait tout le temps pour
se tapoter les frisettes. Bon, encore un avec une boîte
sous le bras. C'est Guglielmo et son violon. Alors, il
ne faut pas chercher, celle qui suit juste derrière avec
le nez sur les talons c'est, ne le dis pas, nous le savons.
« Regarde-la, déjà elle danse. Et le Gu qui de temps en
temps se retourne vers elle. Ces deux-là ils doivent se
dire : quel dommage que le sentier soit trop étroit
pour marcher tous les deux de front, on serait bien
mieux côte à côte mais va devant, je te suis, ne
t'inquiète pas. — C'est beau l'amour ! — À qui le dis-
tu ! »

Au fond, maintenant, on les connaît tous ; on
connaît tout ce monde qui monte ; et on sait très bien
de quoi il s'agit et comment ça s'est fait. Depuis qu'on
est ici dessus avec tout ce qui est arrivé, et ce spectacle
de montagnes immobiles, de grandes neiges, de ciel
énormément ouvert et depuis qu'on a le ventre plein,
ce nouveau spectacle silencieux d'arbres enfoncés
dans la terre mais dont les feuillages sont tout frémis-
sants de reflets, on s'est imaginé d'être seuls au
monde. Mais en bas dessous on pensait à nous et on se
rendait compte dans quelle splendeur nous devions
être ; alors on s'est décidé à venir nous rejoindre. Et
les voilà qui montent ceux d'en bas ; ils ont senti
l'odeur de toutes ces graisses qu'on fait fumer sur les
hauteurs. Voilà Zélie et Andréa, Barthélemy, Thérèse,

Marguerite, Mme la carrossière qui a repris son pas de jeune fille et qui marche devant sa demoiselle ; voilà Aglaé qui habite dans la même rue un peu plus loin, Mélanie, l'Yvonne qui sont porte à porte ; il n'y a eu qu'à leur crier : « Est-ce que vous venez ? » et en un tour de main elles ont été prêtes, pensez-vous, c'est vite fait d'être fraîche et endimanchée quand il s'agit de ce qu'elles ont tout de suite imaginé. Si bien que voilà que suivent les sept à huit petites ouvrières de la couturière qui a son atelier en face de l'atelier du carrossier. On n'a eu qu'à les appeler aussi pour les faire dégringoler de leur étage et entreprendre la balade telles qu'elles étaient. Celles-là, on ne sait pas leurs prénoms (si on le sait on ne le dit pas), pour nous les hommes elles sont trop jeunes, elles n'ont pas de prénom, ce sont des petites filles. N'empêche qu'elles sont là dans la file indienne et ce ne sont pas les moins gaillardes. Voilà Amanda et voilà que nous revient le nom de cette brune très noire là-bas devant que nous n'avions pas reconnue et c'est tout simplement la belle-sœur du bourrelier, oui, Hortense et non pas celle qu'il a tout de suite imaginée quand il a vu une femme émerger des lisières nord des forêts ; non, la voilà Hortense, c'est cette brune-là et, si on ne l'a pas reconnue tout de suite, trompé par cet éclat extraordinairement noir des cheveux, c'est qu'on la voit de loin et qu'on n'est plus impressionné par sa chair de laitage, alors les cheveux qu'elle a abandonnés derrière elle librement et qui flottent ont pris une importance qui en faisait une autre femme. Mais c'est elle. Celle que le bourrelier a cru d'abord être elle, on ne sait pas bien qui c'est encore car elle s'attarde en arrière-garde avec celui qui l'a aidée à sauter le ruisseau. Celui-là a aussi un accordéon en bandoulière. Elle et lui sont bras dessus, bras dessous et ils vont si lentement qu'on a bien l'impression que rien d'autre ne compte guère. Tout ça qui monte — on n'entend encore aucun bruit, ils sont trop loin, on ne les voit que processionner et se ramasser tous vers le même point comme des chenilles — c'est tout ce que nous avions laissé derrière nous. Puis, tout ce qui était attaché aux Cather, puis ce qui était attaché à Silence même, à la ferme, à l'endroit, à l'odeur de l'endroit ; puis tout ce qui aimait, soit les arbres, ou une fleur, puis tout ce qui avait tant soit peu de fête au cœur, tout ce qui avait une goutte de rêve, tout ce qui avait envie de partir, tout ça, quand on a dit au bourg que celui-là, celui-là et l'autre, et Médé étaient montés à Silence, tout ça s'est dit. Et pourquoi pas nous aussi ? Est-ce que tu viens ? Est-ce qu'on y va ? Si un tel y est, moi j'y vais. Si tu y vas j'y vais aussi. Cours le lui dire. Presse-toi. À quoi bon te changer de jupe. L'important c'est qu'on ait l'orchestre. Dis-le à Charles et à André.

« Allons, nous dit Mélanie, asseyons-nous comme nous étions. Vous n'allez pas les recevoir debout, j'imagine. Vous êtes plantés là comme des osiers dans un pré. Allez, venez donc, asseyez-vous à votre table. C'est comme ça qu'il faut les recevoir. » C'est bien une idée de maîtresse. Elle fait bouillonner sa jupe et s'assoit. Et tout de suite on comprend qu'elle a raison. Il y a des lois dans la fête. On a l'air de quoi, debout, les mains dans les poches ? Tandis que là, les bras d'équerre sur la table, les épaules d'aplomb, tous alignés les uns à côté des autres, assis en face de cinq cents kilomètres de montagnes, ayant à la portée de nos mains les restes de ce qu'on a mangé et le reste de ce qu'on a bu, nous sommes quand même quelque chose ! Instinctivement, avec nos lèvres grasses, nous faisons tous une sorte de moue paisible. Qui verrait notre œil maintenant dirait : bougre, en voilà qui connaissent la fin des choses. Tout ça vient de notre ventre plein. Pourquoi le dire. Mélanie a raison : cérémonie ne gâte rien.

Mais voilà plus de dix minutes qu'on est assis et qu'on attend, et les autres n'arrivent toujours pas. Le rebord du terre-plein nous cache la pente. Qu'est-ce qu'ils font ? Qu'est-ce qu'ils manigancent ? Ils en sont bien capables. Je dis à l'aîné : viens voir. Mélanie nous cligne de l'œil. Oui, il ne faut pas qu'ils nous surprennent. Pardi, ils sont arrêtés, ils s'attendent, ils veulent être tous ensemble. Et surtout ils font des signaux sans crier à celui de l'accordéon qui est resté dernier bras dessus, bras dessous avec la fille du fond de la prairie. Voilà ces deux-là maintenant qui se dépêchent aussi à monter. Les autres cueillent des centaurées. Ils en coupent les tiges longues. Ils en font des couronnes. Ils ont coupé des branches de saules. Ils les traînent comme des manteaux. Ils ont cueilli les plus larges feuilles des bardanes. Ils en ont fait des sortes de justaucorps en cousant grossièrement les tiges aux feuilles. D'ici d'où je les regarde faire on ne les entend pas mais on les voit rire. Les trois accordéons ont assuré leurs bretelles ; on a déboîté la clarinette et le violon. On fait passer les cinq devant mais ils ont l'air d'appeler des filles qui sont vers la queue et qui arrivent. Ce sont celles qui se perdaient dans le marécage et maintenant on comprend pourquoi : elles se sont fait des robes de prêles. C'est étrange ; elles sont à la fois des femmes et des bêtes, aussi belles comme bêtes que comme femmes et beaucoup plus belles que tout avec les deux beautés mélangées. À quoi brusquement s'adresse le spectacle dans mon cœur et même dans le plus fibreux de mon cœur, dans des endroits où a dû s'attarder pendant très longtemps un sang noir très ancien et particulièrement savoureux pour que je me sente ainsi brusquement altéré ? Quand ces quatre femmes se mettent à marcher sur le chemin avec leurs corps démesurés par les herbes qui démesurent le mouvement de leurs hanches, qui démesurent la cavité de leurs flancs, pendant que reste au-dessus un buste ordinaire, un visage auquel je suis tellement habitué que je le comprends du premier coup. On les fait passer devant. Elles s'alignent. Puis les musiciens arrivent. Il n'y a pas de commandement, tout se fait parce que cela doit se faire. Je les vois tous qui se couronnent de centaurées. Ça va y être. Je dis : attention ! Je me retourne vers ceux de la table pour les prévenir. Ils sont toujours immobiles, lippus, satisfaits. Que leur faut-il de plus que ce qu'ils ont ?

C'est juste à ce moment-là que commença la musique. Elle me donna un grand coup en plein ventre, un bon, en plein ventre aussi à tous. Non pas qu'elle ait éclaté. Les hauteurs de Silence ne sont pas un casino. Il faut cent taureaux et qu'ils beuglent pour que le bruit puisse en toucher les murs. Non, c'est le violon qui commença tout seul en même temps sans doute que les premiers pas. Je ne voyais plus rien ; je m'étais retiré en rampant jusqu'à ma place à la table. C'étaient des notes très fines, à peine marquées par le talon de l'archet. Elles auraient d'abord pu passer pour le bruit de quelque insecte d'herbe, mais à un moment elles se mirent à jouer les unes par rapport aux autres avec une fantaisie et une cadence qui voulaient quelque chose de précis. Et tout de suite elles obtenaient cette chose voulue : c'étaient, dès qu'on les avait entendues, un brusque arrêt de la respiration pour qu'à partir de là on commence à respirer sur une autre cadence. C'est ce qui m'arriva. C'est ce qui arriva immédiatement à tous les impassibles de la table, même à Mélanie qui se mit à sourire ; mais pas à moi cette fois, sans doute aux anges car ce en face de quoi elle s'était mise à sourire, c'était le vaste morceau de ciel en forme de pointe de cœur qui se découpe entre le col des Égaux et Saint-Thiébaut-de-Couz. Toute la bande en bas dessous avait dû se mettre en marche au son du violon. On commençait à entendre aussi le froissement des herbes. Je pensais surtout aux quatre femmes que les jupes de prèles emportaient dans un monde supérieur à celui que les hommes habitent. J'en avais les joues brûlantes. La musique continuait toujours sans rien d'autre que le violon. D'instant en instant on l'entendait avec plus de force. C'était autant parce qu'il se rapprochait que parce que tout naturellement on poussait son attention à bien suivre tout ce qu'il disait dans la moindre des variations et le plus petit détail à cause de la grande importance que tout cela venait de prendre brusquement pour notre sang et notre bonheur. Jouir affame de jouir. Après toute la joie de la matinée, toute la joie de plomb de midi, nous en appelions tous après d'autres. Tels que nous étions, nous aurions été capables de supporter le spectacle même de tous les mystères de l'univers dévoilés. Ce qu'apportait la musique était extrêmement précis. Si Mélanie avait confiance dans l'impassibilité, il fallait qu'elle change son fusil d'épaule car ce qui arrivait c'était tout le contraire. La façon dont une à une les notes sortaient du violon sous l'archet, qui maintenant ne se contentait plus de taper la cadence avec le talon mais passait parfois longuement de tout son long sur les cordes, entraînait à accomplir des gestes en mesure. Ce fut d'abord pour nos pieds ; et d'abord, si j'en juge par moi, ils commencèrent à s'agiter dans mes sandales, puis à dansoter sur place du talon à la pointe de la semelle. Médé fut saisi ailleurs le premier ou peut-être à cause de sa franchise habituelle se laissa-t-il emporter le premier avec le plus d'audace, mais il commença à remuer ses épaules, puis il releva ses bras en aile de pigeon et il commença à les agiter doucement comme les bords d'une barque qui danse sur l'eau pendant qu'il tournait ses hanches, frottant les pans de son pantalon de velours sur le banc où il était assis. Cela gagna Cather lui-même qui fut second malgré son âge et je dois dire tout de suite, Mélanie elle-même qui fut la troisième proie ; elle ajouta là-dedans, elle, le balancement de sa tête qui, avec son sourire immobile, semblait ainsi dire à tout le troupeau des collines qu'elle regardait : venez mes petits agneaux. L'étonnant — je regardais les deux filles et les deux servantes — c'est que les jeunes résistaient un peu plus longtemps que nous. Elles en avaient les yeux ronds au-delà de ce qu'on peut imaginer ronds, mais elles ne dansaient pas encore, tout au moins à notre façon, car, peut-on appeler danse ce frémissement sur place d'herbe fouettée ? Peut-être oui. En tout cas, voilà où nous en étions à peine après une minute. À ce moment-là on entendait non seulement le bruit de l'herbe froissée, mais le piétinement des pieds. D'un moment à l'autre les premières têtes couronnées allaient dépasser le rebord du terre-plein. Alors, un accordéon commença à gonfler en sourdine les mots d'ordre du violon ; puis un deuxième, et le troisième, et ils ajoutaient au déroulement des mots et des phrases, des retentissements, des échos, des reflets, des tourbillons et des gouffres. Comme quand on voit un fleuve de loin, et d'abord il est comme une branche souple abandonnée dans du sable, puis on s'approche, on voit ses eaux puis on voit ses gours[1], ses courants, ses poissons, ses profondeurs, la même chose arrivait à nos oreilles avec ce qu'elles entendaient. Il y eut un cri de la clarinette au moment — je m'en souviendrai toute ma vie — où les quatre têtes des femmes célestes

1. *Gour* : mot dialectal désignant les parties d'une rivière qui conservent de l'eau même quand le reste du lit est asséché.

dépassèrent le rebord du terre-plein. Malgré qu'à ce moment la musique éclatât à pleine force, il y eut au contraire pour moi un moment de silence. Tout venait d'être brusquement effacé par l'image qui montait de la terre : quatre couronnes de centaurées, quatre chevelures lourdes comme de la boue, des yeux sévères pleins d'extase, des yeux qui n'étaient pas de fête ou bien d'une fête extrêmement importante. Puis les quatre visages émergèrent avec les bouches qui chantaient et au même moment les quatre filles firent le pas qui les porta tout entières à notre hauteur pendant que derrière elles montaient les visages des musiciens, et les quatre corps énormes recouverts de prêles sautèrent sur nous comme des loups. Elles marchaient à petits pas ; leurs flancs à contenir des dieux frémissaient comme en extase. Elles restèrent ainsi, tremblantes comme le tranchant d'une haute vague qui va s'abattre. Tout au moins c'est ce que moi je vis. La table fut bousculée par tous nos genoux qui se désarçonnaient du banc. Il y eut un élancement de musique d'une frénésie sauvage pendant qu'on embrassait les uns et les autres aux épaules, aux hanches, aux tailles ; les accordéons grognèrent comme si on les noyait, la clarinette s'étouffa parce qu'on était en train d'attraper aussi les musiciens, de les bourrer, de les tirer, de se les passer de main en main, de les faire boire. Car c'est là le triomphe de Mélanie. Rien ne la surprend, rien ne l'empêche de penser droitement à ce qu'il faut faire. Personne ne l'avait vue bouger ; on ne l'avait pas vue donner d'ordre. Cependant il y avait sur l'herbe un tonneau frais et un broc, et qui voulait boire pouvait. Et on les forçait car les filles s'imaginent que, quand on sue, il ne faut pas. Or, c'est précisément ce qu'il faut. « Allez-y, entonnez-moi ça. — Je ne pourrai jamais d'un seul coup. — Mettez-y autant de coups qu'il faudra mais buvez tout, le vin fait la sueur dorée, les buveurs d'eau suent comme des chandelles.» Les filles avaient déjà des moustaches de vin mais le mieux c'était que déjà elles allaient d'un groupe à l'autre ; enhardies, surprises de la vivacité de l'air, il semblait que tout les changeait en oiseaux ; elles ne touchaient plus la terre. Leur poitrine était comme un bréchet et leur robe des ailes qui battaient à ras d'herbe comme les petites pies quand elles apprennent à voler. Ainsi tout s'allumait à la fois. Quelque chose de tout à fait à notre taille était en train de se préparer. Les quatre s'étaient défourrées de leurs jupes de prêles. «Qui vous avait donné l'idée ? — C'est nous, quand on a vu les grandes plantes à travers les arbres. On s'est dit : viens voir. C'est Hélène qui a essayé et tout de suite elle a eu un corps comme une vache... — Dis donc, toi !... — Pardessus sa petite tête frisée. Non, il n'y a pas de quoi rire. On a eu toutes envie d'être comme elle. C'était beau, qu'est-ce que vous en dites ?» Les hommes essayent de rester paisibles, tout au moins pendant cinq minutes. Ils ont fait comme dans la foire : ils se sont mis en groupe à parler mais on voyait bien qu'ils n'étaient pas tranquilles. Tout ça ce sont des manières. On a beau être plein de bonnes nourritures et disposé à tout pour avoir écouté le ciel, les arbres et les hauteurs. On a beau être parti d'en bas en plein enthousiasme et s'être dit tout le long de la route : la belle fête qu'on ferait ; s'être excité à en parler, à le crier de groupe en groupe, en être venu à combiner ces déguisements et cette procession avec la musique pour arriver dignement, une fois là sur le moment, il faut un peu d'une autre dignité. «Tu as laissé le travail ? C'est morte-saison, on peut le faire. — On aura le temps cet hiver. — Vous avez bien fait de monter. — On languissait de te voir. Tu as fini les foins ? — C'est toujours fini et toujours ça recommence.»

Mais chaque fois qu'une fille passe en courant, si ce n'est pas l'un, c'est l'autre qui se détourne, qui l'attrape au vol par le bras. « Où vas-tu ? Qu'est-ce que tu fais, qu'est-ce que tu cries ? Viens ici. Arrête-toi ; attends. » Elles n'attendent pas. Elles vont. Elles n'ont pas de repos. Leur repos ce sont ces bonds, ces sauts, ces cris, ces visages extasiés, ces mains qu'elles accrochent partout. Elles aussi se réunissent à deux, trois, quatre, mais sitôt enchaînées de bras entrelacés, le groupe qu'elles font se balance sur place comme s'il était saisi par quelque force en tourbillon. C'est une musique qu'elles chantent et en effet, tout d'un coup, le groupe se déracine et le voilà parti. Héloïse, Adrienne et Delphine, les trois Cathelanes venues seules du côté du Frou, de leur ferme solitaire, restaient seules toutes les trois ensemble. Mais rien de bon dans ces trois museaux de chattes sauvages. Elles avaient envie de tout. Les voilà qui commencent à monter à l'assaut de Charles et de son accordéon. Il a bien essayé de se défendre mais il a dû jouer un air. Dès qu'il a commencé, tout le monde a crié : « Sur l'arbre, sur l'arbre. » Ça veut dire qu'on lui demande de monter sur le grand tronc d'arbre abattu contre la lisière des bouleaux, juste en bordure de l'aire. C'est là-dessus que finalement, pour obéir à tous et pour échapper à tous ces pinçons que les Cathelanes lui font dans les bras et les cuisses, il monte avec son accordéon. « Mais, dit-il, je ne vais pas jouer seul, amenez-moi les autres. » Évidemment, il n'a pas plutôt parlé qu'on va les lui chercher et qu'on les lui amène, et celui qui joue du violon, et celui qui joue de la clarinette, et les deux autres aux accordéons. Les voilà donc sur l'estrade. Ils n'ont plus qu'à jouer et nous allons danser. Qu'est-ce qui arrive du côté des étables ? Qui a lâché les chevaux dans ces harnachements noirs ? Regardez comme en arrivant en face du

soleil ils saluent et ils éternuent ? Mais ils n'ont pas été
lâchés sans freins et à mesure qu'ils sortent on voit
que c'est un attelage. Et à la fin qui est-ce qui sort des
grandes portes pendant que la musique joue mais
qu'on ne danse pas pour regarder ce spectacle ? C'est
Cather ! Cather tout seul, à pied, et qui court, ayant
serré dans son poing les cinq longes. Il les mène dru.
Il les mène droit vers les grandes aires. On s'écarte. Il
passe. Ce sont des chevaux de labour un peu lour-
dauds et grossiers de pattes, mais le bruit de tout ce
monde les excite ; ils se cabrent et chaque fois qu'ils
retombent des fers de devant la terre tremble. Qu'est-
ce qu'il fait ? Cather gagne le large des grandes aires.
Le voilà au milieu. Il rétablit de l'ordre dans les
chevaux. C'est vite fait. C'est bien combiné ce qu'il lui
a fait le bourrelier. Il suffit qu'il tire sur la longe pour
que le cheval obéisse. Alors, quand il le sait, il crie et
il les lance en rond autour de lui avec lui pour pivot.
Il commence à y avoir sur cette aire quelque chose
d'entraînant et qui saoule plus que le vin et le bruit
continuel du vent qui souffle dans les bouleaux. C'est
l'ensemble de cette chevauchée qui tourne en trottant
et le plus terrible à regarder c'est Cather là-bas au
milieu. Il pivote sur place. On voit sa nuque à cheveux
blancs, puis son visage qui rit. On voit ses mains qui
tiennent les longes puis ses grandes épaules bandées
en arc qui supportent la force des chevaux tournants.
Il est comme emporté sur place en souriant. À mesure
que les chevaux qui maintenant galopent déroulent
autour de lui cette force moutonnante de croupes, de
crinières et cet entremêlement d'osier des jambes
galopantes, on le regarde, la respiration coupée, on le
regarde qui pivote de plus en plus vite, qui disparaît
dans sa vitesse comme quelqu'un qu'une force invisi-
ble ravit et emporte au-delà des limites de la terre, ne
laissant sur place qu'une métamorphose. Il n'est plus

Cather ; il tourne trop vite ; il ne ressemble plus qu'à une sorte de tronc d'arbre et son grand sourire blanc n'est plus qu'une tache de l'écorce.

Celui qui joue du violon s'est caché tout près de là dans les buis, sous la grande lyre de bouleaux qui encadre l'aire. Il a cherché le joint obscur entre deux grands buis et il s'est assis là-dedans. Il a de la place pour faire nager son bras droit tout à son aise et il s'est mis à jouer. C'est arrivé brusquement sur lui comme il venait de boire son dix ou douzième verre de vin cuit et qu'il entendait tomber en lui comme un limon tous les souvenirs des événements qui ont précédé le quatrième verre de vin cuit (le moment d'ailleurs où il a commencé à mélanger un peu d'eau-de-vie à ce qu'il buvait). Il s'est senti clair, grand, léger et en même temps un peu triste. On est venu le chercher pour le jucher sur le tronc d'arbre. Il y allait de mauvais gré. Dès qu'il a vu Cather dans son tourbillon de chevaux, il en a profité pour venir se faufiler dans l'ombre d'or des buis. D'autant que le spectacle de Cather lui a donné un drôle de coup. Il a pensé à la solitude. Il n'y pensait pas, mais voir cet homme-là au milieu, séparé des autres par la ronde des chevaux, tout de suite des particularités de sa vie sont venues se présenter à lui comme une plus grande réalité que la fête, le beau vent d'après-midi et le soleil qui s'incline. Il est venu se cacher dans les buis.

Quand elles l'ont entendu jouer, les filles sont venues l'écouter. Elles se sont assises près de lui. Elles se sont allongées contre lui. Elles ont posé leurs visages dans leurs mains. Elles se sont appuyées les unes aux autres, bras aux épaules, cheveux mêlés, front contre front, joue contre joue. Elles écoutent. Peu à peu leur bouche s'abandonne et s'ouvre.

Médé poussa un hurlement terrible et se jeta dans le cercle des chevaux. Il n'y a rien de plus sauvage que la danse de Médé quand il veut arracher quelque chose de la main d'un autre. Il voulait arracher les longes de la main de Cather. Oh! celui-là les lui céda volontiers. À force de tourner, il ne savait plus où il était. Tout le grand bosquet de bouleaux s'était renversé dans son tourbillon et l'emberlificotait comme un piège. Il ne voyait plus ni sa maison ni sa montagne, mais seulement le couronnement de vague de ses chevaux tournants. Il se disait qu'encore un peu de ce tournoiement et la terre allait s'ouvrir sous ses pieds pour l'avaler complètement. « Tiens, les voilà, et serre-moi le rouge, il a toujours tendance. — T'en fais pas pour la tendance, dit Médé, c'est mon affaire. » Et en effet, tout de suite ce fut son affaire d'une façon très particulière. À peine si Cather put ramasser son esprit pour sauter hors du cercle. Il y a dans Médé une centaine de mots terribles, tous d'ailleurs appropriés à la vie cheval. Il s'arc-bouta complètement contre les longes, se penchant en arrière jusqu'au point de se renverser et quand il sentit qu'il faisait ainsi équilibre aux cinq chevaux, il commença à gueuler un de ces mots, puis un autre, puis un troisième ; il n'eut pas besoin d'aller jusqu'à dix. Alors commença la fantaisie. Il ne les lança pas en dehors de ce cercle de l'aire. Médé connaît trop les chevaux ; il sait que rien ne peut les protéger d'un trou de taupes, ni mot magique, ni rien et qu'une jambe cassée c'est une jambe cassée. Il les tient ici. Il les garde sur le sol clair. Il ne fait pas autre chose que de les faire tourner en rond comme Cather. Mais ce qu'il a arraché à Cather en même temps que les longes, c'est ce côté « tour du propriétaire », que malgré tout les chevaux faisaient. Ils avaient beau se cabrer, non, ils levaient les pattes et même le galop, c'était un galop de propriétaire. Avec Médé c'est la passion. « Propriétaire de quoi ? dit-il souvent. De ma carcasse. » Et tout ce qu'il fait c'est un alcool de carcasse, de peau, d'os et de poudre d'os. Maintenant c'était un galop, maintenant c'étaient des chevaux cabrés ; quand, arrêtés en plein élan, on voyait le gros blanc faire effort contre le courant des quatre autres bêtes et avec un hennissement il se soulevait et devenait tout de suite léger comme un oiseau. Alors, on voyait la légèreté entrer dans les chevaux. Elle les gonflait comme des nuages, des ailes poussaient à leurs flancs. Ils étaient en route pour des voyages extraordinaires. On ne voyait plus qu'ils galopaient en rond autour de Médé. À chaque élancement, chaque fois qu'ils s'allongeaient dans la légèreté, à chaque claquement de crinière, sifflement de queue, battements de sabots, ils partaient dans des distances qui donnaient à la fois envie et peur. Le bruit du galop entraînait comme un roulement de tambour. L'arc de tous les bondissements nous soulevait de terre en même temps que les bêtes ; nos pieds quittaient le sol et tous ensemble nous nous balancions de droite et de gauche avec des soupirs d'arbres que le vent presse au voyage. Le martèlement des sabots était accroché dans notre poitrine. De temps en temps, dans des écarts et des creux de reins, le visage extasié de Médé apparaissait loin là-bas au milieu du tourbillon.

Ce fut le commencement dans les pieds, le long des jambes, dans les flancs, les épaules et les bras. Du fond de la galopade arrivait un petit filet du violon des buis. À mesure que finalement se ralentissait la course des chevaux, de plus en plus on avait envie de s'arracher de terre et de partir. Les chevaux s'arrêtèrent. On entendit le bruit de toute la harpe des bouleaux. Le violon lui-même tout d'un coup cessa de jouer. Il y avait un vent nouveau qui faisait sonner toutes les profondeurs de la montagne. Tout un paysage sonore était établi qui donnait de minute en minute mille fois plus envie ; on entendait des carrefours, des fleurs géantes, des allées forestières, des chaussées le long de fleuves ; on entendait des rencontres, des langages étrangers et des amours ; et on entendait les corridors du ciel. Il n'y eut pas besoin de dire et de demander. Médé avait ramassé ses chevaux et il les traînait derrière lui vers Silence. L'aire était déserte et dorée comme un tapis magique. Tout d'un coup, André se courba sur son accordéon comme s'il venait de prendre au piège un marcassin enchanté. Charles se dressa d'entre les buis, son violon à l'épaule. Deux ou trois nous ouvrions déjà nos bras en croix pour prendre nos danseuses. Mais Rose Cather arriva avec son manteau en peau de mouton. Elle venait d'aller le mettre pour la beauté. Elle s'assit, toute enveloppée et resta là sans rien dire à regarder, et qu'on regardait, pendant les premières mesures de musique. Dix maintenant au moins et Médé revenu, et le bourrelier, le cordonnier, nous étions les bras en croix largement ouverts, prêts à les fermer sur des danseuses et partir. Nous étions habités de chevaux galopants. Mais Rose Cather était d'une beauté extraordinaire. Les hauteurs dans lesquelles avaient été emportées les filles du marécage par leurs jupes en tiges de prèles n'étaient que des plaines basses en comparaison de la cime où Rose Cather était assise dans son manteau en peau de mouton. Il était comme le repliement duveteux d'immenses ailes et le visage de la fille s'était aminci de façon très angélique. Et tout passait dans la musique parce que les musiciens la regardaient. Il ne faut jamais se fier à une des trois Cathelanes, n'importe laquelle, car elles vivent toute l'année dans la ferme la plus solitaire de toute la montagne et dans un endroit où les sources, les arbres et les herbes ont des peaux extrêmement délicates. C'est Delphine que j'aime le mieux. C'est Delphine qui commença. Elle a les yeux larges comme la paume de ma main, l'enracinement solide des joues et le menton minuscule des femmes fauves, celles qui sont d'une générosité de lionne. Elle fit rapidement cinq à six pas souples, ses cuisses gonflant et dégonflant sa jupe de fil. Au bout il y eut un temps comme éternel d'immobilité absolue pendant qu'elle leva le visage vers le ciel comme vers une fontaine. Puis une algue du violon vint se coller à ses flancs et les trois accordéons la soulevèrent. Elle frappait le sol de l'aire avec le plat de ses pieds nus. Une vague remplissait ses hanches tremblantes, un poids énorme les faisait rouler lentement. En même temps elle avait étendu ses bras en balancier et elle cherchait à s'appuyer sur le vide du vent. Elle se laissait emporter en glissant. Ses pieds battaient sous elle comme des colombes. Sa grande bouche était splendidement éclairée d'un rire blanc. Elle revenait en face de nous et luisait comme une fleur que l'herbe découvre ; puis de nouveau emportée, elle s'arrachait au plus tendre de notre cœur. Nos bras s'étaient refermés sur un vide plus succulent que l'auraient été nos danseuses. Il était impossible de regarder Delphine et de rester immobile. Tous ses mouvements engageaient des mouvements dans notre corps. Si brusquement elle s'était enfuie, nous l'aurions poursuivie d'un élan spontané qui serait né en même temps que sa fuite. Elle ne pouvait nous leurrer. Les galons bleus de sa jupe de fil, dont elle se défaisait à chaque pas, s'enroulaient et se déroulaient autour de ses jambes avec une violence d'herbe dont on veut s'arracher, et dans le bouillonnement de son jupon apparaissait pour être aussitôt recouverte sa longue cuisse brune et l'ombre de son ventre où elle s'enracinait.

Brusquement, Rose sortit de son manteau. Elle le repoussa de ses épaules, le laissa glisser de ses bras.

Elle était maigre et pareille à un tronc de bouleau. Elle sauta en avant avec un ploiement d'arbre, se recouvrant le front et le visage de ses cheveux. Elle se rejeta en arrière, étendant ses branches balancées et ployantes au bout desquelles frémissaient des mains d'adieu. À l'instant même, Delphine s'éteignit et courant, ployée en deux comme luttant contre une force qui voulait la coucher sur la terre, elle atteignit le manteau au moment même où il se renversait. Elle s'en enveloppa avant de tomber tout abattue, le visage dans l'herbe ; elle haletait dans le repliement de ces ailes en fourrure de mouton comme un ange au bout d'un long vol sans repos. Rose était l'arbre au vent de l'arrière-saison, l'arbre solitaire dans les plateaux déserts. L'aire était devenue sans bornes et Rose en démesurait les dimensions en ployant son corps vers la gauche, car on avait alors au fond du cœur tous les espaces que doit parcourir le vent du côté opposé pour avoir la force de courber l'arbre et l'aire se démesura vers la droite, puis Rose la démesura de l'autre côté en se penchant aussi vers la droite ; ainsi de tous les côtés le vent qui courbait Rose avait devant lui des espaces illimités avant de l'atteindre. Il y avait dans cette danse de longs repos et la paix des plateaux immobiles, le frémissement des cloches des troupeaux, les lointains bleus à la fois de lavande et de lointain. Au milieu des espaces vides, l'arbre solitaire se relevait avec une extrême lenteur, puis il secouait sa chevelure brune, couvrait ses yeux de tresses dénouées, penchait son cou, essayait de raidir sa poitrine mais, peu à peu, cédait aux forces extraordinaires des espaces sans limite et de nouveau se courbait. Malgré la jupe de bure, Rose était couverte d'écorce lisse de la tête aux pieds.

Il y avait un jeune homme nommé Archat. Il avait travaillé comme garçon à Silence l'année d'avant. Il était maintenant terrassier aux chantiers de barrage dans la vallée. Peut-être un hasard, il était là. Il avait dû avoir envie de Rose pendant plus d'un an. C'était un grand, un peu négligent de regard, très muet, solitaire et hautain ; rien que le geste de tirer son mouchoir de sa poche, il le faisait à cent mètres au-dessus de votre tête. Il s'avança. Il avait des pantalons housards comme ceux de son nouveau métier. La tête droite, le corps raide, les pieds fermes, il avait pris comme une marche de fer. Ses bras restaient collés contre son corps comme s'ils n'étaient pas finis d'être détachés de lui. La façon dont il se servait de la musique et de lui-même donnait l'impression qu'il n'était pas fini, nulle part. Un homme commencé, mais sur lequel il reste encore à faire quelques bonnes journées de travail ; cela ne signifiait pas qu'il abandonnait quoi que ce soit de sa fierté et chaque fois qu'il nous faisait carrément face, c'était avec ses yeux orgueilleux et sa belle bouche méprisante. Mais, dès que ces sortes de gauches déclenchements qui le tournaient le mettaient devant Rose, que le secouement de ses feuillages en cheveux lui battait vers les joues, que le corps d'écorce se renversait vers lui, tout d'un coup il devenait d'un fini magnifique. Il n'y avait pas assez de tendresse et d'élan dans le monde entier pour faire équilibre à la tendresse et à l'élan de ses bras. Une adorable crainte illuminait ses yeux, sa bouche amollie frémissait comme pour appeler les secours de l'au-delà des nuages et le mouvement de son corps avait la fureur désespérée d'Apollon éperdu au milieu des lauriers.

Julie Balme ! Julie Balme ! Elle avait dénoué ses longs cheveux de feu. Elle n'a jamais voulu les couper. Ils descendent plus bas que sa taille. Ils font cent fois leur volume comme de la mousse de torrent. On la vit sur le bord de l'aire où les deux autres dansaient. Elle était complètement couverte du roux de sa tête. Quand elle s'élança, on vit son visage blanc sortir de ses cheveux comme le fer sort de la forge, puis toutes ses flammes s'élancèrent après elle.

Adrienne Cathelan ! On l'attendait. On ne pouvait pas se figurer qu'elle ne soit pas encore là avec les autres. C'était qu'elle avait dû aller jusqu'à Silence avec Mélanie préparer des idées de femme, mais elle arrivait maintenant. Elle courut depuis le portail. Quel homme, à moins d'être maudit, ne serait pas emporté par la passion de cette Cathelane. Elle cria avant d'arriver. Tout le monde tourna la tête vers elle. Elle venait férocement à la manière de sa race. Au moment où elle toucha la terre battue, où elle prit élan du bout de ses orteils, où elle sauta, elle se mit à chanter. C'était sans mot. C'était la chanson que peut chanter n'importe quelle bête des bois. Mais brusquement l'archet écrasa tout le violon à la fois et les accordéons soufflèrent d'un seul coup tout le gros vent d'hiver.

Maintenant pour nous il était très difficile de résister. À chaque instant, la danse vous enlevait un bras, une jambe ou le souvenir de vous-même et sur place, esprit perdu, vous étiez là à trépigner pendant une bonne minute avant de vous rendre compte de ce que vous faisiez. Les uns après les autres, nous fûmes finalement emportés. Delphine rejeta l'ange en fourrure de mouton. Médé fit un moulin de ses grands bras. À côté de moi, j'en voyais qui nageaient comme dans de l'eau pour se dégager des voisins, des voisines et gagner le large. Cather se dandinait. Je regardais vers Silence pour voir si Mélanie venait. J'étais en train de me demander si elle résisterait. Cependant je ne résistais pas. J'étais peu à peu entraîné, j'étais long à me mettre en train parce que moins pur que tous, je me rendais compte de l'énormité de notre joie, de l'enfance magique restée à nos côtés ; effaré, j'essayais de retrouver le temps normal avec le souvenir de toutes mes inquiétudes. Le chant féroce de la Cathelane auquel s'était joint maintenant la voix de ses deux sœurs, le battement des pieds, la musique sans repos ne m'arrivaient pas encore de plein fouet, mais brusquement tout me cingla dans le plus tendre de mon cœur. J'étais arraché de la rive, déhalé par le flot, soulevé par l'emportement du tourbillon. Je ne pouvais pas savoir ce que faisaient mes pieds. Je les sentais aux prises avec des difficultés pleines de saveur. Je ne voyais que de temps en temps contre mes yeux une chevelure de femme ou un bras qui s'élevait comme au-dessus de l'eau la branche que le fleuve emporte ; je voyais de belles bouches ouvertes sur des rires de riz et au-dessus de nous la grande harpe de bouleaux frémissante de vent.

On avait ouvert sous les arbres deux tonneaux de vin de l'année et deux tonneaux d'un vin un peu plus vieux. De temps en temps, il fallait boire. L'aire, quoique solidement damée par plus de cent foulaisons, commençait à souffler de la poussière entre nos pieds. Les uns après les autres nous allions aux tonneaux. Peu à peu aussi on se mit les bras aux épaules pour se soutenir, tout en dansant, puis les bras aux tailles. La Cathelane ne chantait plus ; elle était aux bras de Rimbaud le blond. Elle avait le visage surpris et plein d'attention d'une qui goûte à une chose nouvelle. Archat avait couru auprès de Rose au milieu de plus de taillis que n'en contiennent toutes nos landes et nos déserts, mais enfin il l'avait atteinte et il la tenait aux hanches, comme un qui est si ébahi de ce qu'il a enfin saisi qu'il n'ose plus bouger ses mains. La musique vraiment ralentissait. Elle n'avait pas cessé sa pleine force pendant plus d'une heure. Charles voulut goûter au vin, puis les accordéons aussi. On se coucha près des tonneaux. La Cathelane garda son blond, sa danse, son pas et son extase une minute de plus que tout le monde, seule, sans musique, au milieu du tapis magique retombé.

Le soleil était bien sur son penchant. Le vent soufflait du côté de Saint-Pierre-de-Génébroz, et vers Château-Savardin le ciel était devenu comme la pelure d'un oignon. À cause de ce vent du soir, les échos se mettaient à sonner les uns après les autres comme des conques sourdes. De tous les côtés des couloirs solitaires s'ouvraient. Alors, on se mit à chanter, on chanta « L'Inconsolée », celle qui dit : « Depuis que tu es parti, je vais dans des chemins qui s'enroulent autour de mes pieds à mesure que je marche. » On chanta : « Marie-bel-Œil. » On chanta : « La Fontaine des trois mûriers. » On chanta : « Dans la plus belle église du monde, il y a un ciboire d'or ; si tu connaissais bien mon cœur, tu y viendrais les yeux fermés comme les fidèles vont au ciboire. » On chanta : « Tu es comme une guitare à l'encan. On sait que tu vaux tant. Tout le monde te caresse. Et puis te laisse. » On chanta : « La Légende des chênes. » On chanta : « Trois chevaliers. » On chanta : « Les Filles du Val-Noir. » On chanta : « Souffle, vent des ténèbres. » On chanta : « Ma route est sauvage. » On chanta : « Personne ne sait ce que j'ai vu. C'était dieu comme un oiseau dans le feuillage des hêtres. » On chanta : « Le Vannier. » On chanta : « Le Berger. » On chanta : « Le Moulin. » On chanta : « Le Ruisseau. » On chanta : « Le Sapin. » On chanta celle qui dit : « Bien sûr que je te pardonnerai. Comment veux-tu que je puisse mettre en balance mon orgueil, ma fierté et mon estime contre la joie de te voir et de savoir que tu es à la portée de ma main. » On chanta : « La Mer. » On chanta : « La Forêt. » On chanta : « Les Nuages de mai. » On chanta : « Le Verger. » On chanta : « La Montagne. » On chanta :

« La Vallée. » On chanta : « La Maison. » On chanta : « La Moisson. » On chanta celle qui dit : « Est-ce donc si agréable de me faire souffrir ? Si c'est pour voir si je crierai, ne sais-tu pas que je suis un homme ? Il me semble que je te l'ai montré quelquefois. » On chanta : « La Pluie. » On chanta : « Le Vent. » On chanta : « La Rivière. » On chanta : « La Mère. » On chanta : « La Guerre. » On chanta : « Le beau matin ruisselant de rosée. » On chanta : « Viens. » On chanta : « Pars. » On chanta : « Reste. » On chanta celle qui dit : « Ma route est plus large que celle des oiseaux et mes contrées sont plus profondes que tous les pays traversés par les oies sauvages. J'ai, si je veux, des femmes plus belles qu'un matin de mai sur la mer. Je peux rendre leur amour plus attaché à moi qu'une braise à sa plaie. Alors, mon doux fils[1], laisse-moi si tu ne m'aimes pas assez pour me garder. Si tu ne m'aimes pas assez pour savoir être généreuse. Ce qui compte n'est pas d'être aimée. C'est d'aimer soi-même qui compte. Tant pis pour toi ; seul s'enrichit celui qui sans cesse donne. Garde bien tout ce que je t'ai donné. Il te faudra des hangars plus grands que trois montagnes. Moi je pars sur des routes plus larges que celles des oiseaux ; dans des contrées plus vastes que les traversées des oies sauvages ; vers des femmes plus belles que le matin de mai sur la mer. »

La nuit tomba. Déjà toutes les forêts basses s'étaient englouties dans l'ombre. Il ne restait plus qu'un peu de jour gris au sommet de la Cochette, dans les hauts glaciers. On vit sauter les étoiles une à une dans le ciel. Alors vint le vent long qui descend des vallons de l'Est. Il traîna pendant un moment un bruit de fleuve dans les arbres, puis il s'arrêta. C'était la nuit. Nous avions cessé de chanter. Il y eut un grand

---

1. L'expression est ici adressée à une femme.

moment de doux silence profondément béni. On entendait l'écuelle qui plongeait au tonneau. Quelqu'un se coucha plus à plat dans l'herbe ; quelqu'un se tira contre quelqu'un dans l'herbe. Il y avait une odeur de vin et de menthe écrasée. Je regardais la montée des Pléiades dans le ciel. C'était une grande nuit de paix. Je fermai les yeux. Quand je les rouvris, les Pléiades avaient fait un pas énorme : du bord du ciel, elles étaient venues presque au milieu et le Scorpion sortait sa première pince du dentellement noir des montagnes. Quelqu'un marchait dans l'herbe à quatre pattes et me toucha la jambe. C'était le bourrelier. Il devait chercher sa belle-sœur. Il ne me le demanda pas carrément. Il chuchotait près de mon oreille. Moi, j'étais vraiment sur des routes plus larges que celles des oiseaux. Le bourrelier recommença sa marche à quatre pattes. Je l'entendis qui abordait d'autres corps étendus, qui chuchotait, puis il recommença à se traîner dans les menthes. C'est beaucoup plus tard que je rouvris les yeux, prévenu dans mon sommeil exquis par une lueur qui toucha ma paupière. On avait allumé un grand feu au milieu de l'aire. Il y eut tout de suite tant de bondissements extraordinaires dans la flamme que je me réveillais complètement. J'en voyais deux qui étaient là-bas assis dans la lumière. Il me sembla que c'était Médé. C'était lui. Et le bourrelier. Je m'accroupis à côté d'eux, un peu loin cependant pour les laisser dans cette liberté où ils étaient. Je regardais le visage immobile du bourrelier, ces yeux fixes qui ne voyaient pas ce qui était devant eux, mais ce qui était très loin d'eux, au-delà des choses possibles. Médé parlait : « Je ne l'offrirai à personne d'autre qu'à toi », disait-il. C'est trop beau, je l'ai toujours gardé pour moi. Mais cette fois je te le prête. Demain, tu monteras sur Coriolan. Il a le pas tellement souple qu'il vous emporte comme de l'eau.

Tu descendras à travers la forêt avec la tête dans les feuilles des arbres. Tu verras, laisse-toi faire ; tu verras qu'à la fin tu feras comme moi et que, de temps en temps, tu lui toucheras les flancs pour bien voir si vraiment ce cheval n'a pas des ailes.

C'était la même nuit qui contenait Londres, Paris, Berlin, Rome, Moscou, Tokio de 1937.

Ainsi s'en allaient mes réflexions et mes souvenirs dans le petit café ; puis la nuit tomba sur Marseille. Il pleuvait toujours[1]. Toutes les façons qu'il fallait faire pour manger dans les restaurants et manger ces aliments gris et numérotés me coupaient l'appétit. J'avais faim, mais une faim en bogue de châtaigne : piquante et de feu ; et d'une santé si magnifique que je préférais la garder telle qu'elle était plutôt que de l'éteindre lamentablement. Je sais ce que c'est que la faim et qu'au bout on ne raisonne plus guère. Dans une certaine période de ma vie, j'ai été bien content d'éteindre le feu de mon ventre en mangeant des boulettes de papier à cigarette[2]. Mais, je ne parle que de ce que je connais et ma faim même dressait dans ma tête le corps d'un pays dans lequel j'ai mes initiatives individuelles. Je savais que, dès le lendemain, j'y repartirais, qu'il me suffisait d'attendre toute la nuit ; que le lendemain, vers midi, j'aurais mes

1. Giono renoue ici avec le point de départ de la méditation sur l'artisanat qui s'est déroulée d'un seul tenant depuis la page 13. Cette méditation va déboucher sur un projet de scénario, conformément au propos dont elle était partie.
2. Cette période est la guerre de 1914-1918, et, plus particulièrement, le temps passé par Giono devant Verdun.

vraies nourritures terrestres. Je me dirigeais directement vers mon hôtel. Qui dort dîne. Vraiment, on se demande ce que tu fiches par là-dedans, me disais-je. Il y a ici un million d'hommes et de femmes réunis tous ensemble, entassés sur une petite portion de sol parfaitement stérile. Ils se serrent le plus qu'ils peuvent les uns contre les autres ; il semble que leur bonheur dépend du fait qu'ils peuvent à tout moment se renifler l'odeur les uns des autres. La terre qu'ils ne font que piétiner ne produit rien. Pas un gramme de matière mangeable et ce million d'hommes et de femmes mangent deux à trois fois par jour. Il faut vraiment que, à cause d'eux, beaucoup de ceux qui travaillent à produire des choses mangeables se démesurent en travail et en projets. Ce qui, forcément, finit par tout détraquer, ne serait-ce qu'en faisant entrer précisément la démesure dans l'esprit de ceux qui ont besoin de la mesure pour vivre heureusement ; ne serait-ce qu'en faisant naître l'appétit de l'argent chez ceux qui produisent tout ce qui est nécessaire à l'appétit du corps et par conséquent n'ont que faire de plus ou moins de sapèques[1] ou d'images signées par le régent de la Banque[2]. Mais, c'est si facile de se rendre compte que si je fais cent mille kilos de pommes de terre, ce pauvre million d'andouilles qui n'a rien à lui, pour manger, sera bien obligé de me les acheter. Alors, à moi qui suis paysan à cent ou deux cents kilomètres d'ici, Marseille me colle quand même sa maladie, qui est une sorte d'éléphantiasis ; et mon champ qui avait vingt mètres de côté, je le fais qu'il en ait cent ou deux cents, ce qui ne se fait ni sans soucis, ni sans fatigue, ni sans l'angoisse de savoir si je vais

1. La *sapèque* est le nom d'une monnaie chinoise et indochinoise.
2. Ces images sont les billets de banque, authentifiés par différentes signatures, dont, à l'époque, celle du régent de la Banque de France.

réussir ; tout ça dans une vie qui normalement n'avait ni soucis, ni fatigue, ni angoisse ; enfin, tout juste ce qu'il est naturellement nécessaire que l'homme en ait. Tout ça pour des images qui, même entassées jusqu'à dépasser ma maison, jusqu'à dépasser les douces collines qui abritent le clos où je fais ma vie, ne me dispenseront de rien, ne m'apporteront rien, ne me donneront rien, puisque c'est immangeable et que, ce que je mange, il faudra toujours que je le fasse sortir directement de la terre. Tout ce que peut me donner cet argent que je gagne c'est, de l'état de liberté où je suis avec mes champs, me faire passer dans l'état de sujétion de ceux qui sont obligés d'acheter ce que d'autres font produire à leurs champs et à leurs initiatives. Ah ! non, on ne se rend pas compte que l'important de notre vie c'est vivre. C'est trop simple. De tout le jour je n'ai pas rencontré un seul homme dans cette ville qui n'ait pas passé tout son temps à compliquer et à recompliquer ce que d'autres déjà compliquaient et recompliquaient, se le passant mutuellement des uns aux autres ; après, ils sont étonnés d'être comme des petits chats, emberlificotés dans un peloton de ficelle. Il ne leur reste plus que quelques rares moments de cruauté fulgurante — comme l'éclair qui flamboie silencieusement au fond de la nuit — où ils se disent : « J'aimerais bien pouvoir faire ça ou ça ; oh ! oui, j'aimerais bien me promener dans une prairie de foin. » Une grande partie de ce pauvre million d'andouilles passe sa vie à des besognes parfaitement inutiles. Il y en a qui, toute leur vie, donneront des tickets de tramways, d'autres qui troueront ces billets à l'emporte-pièce, puis on jettera ces billets et inlassablement on continuera à en donner, à les trouer, à les jeter ; il en faudra qui impriment ces billets, d'autres qui passeront leur temps à coller ces billets en petits carnets ; quand ils seront bien imprimés, bien collés, bien reliés, celui-là vient qui passe toute sa vie à les déchirer du carnet, à les donner, puis un qui les troue, puis un qui les jette. Et qu'est-ce que ça produit, tout ça ? Ça produit d'autres papiers signés par le régent de la Banque ; alors, ceux-là, on les épingle en petits paquets de dix, on les attache en liasses, on les enferme dans des coffres et, à la fin de tous les mois on en donne deux ou trois ou dix ou cent à celui qui passe son temps à donner les petits tickets, à celui qui les troue, à celui qui les jette et finalement de main en main, ces papiers viennent jusqu'à moi, qui ai démesuré mon champ ; jusqu'à moi, qui ai tous les soucis de mon éléphantiasis, tellement que je n'ai plus le temps de goûter cet air d'Ouest extraordinairement succulent parce qu'il vient des plateaux à lavande ; et avec ça on estime qu'on me paie ; et je donne mes pommes de terre, après avoir donné l'essentiel de ma vie. Ah ! merde ! Et encore non, moins que ça ; mais je n'ai que ce mot-là pour dire ce que brusquement je pense.

Ainsi, jusqu'à la porte de l'hôtel, à mesure que je rencontrais, évitais, frôlais, heurtais les gens de la rue, m'excusant et saluant comme on le ferait dans une rue de village, mais ici, avec une allure d'hurluberlu, comme un albrand[1], ainsi que disait ma grand'mère savante en vie des oiseaux et qui me comparait souvent déjà à ces fous de Bassan, dont il est impossible de prévoir les réactions et les orbites de vol. Mais, dans la chambre, après que j'eus quitté ma veste et mes souliers, étendu sur la courtepointe, pendant que de la fenêtre ouverte entrait le bruit de la pluie sur le port, je recommençais à voir cette vraie vie des

1. Il se pourrait que Giono ait recueilli phonétiquement ce nom d'oiseau des lèvres de sa grand'mère. Il s'écrit en effet couramment *halbran* et désigne un jeune canard sauvage.

artisans et des paysans des Hautes-Terres et à comprendre la divine logique qui les réunit en une société où toutes les entreprises individuelles servent librement au bien commun.

Je me dis : ce film sur l'artisanat qu'ils veulent faire, je suppose que c'est à sa gloire, n'est-ce pas ? On est assez bas maintenant pour que, brusquement, ils sentent le besoin de se raccrocher à une valeur première. Alors, tu n'as pas tout entendu ce que disaient ces hommes, mais il ne serait pas impossible en fin de compte que ce soit vraiment à la gloire de l'artisanat qu'ils veuillent faire un film. Et ça c'est peut-être une chose dans laquelle tu pourrais exercer tes talents, comme ils disent.

Au bout d'un petit moment, je commençais à voir des images, puis j'entendis parler, mais je compris tout de suite que ce n'était pas un film de ce genre-là qu'ils voulaient faire. C'était vraiment trop sauvage ; cependant, pour moi, c'était cette sauvagerie même qui me plaisait ; et j'étais heureux de la sentir installée en pleine ville, dans cette chambre d'hôtel, pendant que, dehors, les tramways de nuit faisaient gémir les courbes des rails et beuglaient de la trompe à travers la pluie.

1

Je voyais un grand pays avec des lointains illimités ; et, de temps en temps, la machine à cinéma allait chercher là-dedans un beau détail d'arbre solitaire, de déroulement de collines, le frémissement des hêtres, des envolements de pigeons, l'arrêt de quelque bête sans nom dont on voyait seulement le tremblement de l'épaule, le pelage bouleversé de vent, puis de nouveau le grand pays inépuisable. C'était le premier personnage et il parlait ; j'aurais choisi pour ça une voix de basse, paisible. Il y a des voix d'homme qui roulent lentement des galets comme des torrents en plaine. Et celle-là parlait de la façon suivante :

— Je suis le dieu Pan, disait-elle. Mon nom signifie "tout[1]", et c'est beaucoup plus que ce que les hommes peuvent comprendre. Je suis la matière du monde et les hommes sont entièrement dans ma main. Tout ce qu'ils font dépend d'abord de moi. Je ne me mêle pas de leurs disputes et c'est à moi qu'ils viennent toujours demander la paix. Je hante les déserts ; c'est là que je distribue à ceux qui m'honorent mes cruautés et mes gloires.

Alors la machine à cinéma qui, de tout ce temps, n'a pas cessé de montrer le corps magnifique du dieu tout entremêlé d'arbres, de landes et de pelages, s'approche d'une ondulation de collines et on voit peu à peu la bosse, puis le détail d'un village en ruines collé sur le tranchant des hauteurs.

— Ici, dit la voix, habite un homme que j'aime. Une fois déjà je l'ai mis à l'épreuve et, sans le secours de la déesse qui règle l'ajustement des hommes aux femmes, il aurait été battu et je l'aurais en fin de compte pétri dans l'humus de la terre comme je fais de tous les morts. Il a réussi à prolonger le temps de son combat. Il s'est trouvé une femme ; de là viennent beaucoup de choses. L'amour lui a donné des forces

1. Par la mention de Pan et par la suite de *Regain* qu'il va proposer sous forme de scénario, Giono marque plus nettement que jamais le lien de ce *Triomphe de la vie* (qui sera dans son œuvre le dernier livre de cette inspiration) avec ses premiers romans. Mais il ne se contente pas, en rappelant que le nom du dieu se confond, en grec, avec le mot « tout », de marquer que Pan est le dieu de la totalité du monde naturel. Certains des propos qu'il lui prête ici en font également une puissance de vie et de mort qui intervient dans le destin des hommes pour des fins qu'ils ignorent.

174

que je respecte toujours. Il s'est mis à semer du blé dans un endroit où depuis longtemps on n'en semait plus. Et, par sa simple façon de vivre, il a proposé aux hommes voisins un spectacle de contentement et de bonheur dans la pauvreté[1].

À ce moment-là la machine à cinéma entre dans la beauté du dieu pour que le spectateur en soit tout entouré et elle fait voir une nuit splendide avec ses étoiles — est-ce qu'elle peut, cette machine ? Je ne sais pas. En tout cas, il faudrait qu'elle puisse. Cela ne doit pas durer longtemps mais il faut que, au moment où la voix dit : « Contentement et bonheur dans la pauvreté », la nuit éclate dans tous ceux qui regardent l'histoire avec son odeur d'espace.

C'est très rapide. Il n'y a pas d'arrêt, juste le temps pour le dieu de reprendre haleine — le petit temps de silence que marquent tous les dieux quand ils sentent que l'homme est brusquement en présence de leur beauté — et la voix continue.

— Quelle qu'elle soit, la fortune est une chienne qui se fait suivre. Il y avait ici très peu de choses, si je ne compte pas la paix que les hommes aiment seulement en paroles ; cependant, depuis quelques années trois autres ménages paysans sont venus se fixer ici. Le village renaît. C'est le regain de la vie de l'homme dans cette contrée.

On voit un mélange de sauvagerie et de travail humain — il faut que les sillons qu'on voit aient de la grandeur, pas du tout parce qu'ils sont immenses et pressés les uns contre les autres comme le tuyautage des toits d'une ville. Mais il faut les montrer, maigres, perdus, de pauvres petits fils séparés dans une toile qu'on n'arrive pas à tisser et qu'on s'obstine à tisser.

1. L'homme dont parle Pan est naturellement Panturle, le héros de *Regain*.

En même temps que les lointains illimités chargés de nuages pèsent et ferment tous les chemins de fuite.

— Mais, dit la voix, je suis comme le lion qui guette derrière la haie de buissons. Les dieux eux-mêmes obéissent à des bouleversements boueux qui, frappant la cage dorée de leur poitrine, les obligent à marcher à travers le monde. Je ne m'inquiète pas de perdre qui j'aime. J'ai sur la vie et la mort mes idées personnelles. Je fais passer d'une de mes mains dans l'autre, comme on fait à une poignée de lentilles le matin sur l'aire au vent qui naît. Je connais toutes les fins obscures. Mon travail, c'est de pousser le troupeau dans la caverne de l'étable et de le forcer d'entrer. Je vais proposer à ces hommes un nouveau combat (on voit la faible vie du village) et les anéantir.

Le village devient tout petit dans les immenses solitudes de la terre et du ciel.

— Mais, dit la voix, en voici deux qui viennent, déjà tout effarés de mes premiers coups.

À ce moment-là, peut-être un tonnerre ; mais très discret, très naturel, car on s'approche du sol même de la terre comme si on y descendait dessus en oiseau. On entre dans la pluie car il pleut.

2

Un chemin à travers un bois de chênes. Pluie, vent. Deux hommes sur une charrette. Le conducteur fouette le cheval.

— Oh hi ! le temps est mauvais aujourd'hui.
— Meilleur que s'il n'y en avait pas du tout.

Ils ont des visages inquiets. Mais ce n'est pas le temps qui leur fait peur. Ils ont des inquiétudes plus

176

graves. Pour la quatrième fois en cinq ans ils viennent d'être rebutés par cette contrée. Mais le plus grave c'est que cette fois ils perdent l'espoir. Ils ne savent pas pourquoi. Jusqu'à présent ils se disaient qu'à la longue ils arriveraient bien à s'établir et à vivre ; cette fois-ci, l'espoir leur tombe des mains. Ils se disent que jamais ce ne sera possible de vivre ici et qu'il vaut mieux, une deuxième fois, laisser le village et partir.

La terre ici est pauvre. Et c'est à la suite d'une chose qu'on peut parfaitement comprendre. Elle est d'abord broyée par les terribles gels de l'hiver. On est assez haut en montagne quoique ce qu'on voit soit plat. Dès avril ou les premiers rayons de mai, cette terre se dessèche et devient de la poussière. Les grands vents de printemps, bien musclés à cette hauteur et contre lesquels il n'y a pas d'abris, emportent d'épais étendards de poussière. C'est comme un fleuve du ciel qui emporte tout le gras d'ici. Ce qui reste est décharné. Ça n'a pas précisément mauvaise volonté. C'est triste, comprenez-vous, c'est de la terre triste qui ne se donne pas volontiers ; il y faut de la patience, du temps et du travail. Mais, à la longue, après ce temps, cette patience et ce travail, si elle continue à faire la tête, à bouder, à être rébarbative, quand on lui a tout fait comprendre et qu'elle continue quand même à être dégoûtée de tout et à ne pas prendre sur elle de quoi essayer de vivre, alors on perd soi-même tout espoir, toute envie de continuer et on envoie tout se faire foutre. C'est ce qu'ils se disent, les deux, sur la charrette, pendant qu'elle va au trot sous la forêt de chênes, à travers la pluie. C'est déjà, d'ailleurs, ce qui est arrivé la première fois. Les gens ne sont pas partis précisément pour les mêmes raisons, mais, parce que ces raisons de partir venaient et qu'on les sentait venir. À tout moment des difficultés nouvelles se mettaient à la traverse du moindre travail. Tous les jours il fallait dépenser un peu plus d'effort, un peu plus de volonté, un peu plus d'entêtement. Et ça, c'est comme une affaire de porte-monnaie. Tant qu'on a des sous on paye ; quand on n'a plus de sous on lâche. Un après l'autre ils avaient tous lâché à cette époque. Maintenant, évidemment, ce n'est plus exactement la même chose.

— On est arrivé ici décidé et les mêmes duretés qui lassaient peu à peu ceux de cette époque qui voyaient tout s'en aller de leurs mains ne nous fatiguent pas, nous qui voyons tout venir. Mais justement nous avons pris nos désirs pour des réalités ; nous avons imaginé que tout venait et rien ne venait. Maintenant, il faut bien nous en rendre compte. La première année qu'on a été ici ça allait à peu près. Enfin, c'était une première année. Mais la deuxième ? Et la troisième ? Et voilà la cinquième. Il n'y a rien à faire. On a des femmes à nourrir et des enfants. On voit tout dépérir et chaque année nouvelle demande des peines nouvelles, non pas pour les faire revivre mais seulement pour les empêcher de dépérir plus. On fait des efforts du diable pour rester sur place. Comme si on nageait dans un courant trop fort. Alors, qu'est-ce que tu veux, on ne va plus s'entêter, on tourne et nageons dans la descente.

Il y a sur la charrette un vieux et un jeune. Et le vieux dit que toute la difficulté, à son avis, vient des outils qu'on a. Ce qu'on a à travailler ici, c'est une sacrée matière. La terre n'est pas que dure : elle est pleine de pierres rondes. Ce ne sont pas précisément des pierres ; disons que c'est la méchanceté de la terre. C'est de la terre caillée. Si on arrivait à travailler ça de façon à broyer ces caillots, on obtiendrait une terre légère. Il a essayé et il a obtenu. Mais, on peut faire ça sur vingt pas de terre, pas sur des hectares. Les forces du tonnerre de dieu n'y suffiraient pas. Voilà : d'abord les socs de charrues ne sont pas faits pour. Le versoir ne renverse pas assez, le couteau coupe trop profond d'un seul coup, la cambrure du timon n'aide pas assez le cheval. Ce sont des charrues passe-partout, tu comprends. Elles sont faites pour la plupart des terres mais pas pour la nôtre qui est très particulière. Il faudrait que ça soit quelqu'un qui la connaisse, qui fasse l'outil approprié à ce travail particulier.

Le jeune dit : — Tu sais que mon père était précisément forgeron à Aubignane, et qu'il a été le dernier à partir[1]. Je te dis le dernier car, quand il est parti, celui qui restait est resté et c'est de lui que toute cette terre a eu son regain. Mon père n'est parti d'ici que parce qu'il était malade. Il est venu chez moi à ce moment-là ; j'étais employé à la gare. Et, peu de temps après, il est tombé en paralysie. Mais, quand je suis venu le chercher ici, sais-tu ce qu'il a emporté avec lui ? Son enclume. Il ne pouvait pas s'en séparer. Lui, faisait dans son temps des charrues comme tu dis. Et je comprends maintenant. Panturle est revenu le voir une fois et mon père lui a donné le dernier soc qu'il avait fait.

— Eh bien ! voilà ce qui nous manque, dit le vieux : un forgeron à nous, non pas une forge qui est à dix mille kilomètres d'ici et qui fait des socs pour le monde entier. Nous ne sommes pas le monde entier. Nous avons des peines bien personnelles et des soucis bien personnels. Il nous faut une forge bien personnelle. Qui sait ? Un forgeron qui se passionnerait pour trouver ce qui nous aide, nous ferait peut-être l'outil capable de travailler facilement ces caillots de

1. Ce plus jeune des deux interlocuteurs est donc Gaubert le Jeune, qui dans *Regain* avait quitté Aubignane, et qui y est revenu après la mort de son père, alors que Panturle était en train de rendre la vie au village.

méchanceté qui tuent notre blé jusque dans notre bouche. Cet outil, qui veux-tu qui nous le fasse sauf un forgeron d'ici? C'est un outil qui ne peut nous servir qu'à nous. Comment veux-tu qu'un autre s'y passionne? Comment veux-tu qu'une usine nous le fasse alors qu'au bout du compte on en vendra combien? Trois en tout. Tu comprends, ça n'est pas une question d'argent. Il faut que quelqu'un se passionne à ça pour le plaisir de la passion. Ah! si on faisait les choses naturellement, tu verrais ce qu'on finirait par faire avec la nature.

3

Un immense hêtre dans la pluie. Autour un large sans limite. Trois hommes[1] assis dans les racines de l'arbre. Bruit de la pluie dans les feuilles.

Le plus jeune dit : « J'en connais un. »

Il a connu un forgeron du temps qu'il était employé aux chemins de fer.

— C'est un forgeron du dépôt des machines. Si celui-là voulait... Mais il y a dix chances sur dix pour qu'il ne veuille pas. Il a une bonne place, payé à l'heure, le lendemain assuré et une retraite pour ses vieux jours. Et puis qui, de son plein gré, s'il n'a pas quelque chose qui le pousse, consentirait à venir ici? Et d'ailleurs ici, de quoi vivrait-il?

PANTURLE. — On le nourrirait, on lui donnerait

---

1. Il apparaîtra dans le dialogue même que ces trois hommes sont Gaubert le Jeune, Panturle, et Mathieu, le plus âgé, qui est le père d'Eugénie. Dans cette troisième séquence, le nom des interlocuteurs n'est pas donné en tête de réplique comme il l'est dans les séquences suivantes. Nous le rétablissons ici pour unifier.

tout ce qu'il faut. Ce n'est pas une question de commerce. Nous avons absolument besoin d'un ouvrier. D'un ouvrier personnel en quelque sorte. Chacun de nous ne consentirait-il pas un sacrifice ?

GAUBERT. — Tous nous consentirions des sacrifices si la question est là. Ce ne sont pas des sacrifices. C'est seulement naturel et juste. Tout le monde en convient. Sur chacune de nos parts il aurait régulièrement sa part. C'est un échange de travail si naturel. On a besoin tout naturellement les uns des autres. Le monde des hommes se complète et se maintient d'homme à homme. Il n'y a cependant aucune chance, il faut bien le dire, d'emmener celui-là. C'était pourtant un drôle d'homme.

PANTURLE. — Quel âge a-t-il ?

GAUBERT. — Il va sur ses soixante ans.

PANTURLE. — Qu'est-ce qu'il avait de drôle ?

GAUBERT. — C'est un connaisseur du fer. Il se distrait avec du fer. Il avait monté un atelier chez lui. C'est là qu'après son travail il passait son temps. Il avait fait pour s'amuser une cage d'oiseau extraordinaire, monumentale. Il avait fait ce qu'il appelait la porte du château. C'était une grille en fer forgé avec des ronces, des tulipes, des volutes et des fleurs de fer. Il avait fait ce qu'il appelait la cheminée du diable. Des chenets. C'est un monsieur qui a un château du côté de Peipin qui les a achetés. Il est revenu et il a acheté la cage. Il est revenu une autre fois et il a acheté la grille. L'homme que je vous dis a fait encore beaucoup d'autres choses.

PANTURLE. — Il est marié ?

GAUBERT. — Veuf.

PANTURLE. — Il a des enfants ?

GAUBERT. — Non.

PANTURLE. — Tu le connais bien ?

GAUBERT. — Oui. Il est venu souvent à la maison.

Quand il a su que mon père était forgeron il est venu parler avec lui. Puis il est revenu. Il m'a dit : "C'est quelqu'un, ton père." Puis il est revenu encore une fois. Mon père, à ce moment-là, n'était plus personne. Il ne pouvait bouger que sa langue et ses yeux. Il passait des dimanches là, à côté du lit, à lui parler et à l'écouter. Je te dis, je le connais très bien. Pour l'enterrement même il s'est dérangé. Il avait demandé campo exprès. Et on voyait que ça lui faisait peine. De retour il m'a accompagné à la maison. Il m'a dit : "Je ne sais pas si ton père t'a mis au courant. — De quoi ? — Il m'a laissé quelque chose. — Quoi ? Il n'avait rien. — L'enclume. — Ah ! je lui ai dit : prends-la, qu'est-ce que tu veux que j'en fasse ?" C'est lui qui a l'enclume de l'ancien village.

PANTURLE. — C'est sûrement cet homme-là qu'il faudrait.

GAUBERT. — Oui mais, je te dis, il n'y a rien à faire.

PANTURLE. — Si tu le voyais ?

GAUBERT. — Pour lui dire quoi ?

PANTURLE. — Oh ! rien, bien sûr.

GAUBERT. — Ce que je pourrais peut-être faire, c'est lui dire qu'à temps perdu il essaye de nous forger d'abord un soc de charrue comme celui que mon père t'avait donné.

PANTURLE. — Oui, mais il ne saura pas comment il a été fait.

GAUBERT. — Mon père lui en a peut-être parlé.

PANTURLE. — Je pourrai même te le prêter et tu le porterais comme modèle, mais ça ne suffit pas. Cette fois, il faut autre chose que ce soc. Ce soc a fait son temps. Même s'il nous en fait des pareils, et c'est déjà difficile car il suffit de peu de chose pour qu'il ne soit jamais pareil, parfois de choses qui ne se voient même pas, des minutes dans la trempe peut-être ou un tout petit moment de plus dans le feu et tout ça est effacé mais, même s'il arrivait juste à la même chose, ça ne suffirait pas. Le temps de maintenant n'est plus exactement le temps de ton père. Ce que ton père avait fait il n'est plus suffisant qu'on le refasse, il faut qu'on l'améliore. Pour ça il faut que cet homme connaisse exactement tout ce qui se passe ici.

GAUBERT. — Il se passe des choses ici?

PANTURLE. — N'exagérons pas mais il y a quelque chose entre nous. Ça se sent. C'est peut-être pas contre nous, contre nous trois. C'est une chose qui existe et qui fait son affaire personnelle, qui va où elle veut. Et nous, notre rôle, c'est de la faire aller où nous voulons. C'est comme ça qu'elle est contre nous. Pour que ça aille bien, il faut qu'un homme de ce métier, qui nous est indispensable, connaisse à la fois l'endroit où veut aller la chose que nous travaillons et l'endroit où nous, avec notre travail, nous voulons la faire aller. Dès qu'il connaît ça, s'il se passionne, il peut nous aider. Sinon ça frappera toujours à côté. À moins d'un miracle. Mais, un miracle, ça ne vient pas comme des cheveux sur la soupe quoiqu'on se l'imagine. Ça se prépare lentement ; on l'aide ; enfin il se fait. Mais après seulement.

GAUBERT. — Je peux aller voir si vous voulez.

PANTURLE. — Voir quoi?

GAUBERT. — Je ne sais pas, mais il faut faire quelque chose.

PANTURLE. — C'est un sacré gibier.

GAUBERT. — Quoi?

PANTURLE. — Cet homme. Quand je chassais le renard je me demandais toujours : qu'est-ce que tu as à lui offrir? Si tu ne lui offres rien, comment veux-tu qu'il vienne? Et qu'est-ce que nous avons à lui offrir?

GAUBERT. — Dis donc, Mathieu, qu'est-ce qu'elle fait ta fille ces jours-ci?

MATHIEU. — L'Eugénie, rien, qu'est-ce que tu veux qu'elle fasse avec ce temps?

GAUBERT. — Tu devrais me la prêter.

MATHIEU. — Pour quoi faire?

GAUBERT. — Elle viendrait avec moi.

MATHIEU. — Où?

GAUBERT. — Voir ce type-là.

MATHIEU. — C'est pas une affaire à l'Eugénie.

GAUBERT. — Peut-être.

MATHIEU. — Tu as idée de quoi?

GAUBERT. — Je n'ai pas d'idée. C'est une belle fille.

MATHIEU. — Oui, qu'est-ce que ça a à voir?

GAUBERT. — Bien, c'est précisément voir, tu vois. Ça fait plaisir de la voir; on l'habille un peu, elle vient avec moi.

MATHIEU. — Dis donc, Charles?

GAUBERT. — Oui.

MATHIEU. — Ce n'est pas une idée franche, ça.

GAUBERT. — Pourquoi ce n'est pas une idée franche?

MATHIEU. — Parce que je ne comprends pas ce que l'Eugénie peut faire dans cette histoire de forgeron, d'enclume et de saloperie.

GAUBERT. — Je ne veux pas arriver les mains vides, qu'est-ce que j'aurai à offrir.

MATHIEU. — Tu veux offrir Eugénie?

GAUBERT. — Non, je ne veux pas offrir Eugénie.

MATHIEU. — Je ne comprends pas.

GAUBERT. — Écoute. Si c'était la Côte d'Azur ici, je lui porterais des cartes postales; je lui dirais: "Regarde un peu le beau pays que nous habitons. Allez, viens rester avec nous", tu comprends ça? Bon, mais en fait de Côte d'Azur regarde un peu ce que nous avons. Tu veux que je lui dise : "Viens avec nous, il fait froid, on gèle, on est pauvre". Au moins je pourrai dire : on a une belle fille ; et il le verra.

MATHIEU. — Oui, mais, où ça finira tout ça ?

GAUBERT. — Tu parles déjà de finir, moi je serai bien content si seulement ça commence.

MATHIEU. — Tout ça c'est très joli mais moi je ne veux pas que ma fille soit victime.

GAUBERT. — Victime ! Tout de suite les grands mots. Je ne vais pas la tuer, ce n'est pas un agneau, ce n'est pas une victime. Qu'est-ce qu'elle fera ici dans cinq ans, dans dix ans, dans vingt ans ? Et d'ailleurs, si on ne se décide pas tout de suite à faire quelque chose, dans cinq ans, dans dix ans ou dans vingt ans, toi, tu seras mort dans quelque coin après avoir tout perdu et elle, elle sera — en le mettant au mieux — servante dans quelque ferme. Mais, même en supposant qu'on pourrait rester ici, dans cinq ans, dans dix ans, dans vingt ans, elle sera ici avec qui ? Moi, mon fils a trois ans. Ce n'est pas avec lui qu'elle se mariera, et Panturle, c'est deux filles qu'il a. C'est difficile d'imaginer un ménage. Qu'il vienne un jeune de quelque part, n'y compte pas ; en tout cas c'est problématique. Qu'elle parte ? Elle ira où ? Pour faire quoi ? Cherche, tourne, arrange-toi comme tu veux, ta victime, tu comprends, c'est encore avec moi qu'elle sera la moins victime.

MATHIEU. — Oui, mais enfin un père ne se mêle pas de ces histoires, rends-toi compte.

GAUBERT. — Un père, un père, un père se mêle de tout ce qu'il faut pour que le vent souffle d'aplomb dans les voiles.

MATHIEU. — Il est comment cet homme ?

GAUBERT. — C'est un trapu, un peu boulé, noir parce que la forge ne fait pas le teint clair.

MATHIEU. — Et si l'Eugénie ne veut pas ?

185

GAUBERT. — L'Eugénie voudra. Toutes les filles veulent quand il s'agit de s'habiller du dimanche et d'aller dans quelque chose de nouveau, n'importe quoi ; je te la mènerais au pape, moi, comme ça.

4

Une salle de ferme. L'âtre tout en feu. Eugénie. C'est la beauté même. Indifférente, immobile debout devant les flammes. Elle est en longue chemise de toile, les pieds nus sur un sac qui sert de tapis. Ce qu'elle serait si elle était nue, on le voit à travers le lin de la toile : rien qui ne soit absolument d'accord avec ses lèvres épaisses, paisibles et goulues, son nez aux larges narines, son regard pesant, bleu comme de la bourrache. On est en train de l'habiller avec ce qu'on a de plus beau. Il y a Belline, la femme de Gaubert ; Arsule, la femme de Panturle et la mère, celle-là noire de tout : costume et peau, comme une vieille pipe ; mais elle tient dans ses mains un énorme bijou d'or et de grosses pierres ; rond, on dirait le soleil collé avec son entourage de planètes.

BELLINE. — Vous avez visité des villes avant de venir ici et de vous marier avec Panturle ?

ARSULE. — Oui.

BELLINE. — Beaucoup ?

ARSULE. — Pas mal.

BELLINE. — Ça vous plaisait ?

ARSULE. — Non.

BELLINE. — Pourtant c'est beau.

ARSULE. — Ça dépend.

BELLINE. — De quoi ?

ARSULE. — Du cœur qu'on a.

BELLINE. — Il y a pourtant des distractions?

ARSULE. — Quand on est seule, rien ne distrait.

BELLINE. — Pourtant il y a du monde?

ARSULE. — Il n'est jamais pour vous. Ici j'ai mon mari.

BELLINE. — Tenez, mettez-lui ce cache-corset. C'est celui que j'avais le jour de mon mariage.

ARSULE. — On ne met plus de cache-corset puisqu'on ne met plus de corset.

LA MÈRE. — Pourquoi on ne met plus de corset?

ARSULE. — Et qu'est-ce qu'elle ferait d'un corset, Eugénie? Eugénie peut se tenir n'importe comment, elle est toujours solide. Eugénie est toujours entière, quoi qu'elle fasse. Elle peut tout faire.

LA MÈRE. — Sauf le mal.

ARSULE. — Eugénie n'a jamais rien fait de mal, ce n'est pas maintenant qu'elle va commencer.

BELLINE. — Eh bien! tenez, faites-lui mettre ces pantalons brodés, ce sont ceux-là que j'avais le jour de mon mariage.

ARSULE. — Oui, c'est une dentelle de mariage, mais, d'après moi, je crois qu'Eugénie ne devrait pas les mettre.

LA MÈRE. — Qu'est-ce qu'elle va mettre alors?

ARSULE. — Elle n'en mettra pas.

LA MÈRE. — Il fait froid en bas dans la vallée.

ARSULE. — Moins qu'ici.

LA MÈRE. — Pas le même.

ARSULE. — Voilà ce qu'elle devrait faire. Il y a d'abord là un jupon molletonné qui est bien joli avec ses petites fleurs blanches. C'est ça d'abord qu'elle doit mettre en serrant bien les attaches autour de sa taille. Tenez, regardez, comment voulez-vous que le froid passe?

LA MÈRE. — Justement, je ne veux pas qu'il passe, je veux que rien passe.

ARSULE. — Dessous, elle a en plus sa chemise longue. Assise ou debout elle n'a qu'à fermer ses jambes, et que voulez-vous qui passe? En marchant, le mouvement lui tiendra chaud. Sur le jupon, elle mettra cette jupe de bure. Je la trouve très belle. Regardez comme elle est ample, et les plis qu'elle fait.

LA MÈRE. — C'est ma jupe de jeune fille.

ARSULE. — Alors, vous allez voir comme elle fait encore bien sur une jeune fille. Voyez-vous, la mère, si je la fais habiller de cette façon c'est pour qu'elle soit la plus belle, et la plus belle n'a jamais gros ventre, même si c'est un ventre d'étoffe. Il faut l'éviter par-dessus tout. Et si elle avait mis des pantalons elle y aurait empaqueté sa chemise. Regardez au contraire comme de cette façon elle a le ventre plat. Et comme c'est beau les jambes nues qui descendent dessous, franchement, et sur lesquelles elle se repose! Vous n'avez pas peur qu'elle ait froid aux jambes?

LA MÈRE. — Je n'ai pas peur qu'elle ait froid à rien; j'ai plutôt peur, telles que je vous vois vous autres deux, que vous vous arrangiez pour lui faire avoir plus chaud que ce qu'il faudrait.

ARSULE. — Ne vous inquiétez pas, la chaleur sauve. Vous voyez les choses de trop loin. C'est même dommage qu'elle ne puisse pas se faire voir comme elle est là maintenant, avec ses larges pieds nus...

BELLINE. — Je lui ai porté les souliers que j'avais pour mon mariage. C'est ce que j'ai de plus beau. Ils sont tout neufs. Ils me font mal au gros doigt.

ARSULE. — À sa place je ne les mettrais pas. Ils vont sûrement lui faire mal aussi. Ce sont des souliers de dame.

LA MÈRE. — Je n'aime pas du tout ce qu'on est en train de faire avec Eugénie.

ARSULE. — On l'aide seulement pour ce qu'elle va

faire. Et ce qu'elle va faire est très simple ; c'est tout naturel. Il n'y a pas besoin de le compliquer. Alors, le plus simple c'est qu'elle mette carrément ses espadrilles. Il n'y a qu'à en prendre des propres. Il ne pleut plus maintenant ; elle va partir en voiture et le mauvais temps de la vallée est encore meilleur que l'été chez nous. Avec les espadrilles elle marchera avec son pas de tous les jours. Rien ne la gêne. Marche un peu, Eugénie. Regardez.

Eugénie marche. Elle passe et repasse devant le feu. Son ample jupe joue autour d'elle comme un plumage de faisane.

ARSULE. — Vous voyez ? Regardez comme avec son pied elle se soulève, d'abord d'un côté, puis de l'autre avec la démarche d'un bateau. Tout le monde partirait sur un bateau si on l'avait une fois sous la main et qu'il puisse nous faire partir. Même si on n'en a pas envie, quand on la regarde l'envie nous vient. C'est ça qu'elle va faire. Regardez si on ne dirait pas que c'est sur l'eau qu'elle marche et que c'est du vent qui le pousse !

BELLINE. — Certes, le jour où je me suis mariée, croyez bien que j'y allais volontiers, c'est moi qui vous le dis. Cependant, la vérité vraie, je ne marchais pas comme Eugénie marche maintenant.

LA MÈRE. — Oui, mais ça n'a rien empêché et tu t'es mariée quand même.

BELLINE. — Oh ! Au point où j'en étais, même si j'avais été cul-de-jatte, il aurait fallu que je marche et que ça se fasse.

ARSULE. — Je veux qu'elle soit très belle, qu'elle ravisse. Et ça, les bateaux sont très forts pour le faire.

LA MÈRE. — Je n'aime pas du tout ce qu'on est en train de préparer avec Eugénie. Il me semble que la terre va s'ouvrir pour me la prendre.

On frappe à la porte.

VOIX DE GAUBERT. — Elle est prête ?

ARSULE. — Un moment encore.

GAUBERT. — Je vais chercher le cheval.

ARSULE. — Le corsage.

LA MÈRE. — Oui, couvre-la. Mettez-lui donc quelque chose de solide autour.

ARSULE. — Il vaut bien mieux que le solide soit dedans, ne vous en faites pas. Viens que je croise ton châle.

LA MÈRE. — Ah ! Eugénie, tu m'as beaucoup surprise quand tu as dit oui, que tu voulais bien, que cela ne te faisait rien d'aller faire ce qu'ils veulent, je n'aurais jamais cru ça de toi.

ARSULE. — Elle vous a dit un mensonge. Ça lui fait plaisir. Poussez-vous la mère, il faut que je lace le corsage comme il faut et sans déchirer les œillets, c'est difficile. Non, poussez-vous encore un peu plus loin. Ne la gênez pas. Elle va partir. Laissez-la faire. Elle sait mieux que vous. Voyons, que je voie bien si j'ai tout fait ce qui me regarde. Il ne faut pas que la poitrine soit trop forte : non, elle ne l'est pas ! Il faut cependant qu'elle ait du fruit : oui, elle en a ; il faut que la taille soit ronde : elle l'est ; il faut que malgré tout elle soit mince : elle l'est ; les hanches sont pleines : oui ; souples : oui ; légères : oui. Fais voir ta figure. Belle ! Tu peux partir.

LA MÈRE. — Attends. Tenez, mettez-lui cette agrafe.

ARSULE. — Oui, parce qu'elle est belle aussi, mais regarde, Eugénie, pour l'enlever tu n'as qu'à appuyer là-dessous et à tirer.

On frappe à la porte.

BELLINE. — Entre maintenant.

Gaubert entre, reste au seuil et au bout d'un petit moment de silence il siffle doucement d'admiration.

Eugénie s'avance vers la nuit de la porte avec un grand rire calme et silencieux.

5

Dans la plaine. Paysage de jungle tropicale, touffes de bambous au bord d'un ruisseau. Une plage de sable semblable à celles sur lesquelles les fauves s'avancent pour venir boire. C'est derrière le petit dépôt de machines d'une petite station d'embranchement, sur une voie d'intérêt tout secondaire.

GAUBERT. — On va le voir sortir. D'habitude voilà ce qu'il fait : il vient jusqu'à ce ruisseau, il boit et il se lave un peu. Après il remonte le talus. Il prend le sentier. Ce qui serait bon c'est qu'à ce moment-là il te voie toute seule. Il s'avancerait sur toi et après j'en fais mon affaire. À moins, au contraire, que nous attendions qu'il monte et que nous nous avancions sur lui, toi et moi, ensemble. N'aie pas peur, on va l'avoir. Il est obligé de passer par ici. Il ne peut pas passer ailleurs. C'est ici que nous devons l'attendre. Quelquefois il y a des quantités de choses qui se brouillent dans les pistes et ça retarde tout. Peut-être qu'il ne vient plus se laver au ruisseau. C'est possible. Mais en tout cas il est obligé de passer sur le sentier parce que c'est son sentier personnel. C'est lui qui l'a fait tout seul à travers les orties. C'est un sentier qui va à sa maison. Quand il a commencé à habiter cette maison, il a commencé à passer ici et peu à peu il a fait le sentier. Je ne peux pas imaginer. Serait-ce qu'il serait mort ? Ne disons pas de malheur ! On ne voit pas que le sentier soit trop délaissé. Par contre, en effet, on ne voit pas qu'on en fasse toujours un gros usage. On dirait qu'un peu de vert a poussé dessus. C'est vrai qu'au fond ce n'est qu'un sentier, ce n'est pas une route nationale. Ici, dans la vallée, l'herbe pousse vite. Et d'autre part un homme n'est qu'un homme, quoique gros, ça n'en écrase pas beaucoup.

Un moment de silence et le halètement régulier d'une locomotive au repos.

GAUBERT. — L'affût n'est peut-être pas aussi bon que ce que je croyais ; alors, on va employer les grands moyens. J'aurais mieux aimé qu'il nous rencontre au grand air. C'est beaucoup plus facile de l'avoir au grand air, mais tant pis on va chez lui. Il ne nous mangera pas, je suppose. Dresse-toi Eugénie, viens.

Le sentier traverse un grand champ délaissé sous des orties et des herbes que la proximité du dépôt de machines salit de suie et de cambouis. De temps en temps il passe à côté de squelettes de ferraille, cages thoraciques de mille chaudières rouillées, décharnement de coffres à bielle, des rails ; étripaillements de tuyauteries, des poumons de locomotives, des ventres de machines mystérieuses ; tout un dépeçage de fer. Mais en dehors des bosquets on voit une maison dont tout un côté du crépi est noir de suie et on commence à entendre la cadence claire d'un marteau sur une enclume.

GAUBERT. — Ah ! je respire, j'avais peur qu'il ait perdu ses bras ou sa force, ou qu'il soit mort. Il n'est pas mort et il est là.

6

La maison du forgeron. Tout un côté de la maison est noir de suie comme si on avait essayé de la faire brûler dans quelque énorme forge. De temps en temps — pendant qu'on entend taper sur l'enclume — du feu ronfle et des gerbes d'étincelles sortent de la cheminée. Le reste de la maison (le côté où le crépi est encore à peu près blanc) est maladroitement bourgeois, mais tout a souffert : les volets, la porte, le seuil usé, le délabrement lamentable du jardin où il y avait une boule de verre maintenant cassée (mais son trépied de fer est une merveille de dentelle forgée avec des fleurs extraordinaires). La souffrance donne à la maison un air fier, hautement aristocratique.

Arrivent Gaubert et Eugénie.

GAUBERT. — C'est une belle maison. Elle sent le fer et le feu. C'est une maison où l'on sent que quelqu'un travaille qui a placé le travail où les autres placent les femmes. Je ne veux pas dire que les femmes sont mauvaises, je veux dire qu'il est amoureux de son travail. Il ne travaille pas pour vivre mais je suis sûr qu'il ne pourrait plus vivre s'il ne travaillait pas. Si le fer pouvait se tenir debout sur deux pieds, s'il pouvait marcher et me suivre comme tu m'as suivi, si je pouvais frapper maintenant à cette porte, ayant derrière moi une tonne de fer debout comme tu es là, toi, je serais plus fier que ce que je suis. J'ai peur que nous deux, nous ne soyons guère. Cependant, place-toi quand même devant la porte pour qu'il te voie. Ce ne serait pas la première fois qu'une femme ferait changer le cours des choses.

Il frappe à la porte.

GAUBERT. — N'aie pas peur, on a une petite chance. Il me semble pourtant que tu étais plus belle l'autre soir.

Il frappe. Le bruit de l'enclume s'arrête.

7

Un pas dans le couloir. La porte s'ouvre. Le forgeron est petit, noir, trapu, enfumé. Quoiqu'âgé, il a des cheveux drus, pleins d'escarbilles et de ces paillettes de fer ternies qui sautent d'une pièce qu'on forge.

GAUBERT. — Bonjour Augustin.

AUGUSTIN. — Tiens, c'est Gaubert, qu'est-ce que tu fais ici?

GAUBERT. — On est descendu pour des chevaux.

AUGUSTIN. — C'est difficile de trouver des chevaux maintenant.

GAUBERT. — En effet, c'est difficile, ça va gêner pour les labours. Tu ne connais pas des maquignons, toi?

AUGUSTIN. — Non.

GAUBERT. — Tu n'es plus à l'atelier, nous sommes allés à l'atelier. Tu n'étais pas à l'atelier.

AUGUSTIN. — Tu n'as plus pensé que j'étais vieux?

GAUBERT. — Tu n'es pas vieux, qu'est-ce que tu vas dire?

AUGUSTIN. — Je le suis pour l'administration.

GAUBERT. — Tu ne travailles plus?

AUGUSTIN. — Qu'est-ce que je ferais si je ne travaillais plus? Je ne travaille plus pour eux, je suis à la retraite.

GAUBERT. — Tu travailles pour qui?

AUGUSTIN. — Pour moi.

GAUBERT. — Tu m'as fait peur quand je ne t'ai pas vu là-bas.

AUGUSTIN. — Peur de quoi?

GAUBERT. — Que tu sois mort.

AUGUSTIN. — Ça arrivera un jour ou l'autre.

GAUBERT. — Le plus tard possible.

AUGUSTIN. — Et pour ces chevaux, tu as parlé à qui?

GAUBERT. — À tout le monde.

AUGUSTIN. — Tu en as trouvé?

GAUBERT. — Non.

AUGUSTIN. — Alors, tu remontes?

GAUBERT. — Non, je continue à chercher.

AUGUSTIN. — Vous êtes où?

GAUBERT. — Ici.

AUGUSTIN. — Je le vois, mais je veux dire à quelle auberge?

GAUBERT. — À la "Croix de Malte".

AUGUSTIN. — On vous donne assez à manger?

GAUBERT. — Oui, on n'est pas difficile. Le difficile c'est ce qu'on est venu faire. Tu devrais venir manger avec nous.

AUGUSTIN. — Je ne sors jamais, mais si je sortais je n'irais pas à la "Croix de Malte".

GAUBERT. — Tu es fâché avec la "Croix de Malte"? Si tu es fâché, dis-le, nous en partons tout de suite; je n'aime pas ceux qui sont fâchés avec mes amis.

AUGUSTIN. — Non, eux ne m'ont rien fait.

GAUBERT. — Qui t'a fait quelque chose, dis-le? Je ne croyais pas que les gens ici soient si méchants.

AUGUSTIN. — Ils ne sont pas méchants, ils ne m'ont rien fait. Si je ne vais pas à la "Croix de Malte", c'est par sentiment.

GAUBERT. — Sentiment?

AUGUSTIN. — Oui, c'est trop près de Charles.

GAUBERT. — J'avais toujours pensé que Charles n'était pas catholique.

AUGUSTIN. — Ce n'est pas une question de catholique. Charles est un brave homme. On a souvent parlé de ton père avec lui.

GAUBERT. — Alors oui, c'est un brave homme.

AUGUSTIN. — Tu le connais?

GAUBERT. — Je crois.

AUGUSTIN. — Peut-être tu ne le connais pas ; il doit être arrivé après ton départ.

GAUBERT. — Alors, je ne dois pas le connaître, mais pourquoi parlait-il de mon père ?

AUGUSTIN. — Il le connaissait par le métier.

GAUBERT. — Ah ! c'était le métier ?

AUGUSTIN. — Oui, c'est un homme à l'ancienne mode comme ton père, comme moi. Ce sont des choses qui nous intéressent. Il a été content que je lui dise comment ton père faisait pour braser les couteaux et les socs et en faire un bloc tout d'une seule pièce.

GAUBERT. — Mon père faisait ça ?

AUGUSTIN. — Ton père faisait tout.

GAUBERT. — C'est beaucoup.

AUGUSTIN. — Je voudrais savoir faire la moitié de ce que faisait ton père.

GAUBERT. — Mais alors, ce Charles, tu ne vas pas à la "Croix de Malte", pourquoi ?

AUGUSTIN. — Son atelier est trop près de l'auberge. On l'entend tout le temps battre son fer. Ça ne me laisse pas de repos. Il a même dû vous empêcher de dormir cette nuit. Tu ne l'as pas entendu ?

GAUBERT. — La vérité, c'est que nous sommes arrivés seulement ce matin à dix heures.

AUGUSTIN. — Alors vous n'avez pas mangé ?

GAUBERT. — Non.

AUGUSTIN. — Je n'ai rien à vous offrir, mais on pourrait tuer une poule. À la forge, elle serait vite cuite.

GAUBERT. — Nous ne voudrions pas te déranger.

AUGUSTIN. — Vous ne me dérangez pas, la compagnie est rare. Tu verras l'enclume de ton père.

GAUBERT. — J'y ai beaucoup pensé.

AUGUSTIN. — Je ne voudrais pas te froisser, mais

on ne s'est pas vus depuis trois ans au moins; ta femme n'est pas morte?

GAUBERT. — Non, pourquoi?

AUGUSTIN. — En te voyant là avec cette dame, je croyais que tu étais remarié.

GAUBERT. — Ne parlons pas de malheur, quoique, bien entendu, si j'étais veuf, je me remarierais tout de suite, tout de suite, enfin je veux dire après un petit moment, moi je crois que l'homme n'est pas fait pour rester seul. Non, cette dame c'est la fille d'un voisin. Elle avait une affaire à faire de ce côté, alors je lui ai dit : "Viens avec moi, tu verras Augustin."

AUGUSTIN. — Quelle idée! Je ne suis pas précisément un beau spectacle, surtout pour une jeune fille.

GAUBERT. — Qu'est-ce que tu racontes! Mais si. Enfin, c'est une question de...

AUGUSTIN. — Oui, eh bien! moi, je vois que tu n'es plus habitué au soleil de la plaine. Tu me fais des yeux comme si tu étais assommé. Allons, entrez, on va tâcher de se débrouiller tous les trois.

8

L'endroit où ils ont mangé, qu'on ne peut pas appeler une salle à manger, quoique ce soit la salle à manger de la maison. La pièce est encombrée de ferronneries magnifiques, mais volumineuses. Dans les coins, des barres de fer. Les cendres de la forge ont volé partout et neigé sur les meubles. C'est après le repas dont les traces sont encore sur la table. Cependant, pendant que les deux hommes parlent, Eugénie fait un petit ménage discret. Elle débarrasse la crédence et, ayant dépendu un torchon du clou, elle essuie la poussière. Quand le dialogue finira, un peu d'ordre sera déjà entré dans la maison et un peu d'ordre continuera à suivre les gestes d'Eugénie.

AUGUSTIN. — Il connaissait ce que les hommes maintenant ne connaissent plus.

GAUBERT. — On dirait cependant que maintenant on est plus savant que dans le temps.

AUGUSTIN. — On n'est pas savant des mêmes choses.

GAUBERT. — On a pourtant fait du progrès; qui dira le contraire?

AUGUSTIN. — Moi.

GAUBERT. — Pourtant les machines?

AUGUSTIN. — Elles ne font pas tout.

GAUBERT. — Elles aident.

AUGUSTIN. — Oui, mais il faut l'idée, il faut vouloir. Il faut la volonté; aucune machine n'a de volonté. Je vais te dire quelque chose : j'ai vu passer pas mal d'ouvriers, j'ai vu passer pas mal d'apprentis avec lesquels on fait les ouvriers qui suivent. Tout a beaucoup changé dans l'idée. À mesure qu'on a fait des progrès dans un sens, on a marché en arrière dans l'autre sens. Celui qui a fait la machine est un bon ouvrier, mais celui qui se sert de la machine devrait être un ouvrier encore meilleur. Il ne faudrait pas que la machine serve à faire du travail une facilité; il faudrait qu'ayant donné une machine à un ouvrier qui aurait fait pendant ce temps-là autant de progrès dans l'idée, il se serve de cette machine pour faire un travail impossible sans elle. Mais pour ça, il faudrait que l'ouvrier ait pensé pendant longtemps à un travail au-dessus de ses forces. Il n'y pense jamais. Il n'y a plus d'idée.

GAUBERT. — Et quelle idée veux-tu qu'il ait?

AUGUSTIN. — Ton père a connu encore mieux que

moi un temps dont cependant j'ai encore pas mal de souvenirs. J'ai commencé à travailler à Cavaillon, chez Ferrassier. J'y suis resté deux ans, puis je suis parti pour mon tour de France. Je suis allé à Avignon, je suis allé à Valence, je suis allé à Clermont, je suis allé à Montceau, je suis allé à Dijon, je suis allé à Lunéville, je suis allé à Verdun, je suis allé à Paris. Ton père est allé à Lyon, il est allé à Saint-Étienne, il est allé à Angers, il est allé à Orléans, il est allé à Paris, il y a même travaillé comme moi, chez Paul, dit Francœur. Tu comprends, tu quittais ta province ; dès que tu avais marché pendant huit à dix jours, tu étais chez des étrangers. Et là, qu'est-ce que tu avais pour soutenir ton honneur ? Ton métier, un point c'est tout. Tu étais ou quelqu'un ou rien du tout. Il n'y en a pas beaucoup qui n'ont pas d'amour-propre. Tu te disais au fond de toi-même : les gens de chez moi vont vous montrer ce qu'ils savent faire ; mais comme chacun en soi-même se le disait, il fallait vraiment savoir faire quelque chose pour le montrer.

GAUBERT. — Oui, mais en fin de compte, on est arrivé à faire quoi avec ce genre ?

AUGUSTIN. — On est arrivé à faire la tour Eiffel, par exemple. C'est avec des gens comme moi que ça s'est fait, avec des compagnons d'un peu partout. Si on n'a pas une passion sur terre, tant vaut-il qu'on soit une taupe. Et je suis bête ; la taupe aussi a une passion. Les bêtes se passionnent toujours pour quelque chose. On n'a pas eu besoin de le leur apprendre. On n'a pas besoin de l'apprendre aux hommes non plus. Il n'y en a pas qui n'aient pas de passion. C'est la plupart du temps ce qu'on appelle un vice. Ils y prennent un tel plaisir qu'ils y mettent de plus en plus de leur vie. S'ils pouvaient, ils l'y mettraient toute : parce qu'une passion, c'est le seul moyen qu'on ait trouvé pour vivre. Ils ont d'un côté leur passion et de l'autre côté leur travail. Ça les divise, ah! quel malheur! Tu ne te fais pas une idée de ce que ça peut être pénible. J'en ai vu des tas de ce genre-là : ça finissait par leur noircir la clarté du jour. Ils n'avaient plus ni enfants ni femmes; enfin plus rien ne pouvait leur donner de joie que leur passion qui était, la plupart du temps, peu de chose, même pas de quoi passionner un âne. Quand ta passion c'est ton travail, oh! tout change.

GAUBERT. — C'est exactement ce que j'ai fait quand j'ai quitté le chemin de fer pour aller là-haut.

AUGUSTIN. — C'est exactement ce que tu as fait. Le sang de ton père ne pouvait pas ne pas le faire. Il me le disait avant de mourir : "Il y retournera le petit." Il avait même, je dois te le dire, un gros regret d'être enterré en bas. Il me disait : "Ils partiront et ils me laisseront seul en bas." Il aurait voulu être enterré là-haut et, même si vous n'étiez pas montés, il sentait que là-haut il ne serait jamais seul et que, même après sa mort et tout le long de sa mort, les choses qui l'avaient passionné l'accompagneraient et lui tiendraient compagnie. Les choses naturelles, vois-tu Gaubert, nous donnent de grandes consolations dans les moments pénibles. Et c'est toujours parce qu'on a abandonné les choses naturelles qu'on n'arrive plus à reprendre pied sur la terre ferme. Le métier, c'est la vie même. Et si on lui donne toute la beauté qu'il doit avoir, il est plus fort que la mort. Car, à ce moment où tout t'abandonne, il reste avec toi. Il peut arriver à ce moment-là que tu ne puisses plus garder dans ta main la main de ta femme ou la main de ton fils, mais tu y garderas la forme du manche de ton marteau.

Silence.

AUGUSTIN. — Je vais faire le café.

GAUBERT. — Ne te dérange pas, Eugénie va le faire. C'est le rôle des femmes.

AUGUSTIN. — Je suis bien obligé de tout faire.

GAUBERT. — L'homme fait le travail. La femme arrange la vie.

AUGUSTIN. — Pour une fois, je vais donc me laisser faire ; arrangez la vie, madame Eugénie.

GAUBERT. — Mademoiselle Eugénie.

AUGUSTIN. — J'ai préparé l'eau sur le feu de la forge, elle doit bouillir.

Eugénie sort. Elle emporte le moulin à café et la boîte. Presque tout de suite on entend qu'elle moud le café.

GAUBERT. — Tu ne languis pas tout seul ?

AUGUSTIN. — Il vaut mieux parler d'autre chose. Je suis en train de faire encore une grille de château pour des gens qui ont vu la première que j'ai faite. Il paraît que son effet est superbe juste au commencement de la grande allée de chênes. Dans celle que je fais maintenant je n'y mets plus de fleurs, je mets des courbures qui ressemblent aux mouvements naturels des bras et des mains qui s'ouvrent ; ce qui ressemble d'ailleurs à des feuilles.

GAUBERT. — Tes mains ne ressemblent pas à des feuilles.

AUGUSTIN. — Comment veux-tu que je prenne mes mains pour modèle, on dirait des battoirs. Ce sont des mains fines avec de longs doigts, même plus longs que ce qu'il faut. Il n'y a que moi qui sais que ce sont des mains. Et je ne fais pas non plus mes bras à moi. Les miens, c'est le dedans qui en est bon, pas le dehors. Je fais des bras souples, un peu gras et de petits poignets.

GAUBERT. — Des bras de femme ?

AUGUSTIN. — Oui.

GAUBERT. — Tu n'as jamais plus eu envie d'avoir une femme et des enfants ?

AUGUSTIN. — Tais-toi, j'en ai eu tout le temps

l'envie. Du moment que ça me manquait, le meilleur devenait parfois pire que l'enfer. J'aurais voulu faire des choses utiles. Ce que j'ai fait, ça ressemble toujours un peu à du lierre. Mais après le travail, quand il tombait, que je ne l'avais plus, car il faut bien qu'un moment arrive où l'on se repose, à ces moments-là il me semblait que j'aurais été plus heureux qu'un dieu si la porte s'était ouverte et que ma femme arrive, simplement, avec ma tasse de café. Il y a également ce métier que j'aurais voulu laisser à quelqu'un.

GAUBERT. — Certes, on ne peut cependant pas garantir que tu auras un fils, ce sera peut-être une fille et ton métier est un métier d'homme.

AUGUSTIN. — De quoi parles-tu Gaubert, je suis vieux, j'ai cinquante-sept ans.

GAUBERT. — S'il t'en naissait un maintenant, tu n'aurais donc pas encore quatre-vingts quand il aurait vingt ans.

AUGUSTIN. — Tu parles comme si j'étais éternel.

GAUBERT. — Sans parler d'éternel, des hommes comme toi ont assez de force pour vivre jusqu'au bout et faire vivre.

AUGUSTIN. — Je le sais, mais il faut encore une femme.

GAUBERT. — Ça ne manque pas.

Silence.

GAUBERT. — Elle a mis de l'ordre tout de suite, regarde-moi ça.

AUGUSTIN. — Vous en avez beaucoup de ce genre là-haut?

GAUBERT. — Une.

9

Le plateau. Sous la forêt de chênes. Tempête. La charrette porte Eugénie et l'enclume. Les deux hommes sont à pied à la tête du cheval et luttent contre le vent.

AUGUSTIN. — Je n'ai jamais vu un temps pareil.

GAUBERT. — Moi, je le vois souvent, c'est le temps d'ici.

AUGUSTIN. — C'est encore loin?

GAUBERT. — Il faut traverser la forêt de chênes.

AUGUSTIN. — C'est un temps terrible. Il y a de quoi avoir peur. Vous n'avez pas froid là-haut, Eugénie?

GAUBERT. — Non, elle n'a pas froid, elle est chez elle ici. C'est la fille du temps qui fait peur. Je n'ai jamais vu une fille plus belle que ça. En bas dans la vallée, je me disais qu'elle n'était pas encore aussi belle qu'elle l'est parfois. Mais, maintenant à mesure que nous montons, à mesure que nous peinons, à mesure qu'on entre ici dans son pays, alors elle devient vraiment belle, tu ne trouves pas?

AUGUSTIN. — Je ne sais pas. Ton vent me fait pleurer les yeux!

GAUBERT. — Bien, je vais te dire comment elle est.

AUGUSTIN. — Tu parles depuis deux heures. Depuis deux heures, tu ne cesses pas de parler. Depuis que nous avons débouché sur le plateau et que le vent nous a pris, tu parles et tu m'as dit comment elle est, comment elle sera. Laisse-moi respirer. Tu ferais mieux de lui demander si elle ne veut pas qu'on lui mette la couverture sur les jambes.

GAUBERT. — Sur les jambes, non, Eugénie a des jambes de fer.

AUGUSTIN. — Laisse-moi respirer, je te dis. Qu'est-ce que ça peut me faire qu'elle ait des jambes de fer?

GAUBERT. — Rien, respire, il n'y a rien de plus beau que la respiration.

AUGUSTIN. — Depuis que tu es ici, tu trouves tout plus beau.

GAUBERT. — C'est mon pays. Quand on sortira de la forêt, je te ferai voir l'endroit où je suis né. Et si nous tirions sur la gauche, tu arriverais en plein bois à la ferme où Eugénie est née.

AUGUSTIN. — On se demande comment quelqu'un peut naître ici.

GAUBERT. — On se défend.

AUGUSTIN. — C'est un pays du tonnerre de dieu.

GAUBERT. — Eh bien ! elle est née dans la gauche de ce tonnerre de dieu, là-bas où le ciel est vert comme une prairie.

AUGUSTIN. — Peut-être qu'en effet l'été c'est supportable.

GAUBERT. — Elle est née pour Noël, sa petite sœur était morte de froid trois jours avant. Et la terre ne voulait pas l'enterrer.

AUGUSTIN. — Comment elle ne voulait pas ?

GAUBERT. — Elle était trop dure.

AUGUSTIN. — Ils n'avaient pas d'outil ?

GAUBERT. — Le gel est plus fort que les outils. On avait ouvert la fenêtre. On avait creusé un placard dans la neige.

AUGUSTIN. — La neige montait jusqu'à la fenêtre ?

GAUBERT. — Elle montait plus haut que la fenêtre.

AUGUSTIN. — Elle est donc née comme ça ?

GAUBERT. — Oui, et c'est une belle plante.

AUGUSTIN. — Oui, mais ne parle pas si fort, elle nous entend.

GAUBERT. — Non, le vent emporte ce que nous disons.

204

AUGUSTIN. — Tu dis, là-bas, du côté où le ciel est vert?

GAUBERT. — Oui, à une heure de chemin d'ici en plein bois de chênes.

AUGUSTIN. — C'est donc là-bas qu'elle habite?

GAUBERT. — Non, maintenant nous sommes serrés les uns près des autres.

AUGUSTIN. — Il vaut mieux.

GAUBERT. — On se soutient.

AUGUSTIN. — Et la forge de ton père, où est-elle?

GAUBERT. — À côté aussi, dans le vieux village.

AUGUSTIN. — Il vaut mieux.

GAUBERT. — Certes, nous nous défendons. Nous naissons sans tenir compte ni de la saison, ni de l'endroit, ni du moment, mais une fois né, si nous nous arrangeons, qui trouvera à redire?

AUGUSTIN. — Personne.

GAUBERT. — Si, quelquefois les circonstances trouvent à redire.

AUGUSTIN. — On les force alors.

GAUBERT. — Tu n'as pas besoin de nous le dire. Mais je suis content que tu le penses.

AUGUSTIN. — Elle est encore longue ta forêt?

GAUBERT. — Assez pour qu'on languisse de sortir et pour qu'en sortant on soit content de voir trois maisons devant soi. Cependant on approche. Voilà qu'on est déjà arrivé à la croix de marbre.

AUGUSTIN. — Où vois-tu une croix de marbre?

GAUBERT. — Il n'y en a pas. Ici où il n'y a rien, si on veut qu'il y ait quelque chose, il faut l'y mettre. Nous avons dit que ce serait un bel endroit pour une croix de marbre si nous en avions une. Alors on l'appelle la croix de marbre.

AUGUSTIN. — Oui, je connais ça, j'en ai planté partout, moi, de ces croix de marbre. La pauvreté nous oblige à faire des détours.

GAUBERT. — Ne te plains pas : en fin de compte, ces détours nous mettent dans la bonne direction.

AUGUSTIN. — Mais c'est pénible.

GAUBERT. — C'est bien plus pénible d'avoir trop de choses. Il y en a toujours une qui manque.

AUGUSTIN. — Ici ce qui est sûr, le vent ne manque pas ; un temps si mauvais que la bouche vous en pèle comme si on mangeait du papier de verre. Ta forêt n'a plus de feuilles et elle est plus noire que toutes les forêts avec feuilles que j'aie vues. L'été ici dessous doit être plus sombre que minuit. Regarde de ce côté, on ne dirait pas que le ciel est plus blanc que s'il était de glace, il ne réussit pas à éclairer la terre. Où va-t-on de ce côté-là ? Je me demande comment tu fais pour te reconnaître.

GAUBERT. — C'est le chemin qui va à l'endroit où Eugénie est née. Regarde là-haut, il y a un peu de vert dans le ciel. C'est très facile pour trouver sa route.

AUGUSTIN. — Quand on la connaît.

GAUBERT. — C'est facile de la connaître. Quand on a dépassé la croix de marbre, on arrive à Bellevue.

AUGUSTIN. — Je ne serais pas fâché de voir cette vue-là.

GAUBERT. — On ne voit rien d'autre que ce qu'on voit ici.

AUGUSTIN. — Je m'en doute. Je croyais être pauvre, mais je vois que par rapport à ici j'étais riche comme Crésus. Ici, non seulement on n'a rien, mais on est obligé de mettre un nom à tout ce qui vous manque et on ne peut plus l'oublier. Parce qu'ici, non seulement on n'a rien, mais on a encore ce vent qui vous coupe la figure en quatre. Mais on a encore cette espèce de ciel aveugle. Tu m'entends, fils Gaubert, tête de couenne ! Mais on a encore ces arbres qui ne sont pas de vrais arbres. Tu ne me l'enlèveras pas de l'idée. Ce n'est pas une façon de se tenir ça pour des arbres.

On n'a rien de vrai, tu m'entends, fils Gaubert, à part ce vent de glace sur la gueule.

GAUBERT. — À part Eugénie.

AUGUSTIN. — À part que je suis vieux, que ce n'est plus mon temps de courir sur des routes. Et encore si c'étaient de vraies routes, dans un vrai pays, pour quelque chose de vrai ! Mais, tu appelles ça une route, toi ? Et tu appelles ça un temps pour quelqu'un de mon âge, toi ? Et tu crois que si on me voyait en train de patauger dans ton vent comme maintenant, et voilà qu'il pleut, voilà que tout s'en mêle, et craquez les arbres, et arrache-toi comme des tuiles, sacré ciel, et souffle vent du diable (quelle sacrée fabrique de vent vous êtes allés trouver là pour y construire vos maisons à côté). Tu crois, toi, qu'à mon âge, être là à tirer la tête de ton cheval, je ne suis pas fou ?...

GAUBERT. — S'il fallait tout le temps se demander si l'on est fou ou pas fou, on n'arriverait jamais à faire son compte. Malgré les temps de fleur en bas, est-ce que tu es arrivé à refaire ta maison en bas : à l'endroit où tu étais hier, est-ce que tu es arrivé à avoir une vraie maison, toi qui parles de vrai ? J'aurais voulu que tu voies les yeux que tu avais quand tu as ouvert ta porte et que tu nous a vus ? On aurait dit que tu regardais les sauveurs du monde. Dis donc, Augustin, ton fer, est-ce qu'il s'assoit près de toi, est-ce que tu l'entends respirer, est-ce qu'il se couche dans ton lit ? Dis donc, Augustin, c'est pas froid toutes ces fleurs de fer ? Qu'est-ce que tu crois qui est plus froid, le vent qui passe ou la solitude qui reste ? Tu crois que c'est une vraie maison, la maison d'où à la première voix qui appelle on sort comme un diable de sa boîte, où il faut que ceux qui arrivent fassent tout — je ne te reproche rien, je constate — la cuisine, le ménage, l'ordre ; du moment qu'on a été là, tu ne t'es pas vu, toi, mais moi je t'ai vu faire le dos rond contre la chaise après le dîner.

AUGUSTIN. — Je ne vous ai rien demandé.

GAUBERT. — Non. C'est nous qui t'avons demandé au contraire, mais, comme dans toutes les bonnes choses, nous demandons et nous donnons. Tiens, je vais te faire voir, attends un peu, donne encore un coup, hue! mignon, passons cette bosse, les arbres s'éclaircissent, le vent, on dirait qu'il tombe parce qu'on commence à descendre dans le creux. Regarde, à travers les derniers arbres, on voit maintenant de la terre qui n'a pas le même gris que le gris des landes que nous avons traversées. Oh! ce n'est pas encore la couleur de l'œillet, mais ce sont des champs et le seigle pousse. Et voilà les avant-derniers, et voilà les derniers arbres. Et voilà le pays. Regarde: tiens, c'est ça des maisons.

On les voit. On entend le vent haut et la pluie fine tombe doucement: c'est le crépuscule avec encore beaucoup de jour; le rouge du soleil perce seulement une fente dans les hauts nuages et quelques rayons s'écartent dans le ciel sans donner de grosse lumière mais dessinant des traits raides de beaucoup d'importance. Il y a trois maisons. La charrette est arrêtée à l'orée du bois.

GAUBERT. — Et voilà de vraies maisons.

AUGUSTIN. — Ça semble trois petites poules.

GAUBERT. — Trois petites poules qui couvent.

AUGUSTIN. — Où est la tienne?

GAUBERT. — Plus loin à gauche.

AUGUSTIN. — Elle paraît grande.

GAUBERT. — Elle l'est assez. Regarde, je te parie qu'une fenêtre va s'allumer, le temps de compter un, deux, trois, quatre.

AUGUSTIN. — Comment sais-tu? À cause de quoi? Tu crois qu'on nous a vus?

GAUBERT. — Non. Ils ne pouvaient pas savoir que je retournerais si vite. Et de là-bas on ne voit que le front noir de la forêt dans quoi nous sommes nous-mêmes, noirs comme du charbon.

AUGUSTIN. — Alors, comment sais-tu que la fenêtre va s'allumer ?

GAUBERT. — Parce que c'est l'heure. Quand le soleil est où il est, c'est le moment où Belline allume la lampe. La lampe est sur le couvercle de la machine à coudre. La machine à coudre est près de la fenêtre.

Les rayonnements du ciel se sont éteints. La nuit tombe. La lampe s'allume. Jusqu'à la fin, la nuit s'épaissira. Gaubert, Augustin et Eugénie sur la charrette ne seront bientôt plus que trois ombres.

AUGUSTIN. — Alors, ils ne savent pas que nous sommes là ?

GAUBERT. — Non.

AUGUSTIN. — Nous les regardons de dedans l'ombre et d'un peu de haut, comme si nous étions morts ?

GAUBERT. — Oui.

AUGUSTIN. — Mais c'est le soir, c'est l'heure et la lampe s'allume ?

GAUBERT. — Oui.

AUGUSTIN. — Même si tu étais mort, elle s'allumerait ?

GAUBERT. — Oui, parce que c'est le moment où ma femme n'y voit plus en cette saison. Si c'était l'été, elle attendrait une autre heure.

AUGUSTIN. — Suivant les saisons, quoi ?

GAUBERT. — Oui, suivant que le soleil se couche plus tôt ou plus tard.

AUGUSTIN. — Ah ! ça suit le soleil ?

GAUBERT. — Oui, réglé comme du papier à musique.

AUGUSTIN. — Alors, allons-y, viens.

Et l'on voit les ombres s'avancer vers la lumière.

10

Chez Panturle, le soir. Arsule seule fait la soupe. On frappe au carreau de la fenêtre. C'est Belline, femme de Gaubert. On voit son visage.

— Entre, dit Arsule.

BELLINE. — Alors?

ARSULE. — Toujours pareil.

BELLINE. — Ce matin j'ai regardé. J'aime quand la forge se met à fumer. Je me suis dit : "Il n'a pas encore allumé? Il allume tard aujourd'hui." À midi, j'ai regardé, j'ai dit : "Il n'allume pas." Et maintenant je me suis dit : "Qu'est-ce qu'il est arrivé?"

ARSULE. — Il est parti ce matin avec mon mari pour cet endroit des petites forêts qu'ils font brûler depuis deux jours.

BELLINE. — C'est donc ça que Charles aussi.

ARSULE. — Ils avaient rendez-vous là-bas.

BELLINE. — S'il me l'avait dit, je ne me serais pas fait de mauvais sang, mais Charles est plus fermé qu'un mulet.

ARSULE. — Ils ont des soucis.

BELLINE. — Et nous? Je ne sais pas comment vous êtes, vous, vous prenez tout du bon côté.

ARSULE. — Quand je le prends de l'autre, je ne le fais pas voir.

BELLINE. — Alors à quoi ça sert? Moi, c'est de le faire voir qui me soulage. Moi, dès que la forge s'est mise à fumer, je m'y suis habituée; ça me manquait. Vous n'avez pas remarqué comme le pays est devenu

210

tout de suite plus aimable? Ça a fait beaucoup plus habité.

ARSULE. — Oh! moi aussi, depuis deux mois tous les matins je regarde.

BELLINE. — Voyez-vous, ce qui m'a fait le plus languir, moi, ici, car il faut bien le dire il y a des moments où on languit, c'est qu'il n'y a pas de clocher. Je ne tiens pas du tout à l'église, je n'y suis allée qu'une fois pour mon mariage et, le cœur sur la main, je peux dire que, cette fois-là, je pensais à autre chose. Qui me le reprochera? Ça pressait et j'aurais bien voulu être trois mois après. Non, mais le clocher, rien que le clocher ça me manque. De loin on le voit et on dit: "Voilà le village." Du moment qu'il y a un clocher il y a un village. Et puis, de temps en temps les cloches! Alors, quand il a allumé la forge pour la première fois et que j'ai vu cette grosse tour de fumée noire qui a commencé à monter et puis est restée là, debout, avec, de temps en temps, les bouffées du soufflet qui la poussaient de plus en plus haut et de plus en plus raide, j'ai été complètement contentée: "Qu'est-ce que tu as, imbécile heureuse, m'a dit Charles? Tu es là comme si tu allais faire l'œuf. — Hé! je lui ai dit, j'ai que si tu ne le comprends pas, tu es plus bête qu'un troupeau d'ânes. Et l'œuf, je vais te le faire sur la tête, tiens, avec ça." J'avais à la main une grosse bûche de bois et je le lui aurais fait comme je le disais, rien que pour me soulager des nerfs qui s'étaient croisés sur ma poitrine et qui m'étouffaient que j'avais envie de pleurer.

ARSULE. — Ne vous inquiétez pas, il était content lui aussi.

BELLINE. — Oui, il était content, mais moi, voyez-vous, c'est plus fort que moi, les gens qui sont contents et qui ne le montrent pas, je les pilerais comme du poivre. C'est comme ceux qui ne sont pas

contents et qui le cachent. Je ne dis pas ça pour vous.
Car on voit bien que vous n'êtes pas contente.

ARSULE. — Non, en effet, je ne suis pas très
contente.

BELLINE. — Vous ne voulez pas me dire pourquoi?
Je pourrai peut-être vous aider, entre femmes.

ARSULE. — Si je vous le dis (oh! je vais vous le dire;
vous savez, ce n'est pas un secret), quand je vous
l'aurai dit, vous aurez le même souci que moi, voilà
tout.

BELLINE. — Ah! c'est pour la forge?

ARSULE. — Oui.

BELLINE. — Enfin, est-ce qu'il va les leur faire ces
outils, oui ou non?

ARSULE. — Ça n'est pas facile.

BELLINE. — Et est-ce qu'il croit que le travail de nos
hommes est facile?

ARSULE. — Il sait que non et justement si vous lui
parliez de cette façon, il aurait tout de suite de quoi
répondre.

BELLINE. — Et qu'est-ce qu'il répondrait?

ARSULE. — Il répondrait, c'est bien simple. Il
répondrait: "Vos hommes ont des femmes et des
enfants et c'est naturel que là où ils mordent, rien ne
les fasse démordre, mais moi, qu'est-ce que j'ai d'engagé?"

BELLINE. — Il vous l'a dit, ça?

ARSULE. — Non.

BELLINE. — Alors, comment le savez-vous?

ARSULE. — Il a une façon de piquer lentement le
feu dans l'âtre, le soir, le dos tourné, pendant que je
déshabille les petites... Et, à des moments où il croit
qu'on ne le voit pas, il glisse un œil. Quand il entre ici,
le soir, il soupire. Mon mari entre et pend sa veste.
Lui, il tient un moment sa veste au bout de son
bras.

212

» Oh ! des tas de choses !...

BELLINE. — C'est bizarre, ça, on l'a mis chez vous pour qu'il soit bien ; Charles me le disait encore ces jours-ci. Je ne suis pas inquiet du tout pour Augustin. — Pourquoi tu serais inquiet, je lui ai dit ? — Parce que j'ai le droit d'être inquiet ; si tu veux le savoir et quand je parle, fais-moi le plaisir d'écouter. J'aurais le droit d'être inquiet, d'abord parce que c'est mon droit et après, parce que c'est moi qui ai amené Augustin ici, que c'était l'ami de mon père et que je suis responsable. — Responsable de quoi, j'ai dit ? — Responsable de ce qu'il est bien ou de ce qu'il est mal. — Ne crie pas, je lui ai dit. Il m'a dit : "Je ne crie pas, je crie d'autant moins que je sais qu'il est bien puisqu'il est en pension chez Panturle."

ARSULE. — Et d'ailleurs, il n'est pas en pension chez nous...

BELLINE. — Oui, Charles l'a dit qu'il n'était pas en pension, en effet.

ARSULE. — Nous nous sommes proposés et nous l'avons pris à la maison où il est chez lui. J'ai fait tout ce que j'ai pu, je fais tout ce que je peux, Belline...

BELLINE. — Je le sais ma belle.

ARSULE. — ... pour qu'il se sente chez lui. Seulement, je ne peux pas faire que les petites ne soient pas mes petites et celles de mon mari et le soir, quand on va se coucher, je ne peux pas faire autrement que de dire "bonsoir Augustin" et de le laisser s'en aller tout seul dans sa chambre.

BELLINE. — Bien sûr, vous ne pouvez pas faire autrement ; mais dites-moi, ça y fait ça pour les outils ?

ARSULE. — Eh bien ! ça ne lui laisse pas de repos. Il n'est pas libre de penser à son travail. C'est comme si quelque chose lui disait qu'il faut qu'il fasse ça avant de faire le reste.

BELLINE. — Qu'il fasse quoi?

ARSULE. — Qu'il fasse sa famille. Il n'a pas misé, vous comprenez, alors il ne s'intéresse pas. Nous avons misé, nous, vous comprenez, nous jouons gros jeu. Comment voulez-vous que ça ne nous passionne pas? Quand ils travaillent, votre mari ou bien le mien, ils savent ce qu'ils risquent : c'est vous et votre petit, c'est moi et mes petites; comment voulez-vous qu'ils ne s'y mettent pas de toutes leurs forces? Lui, il n'a rien engagé. Alors, savez-vous, Belline, les choses naturelles ça a des règles comme tout. Il doit avoir tout le temps quelque chose qui lui dit : "Mise, toi aussi, mets quelque chose sur le tapis, tu verras que ça t'intéressera."

BELLINE. — Eh bien! il n'a qu'à miser.

ARSULE. — Il ne demanderait pas mieux, mais il n'a rien.

BELLINE. — Alors, on va tourner là-dedans pendant cent sept ans?

ARSULE. — J'ai peur qu'on tourne moins longtemps que ça.

BELLINE. — Qu'est-ce qu'il fera?

ARSULE. — Il partira.

BELLINE. — Mon dieu, ne parlez pas de malheur!

» Mais, Eugénie!

» Eugénie, elle avait l'air de lui plaire?

ARSULE. — Elle doit lui plaire, je crois qu'il ne demanderait pas mieux. Il se marierait avec elle plus facilement qu'un osier. Et même il n'y a pas de quoi rire car, laissons de côté tout ce qui compte aussi, bien sûr, et pour un homme qui, malgré son âge ressemble encore à ce loup de deux ans que nos hommes ont tué l'hiver dernier, je sais ce que je veux dire. Mais je sens qu'il a de l'affection pour elle. Il a très souvent des gestes délicats.

BELLINE. — Eh bien! alors, ça s'arrange.

ARSULE. — Non, parce qu'il est fier.

BELLINE. — Alors il est tout cet homme! Nous n'avons pas eu de chance de tomber justement sur un homme qui est tout!

ARSULE. — Les qualités vont ensemble, Belline. Il nous a parlé de son travail. Certes, mon mari lui a dit ce qu'il pensait de toutes ces fleurs de fer qu'il passait son temps à faire. Il lui a dit: "C'est beau, je n'en disconviens pas, mais cette herse de fer qu'il nous faudrait pour herser durement toute cette place où nous avons brûlé la forêt, cette herse, quoique moins belle est peut-être plus belle. Ce qu'ils veulent, c'est une herse pour manger dans ses dents à la fois les cendres et la terre." Il lui a dit: "Ce ne sont pas des seigneurs qui te l'achèteront et tu ne la verras pas exposée à l'entrée d'un château, mais tu comprends comme ça sera utile!"

BELLINE. — Il a compris?

ARSULE. — Mille fois plus que ce qu'on voulait lui faire comprendre. Ses mains tremblaient. Il en avait envie.

BELLINE. — Les bonnes mains! C'est un brave homme!

ARSULE. — Il est d'accord également sur ce qu'il faut pour charruer notre terre lourde dont toute la bonté est dans la profondeur. Il sait comment marteler le soc pour qu'il entre facilement dans la première écaille, pour qu'il déchire cette armure dans laquelle notre terre s'enferme. Il économisera la force de nos chevaux.

BELLINE. — La bonne cervelle! Le bon économe!

ARSULE. — Ah! s'il pouvait!

BELLINE. — Il ne peut pas?

ARSULE. — Il essaye.

BELLINE. — Qu'il essaye encore.

ARSULE. — C'est là qu'il ne peut plus nous écouter ni s'écouter lui-même d'ailleurs, car il est assez bon homme pour avoir la première volonté. Mais si nous lui demandons, comme vous dites, le redoublement de sa volonté, puis le redoublement encore, puis cette obstination un peu farouche qu'il faut pour dompter cette terre ici, il ne peut plus nous écouter car, pour que cette obstination soit naturelle, tout lui manque et il écoute les voix de tout ce qui lui manque.

BELLINE. — Je ne vous comprends pas très bien, à part que je comprends les sales draps dans lesquels on est.

ARSULE. — Moi, je le comprends et je le comprends à demi-mot, à demi-gestes, à la moindre intention qui ne dépasse pas parfois un simple clin d'œil, car, vous le savez, je n'ai pas toujours eu un chez moi. J'ai longtemps été une errante et une perdue, alors je sais. Voyez-vous, Belline, vous ne pouvez pas vous imaginer quelle force on a quand on défend, non seulement son pain quotidien, mais quand on se bat pour conserver le bonheur (ne disons même pas de mots trop gros), la paix (voilà que, pour ce que je veux dire, tous les mots sont gros et importants), quand on se bat pour conserver donc le bonheur, la paix de ce que l'on aime.

» Vous avez été bien servie par la vie, Belline. Si, ne vous en défendez pas. Vous ne pouvez pas savoir. Vous avez eu tout de suite un mari et des enfants, et, ce redoublement de courage qu'il faut naturellement avoir à tous les moments du temps, vous l'avez par habitude comme le reste et vous ne savez pas ce que c'est que de ne pas l'avoir.

» Mais voyez-vous, Belline, quand le monde entier c'est vous, c'est vous seule, toute seule, vos mains ne sont pas bien prenantes ; et votre cœur, ah ! votre cœur !...

216

» Vous ne pouvez pas savoir ce qu'on ressent quand le cœur est bon et qu'il ne sert qu'à vous-même.

» Croyez-moi, Belline, c'est un homme perdu, perdu pour nous et peut-être perdu pour tout.

BELLINE. — Pourquoi? Car, vous me l'avez dit, ce n'est pas la qualité qui lui manque.

ARSULE. — Parce qu'on ne tient pas ce qu'on lui a promis. Parce qu'on ne peut pas tenir ce qu'on lui a promis. Parce qu'en réalité on ne lui a pas promis, mais on lui a laissé entrevoir que peut-être...

BELLINE. — Eugénie?...

ARSULE. — Oui, et des idées qu'il avait peu à peu patiemment étouffées, avec, j'imagine aussi, l'aide que devait lui apporter le sentiment de sa vie terminée, se sont rallumées plus brûlantes que jamais et que c'est ça qu'il doit faire d'abord avant tout, vite, avant qu'il soit trop vieux. Et vous comprenez bien que là nous ne comptons guère.

BELLINE. — Eh bien! moi je sais ce que je ferais à sa place. Ah! les hommes, quels empotés! Je descendrais carrément chez le père Didier et je lui dirais: je veux me marier avec votre fille.

ARSULE. — Elle a vingt-six ans.

BELLINE. — Il s'en plaint?

ARSULE. — Non, mais il n'est pas loin de la soixantaine, lui.

BELLINE. — Et alors? Vous n'en connaissez pas des centaines de mariages comme ça, et sans aller loin? D'ailleurs, regardez-le. Faites-moi revenir à vingt-six ans, moi, et ce soir je me marie avec lui.

» Et s'il veut on l'accompagne, on va tous avec lui chez le père Didier et on lui dit: Père Didier, voilà...

ARSULE. — Et à Eugénie, qu'est-ce que vous direz?

BELLINE. — On lui dira: il faut.

Arsule. — Ma pauvre Belline, vous voyez bien, qu'est-ce que vous lui donnez comme ça ? Une femme obligée. Vous croyez que c'est avec ça qu'il peut faire une famille ? Même si elle y mettait de la bonne volonté, vous savez bien qu'il faut autre chose que de la bonne volonté.

» Ah ! si elle venait d'elle-même ! Vous savez bien qu'alors on est attiré comme à l'eau par la soif.

Belline. — Tenez, ne me parlez plus de vos hommes de qualité. Soi-disant.

Arsule. — J'entends qu'on marche en bas du coteau. Regardez, peut-être qu'ils arrivent.

Belline. — Vous avez l'oreille fine.

Arsule. — La terre est gelée ; c'est facile.

Belline. — Vous avez raison, ils sont en bas.

Arsule. — Ils ont l'air content ?

Belline. — Ça ne saute pas aux yeux.

Arsule. — Que font-ils ?

Belline. — Charles s'en va chez nous. Votre mari tourne à droite.

Arsule. — Il va donner aux chèvres. Ils l'ont laissé seul ?

Belline. — Oui.

Arsule. — Et lui, est-ce qu'il monte ici ?

Belline. — Non, il les regarde s'en aller chacun de leur côté. Oui, maintenant il monte. Tenez, rien que de le regarder je suis fatiguée à n'avoir plus ni bras ni jambes. Tenez, le voilà qui se décide à venir. Mais moi je m'en vais. Je sors par la porte de l'écurie ; permettez.

11

Augustin, Arsule (elle se met à faire le ménage du soir).

ARSULE. — Alors, comment avez-vous trouvé la forêt?

AUGUSTIN. — Je ne la croyais pas si âpre.

ARSULE. — Et la terre?

AUGUSTIN. — C'est une terre sans raison.

ARSULE. — Quand on y a fait sa nichée, il faut bien qu'elle devienne raisonnable.

AUGUSTIN. — Il y a quelque chose de plus que ne comprennent jamais les femmes.

ARSULE. — Oh! je suis d'accord avec vous sur la faiblesse des femmes; mais dites-moi : les hommes sont-ils toujours aussi forts que ce qu'il faudrait?

AUGUSTIN. — Je ne vois pas ce que vous pourriez reprocher aux vôtres. Ils travaillent au milieu de choses que je n'aimerais pas voir tous les jours.

ARSULE. — Et vous croyez que parce qu'elles vous font peur à vous elles sont terribles, et que c'est un grand mérite de travailler à des endroits où vous craignez de le faire?

AUGUSTIN. — Je vous demande pardon, mais vous détournez ce que j'ai dit.

ARSULE. — Je sais très bien ce que nous valons, soyez-en sûr, et si je vous dis que ça n'est pas extraordinaire mais exactement comme tout le monde, vous pouvez le croire. Faire autant que nous c'est enfantin, et même faire plus ne dépasse pas les forces d'un homme ou alors c'est qu'il n'a pas grand vouloir et qu'il se cherche des raisons. Admirer c'est facile et plaindre aussi; et je sais très bien que ça a un gros avantage; ça permet de ne pas s'engager. Il y a un proverbe que j'ai entendu en bas dans votre vallée : l'homme n'est pas un cheval. Ça vous permet de refuser un travail qu'un cheval pourrait faire. Eh bien ! voyez-vous, ici, ça veut dire exactement le contraire. Nous faisons volontiers ce qu'un cheval ne pourrait pas faire.

AUGUSTIN. — Je me demande pourquoi vous faites tous ces détours ?

ARSULE. — Pour que vous puissiez au moins emporter quelque chose.

Silence.

ARSULE. — ... car vous avez eu de la bonne volonté, somme toute, et ça ne serait pas juste qu'on ne vous fasse pas un cadeau à la fin. On ne peut guère vous donner un boisseau de glands : c'est trop pour nous et pas assez pour vous. Tandis qu'en vous ayant retourné la peau de votre proverbe, il pourra, à partir de maintenant, vous faire un nouvel usage.

AUGUSTIN. — Mauvais cadeau, j'ai déjà usé la peau de ce côté.

ARSULE. — On dirait que vous riez !

AUGUSTIN. — Sans que ce soit une grosse rigolade je ne vous cache pas qu'en effet...

ARSULE. — Eh bien ! vous n'êtes pas difficile.

AUGUSTIN. — Je suis précisément assez difficile dans ce genre-là ; si je ris il faut que ce soit risible.

ARSULE. — Je vous plains.

Silence.

ARSULE. — ... je ne sais pas si vous comprenez bien ce que je veux dire. Moi je me mettrais en colère si on me plaignait pour une laideur.

AUGUSTIN. — Alors, que celui à qui vous vous adressez se mette en colère, moi, je ne vois pas pourquoi je prendrais son parti.

ARSULE. — Vous avez des excuses, je sais. Je me suis servie des mêmes pendant longtemps. C'est beau de faire à sa fantaisie, mais, à un moment donné, on s'aperçoit que la nécessité vous force à passer par des endroits plus difficiles. Alors, on a le contentement de sa qualité. Celui qui ne s'en rend pas compte, croyez-vous qu'il ne soit pas à plaindre ?

AUGUSTIN. — Il y a quelque chose de plus que vous oubliez complètement de dire ; et je crois que c'est le plus important.

ARSULE. — Je n'oublie rien. J'en parlais avec Belline il y a un instant, avant que vous arriviez.

AUGUSTIN. — Ça m'étonnerait.

ARSULE. — N'est-ce pas précisément le rôle des femmes de s'occuper de ce que vous dites ; ce que vous croyez que j'ai oublié. Et qu'y a-t-il d'étonnant que nous en ayons parlé, Belline et moi ?

AUGUSTIN. — Parce que c'est précisément un endroit où les femmes n'ont rien à faire. Je vous répète : ça m'étonnerait que vous sachiez même de quoi il s'agit.

ARSULE. — Les hommes sont extraordinaires : ils s'imaginent qu'on ne comprend pas parfaitement bien tout ce qu'ils cachent et que ça se voit comme le nez au milieu de la figure.

AUGUSTIN. — Ça m'étonnerait.

ARSULE. — Tenez, si vous en étiez si jaloux, il fallait peut-être faire mieux attention à la façon dont vous regardez le bien des autres et ne pas soupirer certaines fois, comme si vous aviez pris haleine pour une grosse décision, puis que vous abandonniez votre compte fait.

AUGUSTIN. — C'est bien ce que je disais.

ARSULE. — Que disiez-vous ? Osez le dire un peu plus fort. Dès qu'ils sont pris ils sont penauds comme si on les avait attrapés à lécher le plat de crème. Rendez-vous compte, on ne veut pas vous empêcher, on veut vous aider.

AUGUSTIN. — Vous êtes bien gentille, mais là vous ne pouvez rien.

ARSULE. — Écoutez, je ne devrais pas, étant donné qu'il y a toujours un peu de honte pour les hommes à parler de ces choses, mais...

AUGUSTIN. — Il n'y a pas de honte ; où allez-vous chercher ça ?

ARSULE. — Alors, si vous préférez, vous aimez mieux faire ces affaires vous-même...

AUGUSTIN. — Ceux qui en parlent ne font guère ; et qui voulez-vous mettre à ma place dans ce souci qui me concerne personnellement comme une maladie ?

ARSULE. — Puisqu'il est bien clair que vous aimez ma famille, c'est clair n'est-ce pas ? eh bien ! soyez raisonnable jusqu'au bout et faites comme si j'étais votre sœur. C'est facile ? Du moins je l'imagine. Est-ce que je me suis trompée, quand vous prenez mes enfants sur vos genoux ou, comme l'autre soir, quand vous vous mêlez de faire manger sa soupe à la plus jeune. Vous voyez ? Ne croyez pas que je me jette à la tête des gens et que je dirais ça au premier venu, même s'il avait votre gentillesse. Non, mais il se trouve que vous valez la peine et c'est si important pour nous. De la part d'une étrangère c'est bizarre, mais je vous jure que c'est la première fois de ma vie que je le ferai. Tenez, si vous le voulez, dites-vous que pour nous c'est une question de vie ou de mort et voilà ce qui en plus de votre qualité me donnera toutes les raisons que vous pouvez comprendre.

AUGUSTIN. — Je veux bien que vous soyiez ma sœur. Et tout compte fait, sans que vous ayez eu besoin de le proposer, n'ai-je pas fait ici comme si j'étais chez moi ? Mais franchement, depuis que je suis entré, je n'étais pas encore à ce que vous disiez, j'étais toujours à ce que j'ai vu. Maintenant que je vous écoute mieux, je ne vois pas ce que ça peut arranger.

ARSULE. — Puisqu'il faut vous mettre les points sur les i, je peux aller faire la demande à votre place.

AUGUSTIN. — Qu'est-ce que vous voulez aller demander à ma place ?

ARSULE. — Eugénie.

Silence.

AUGUSTIN. — Je n'y pensais pas.

ARSULE. — Vous voyez que je peux servir à quelque chose.

AUGUSTIN. — Je veux dire que je ne pensais pas à Eugénie.

ARSULE. — Ainsi, ce n'est même pas pour des raisons qu'on puisse comprendre ; c'est la peur qui vous fait partir.

AUGUSTIN. — Je n'ai jamais pensé à partir.

Silence.

ARSULE. — Vous avez raison, alors je ne comprends pas.

AUGUSTIN. — S'il s'agissait d'Eugénie, croyez-vous que je serais resté tout seul à peser le pour et le contre ? Depuis plus d'un mois, n'avez-vous jamais remarqué qu'à certain moment ça m'arrête ? Que je sois devant ma soupe ou devant les enfants ; et pourtant, Dieu sait si j'aime à les caresser !

ARSULE. — En effet, je l'ai remarqué plus d'une fois.

AUGUSTIN. — S'il s'agissait d'Eugénie, je crois que je me serais débrouillé tout seul sans faire trop de balance ; ça n'était pas, somme toute, un gros risque. Sauf votre respect, madame Arsule, la terre ne se serait pas arrêtée de tourner. Je veux dire, que quand il faut s'en passer, eh bien ! on s'en passe. Tout au moins, admettez que ça soit ça, j'aurais plutôt eu envie de parler et de vous le dire. J'ai beaucoup d'amitié pour vous, vous savez. Enfin, je vous l'aurais fait comprendre. Je sais que là vous pourriez m'aider. C'était facile de vous le dire, vous savez, même pour moi qui suis naturellement timide mais, dans ces cas-là, tout pousse et tout sert. J'aurais sûrement cligné de l'œil et j'aurais dit : écoutez. Et d'ailleurs, même maintenant, je ne veux pas dire que la chose dont vous parlez ne m'intéresse pas aussi. Certes, mais...

ARSULE. — C'est ce mais...

AUGUSTIN. — Oui, il y a quelque chose de plus important. Vous avez vu, je m'arrêtais même au moment où j'allais caresser les enfants. Vous auriez bien dû penser que ce n'était pas pour des raisons affectueuses. L'affection, vous savez bien, quand ça doit sortir ça sort, souvent même sans s'occuper de sur qui ça tombe. Je ne dis pas, remarquez bien, que la chose dont vous parlez ne soit pas une chose importante pour moi comme pour tout le monde, mais la chose dont je parle — en même temps — est encore plus importante. Et j'en parle en même temps parce que sans la mienne, vous savez, la vôtre ne vaut plus guère.

ARSULE. — Qu'est-ce que c'est ?

AUGUSTIN. — Eh bien ! je n'en sais rien.

ARSULE. — Vous ne partez pas ?

AUGUSTIN. — Vous voulez dire si je redescends en bas dans la vallée ?

ARSULE. — Oui.

AUGUSTIN. — Certes non, je reste avec vous, je ne vous quitte pas.

ARSULE. — Et vous ne savez pas pourquoi ?

AUGUSTIN. — Eh bien ! si, au fond.

ARSULE. — Car, voici le plein automne et notre pays ici dessus est une bête morte qui appelle l'hiver comme les corbeaux des quatre coins du ciel.

AUGUSTIN. — Je vois.

ARSULE. — Et l'on ne peut pas dire que nous soyions aimables, sauf Eugénie.

AUGUSTIN. — Oui, sauf elle ; et le respect que je vous dois, et votre entêtement à tous.

ARSULE. — Vous avez l'air têtu vous-même.

AUGUSTIN. — Voilà la chose.

ARSULE. — Alors, pour la simple raison...

AUGUSTIN. — J'aime entreprendre.

ARSULE. — Et vous croyez que ça suffit ?

AUGUSTIN. — Pour rester ici, oui.

ARSULE. — Ainsi, parlez franchement, ce n'est pas pour nous ?

AUGUSTIN. — Non. Que voulez-vous, chacun sait ce qui bout dans sa propre marmite.

ARSULE. — Je croyais que vous aimiez les deux petites au moins.

AUGUSTIN. — Oui, je les aime.

ARSULE. — Il me semble aussi que nous, par exemple, ainsi délaissés de tout ici dessus, et qui continuons chaque jour péniblement à vivre, comme ces vieillards qui ont de l'asthme et pour lesquels, quand on est à côté d'eux, on respire soi-même profondément parce qu'on a terriblement envie que le bon air entre enfin dans leur poitrine, et il semble qu'on les aide ; tout le monde le fait, même si c'est un petit enfant qui est à côté du malade en train de faire sa respiration pénible ; d'instinct il se met à respirer de toutes ses forces comme si sa facilité de respirer, l'aisance qu'il a pour le faire et le bon air qu'il avale étaient un soulagement pour celui qui ne peut pas. Il me semble que, si on est à côté de nous on a envie de nous aider.

AUGUSTIN. — Vous parlez avec une sacrée force.

ARSULE. — Je ne suis pas d'ici ; et j'ai trouvé mon bonheur ici.

AUGUSTIN. — Je connais votre histoire. Avant de mourir, le père de Gaubert m'a parlé de votre mari. Je sais qu'il est allé lui demander un soc de charrue ; ça m'intéressait précisément et je sais que c'est avec ça qu'il a recommencé à charruer cette terre.

ARSULE. — Oui, c'est comme ça que tout a recommencé ici dessus, malgré l'extraordinaire largeur du vent. Il m'aimait beaucoup ; il ne voulait pas me voir pâtir de faim.

AUGUSTIN. — C'est bien naturel.

ARSULE. — Oui, et c'est pourquoi la chose dure. Voyez-vous, si depuis que vous m'avez dit que vous restez (j'aurais dû être satisfaite, eh bien ! non), je tourne autour du pot, c'est que je cherche le naturel de ce que vous faites. Vous êtes très important ici et je voudrais que vous duriez.

AUGUSTIN. — Je ne sais pas quoi vous dire, et pourtant je sens que je durerai ou tout au moins si je m'arrête c'est que vous n'aurez plus rien à craindre.

ARSULE. — Si je vous voyais naturel je pourrais peut-être vous croire.

AUGUSTIN. — C'est pourtant facile à comprendre : il y a un empêchement ici.

ARSULE. — Oui.

AUGUSTIN. — Eh bien ! je veux aller contre.

Silence.

AUGUSTIN. — Ça fait un moment que je vais contre, savez-vous ! Depuis le premier jour de mon apprentissage. La première fois que j'ai attrapé la chaîne du soufflet et que je me suis mis à tirer, j'ai commencé là. Au début, on ne sait pas : il faut qu'on vous force. On est jeune, on a envie de tout. On voit la vie, il semble que c'est facile. On n'a pas besoin de beaucoup vous prier pour lâcher le travail, tout vous paraît meilleur. On va contre mais en vérité c'est à contre-cœur. Cependant, chaque jour on vous force. On croit que c'est le patron. Après, on croit que c'est le sort. Mais, peu à peu, le naturel dont vous parlez c'est lui-même qui vous force et on s'aperçoit que c'est la vie. Les riches, voyez-vous, ah! s'ils savaient ce qui leur manque! Comprenez bien que, par rapport à moi, vous êtes de gros riches. Qu'est-ce que ça peut faire les forêts ou bien tous les secouements du vent dans la maison et le noir de l'hiver et que dehors c'est tout désert loin autour, avec ces foules de corbeaux que j'ai vus cet après-midi? Qu'est-ce que ça peut faire? Regardez-moi, comme je caresse les petits. Les cheveux de quelqu'un dans le creux de ma main, c'est comme si je puisais de l'eau bien fraîche. Et je ne vais pas tout vous dire, mais vous savez bien. Vous êtes de gros riches. Moi j'ai été marié, savez-vous. Les choses ont voulu que je n'aie pas d'enfant, puis les choses ont encore voulu que ma femme meure presque tout de suite. Contre ça, que voulez-vous faire, et pourtant l'envie ne vous manque pas, bien au contraire. Mais s'énerver contre ce qui est sans appel, à quoi ça sert (quoiqu'on fasse quand même), sinon s'apercevoir qu'on n'est rien? Et il n'en faut pas beaucoup de cet aperçu pour que ça fatigue plus que n'importe quel travail. Ce sont des choses que vous ne savez pas parce que, de ce côté-là vous êtes riches et la vie ne vous a rien appris. Alors, vous vous imaginez que c'est le pivot de tout. Et cela vient aussi de ce que vous êtes femme. Être en ménage, c'est votre travail et c'est là que vous allez contre; alors bien sûr, c'est ce que je dis, c'est là-dessus que toujours vous tapez. Mais faites un peu la réflexion de seulement tout ce qu'un homme est obligé de faire d'autre dans le même cas et figurez-vous alors comment il va se dépêtrer quand brusquement tout ça lui manque. Eh bien! je peux vous dire: c'est comme si on était enfermé dans des murs. Il n'y a pas moyen de sortir, ni de tous les côtés de ne pas se casser la tête. Alors, on s'aperçoit qu'on est d'abord allé contre la chaîne du soufflet puis contre tout ce qui était en face de votre métier, et qu'enfin on est contre des choses de plus en plus difficiles à dire. Il n'y a personne qui peut rester enfermé dans des murs. À force d'essayer de pousser de droite et de gauche il y a un endroit qui cède. Toujours, vous savez où? C'est ce qui est en face de votre métier. Parce que là vous êtes habile, parce que là vous savez comment et avec quoi on va contre; que vous connaissez vos chances; parce que là la partie est égale: vous d'un côté, le reste de l'autre; mais, vous avez des armes. De ce côté-là on n'est pas en prison, comprenez-vous? De ce côté-là on se débrouille; de ce côté-là s'il y a un mur, on sait comment faire pour le démolir, et on le démolit. C'est le métier. Eh bien! vous n'imaginez pas ce que ça, lorsqu'on s'aperçoit que ça existe, ce que ça peut être, je ne sais pas, comment vous dire, magnifique. Plus que magnifique. Les hommes — je parle des bons — n'aiment pas être enfermés. Et ils sont bien obligés de se rendre compte que de tous les côtés c'est plein d'oppositions qui les enferment. Alors, savoir qu'à un endroit donné il y a une opposition qui cèdera, une opposition contre laquelle on sera le plus fort, que là, à cet endroit-là, on fera ce qu'on voudra (enfin, je veux dire, ça dépend de l'habileté qu'on a dans son métier, mais voyez-vous alors combien c'est important d'être fort dans son métier, de bien le savoir, d'être un maître), oui, je vous dis, savoir que dans un sens donné on est le maître des oppositions, vous ne pouvez pas savoir comme ça fait vivre. À un point que si je n'avais plus cette idée, j'aimerais mieux être mort.

» Non, vous ne pouvez pas savoir, madame Arsule, croyez bien, que je vous le dis avec affection: avec une très grande affection; je sais qui vous êtes; mais, vous ne pouvez pas savoir parce que vous êtes une femme ; et une femme, c'est pour un autre travail qu'elle est désignée. Pour elle, c'est la nichée qui compte. Mais, tenez, regardez même les bêtes. Ça ne manque pas ici autour. Vos cerfs, ou bien les loups qui, je me suis laissé dire, sont encore dans vos forêts du Nord, n'importe lesquelles ; les blaireaux si vous voulez, ou les renards, plus faciles à voir ; quand la litière est pleine, qu'est-ce qu'elle fait la mère ? Elle se couche et elle donne ses mamelles. Qu'est-ce qu'il fait le père : il entreprend. Vous en avez vu plus de cent couchés dans l'herbe avec du vent plein les moustaches. À quoi vous imaginez-vous qu'il pense à ce moment-là ? À l'entreprise, purement et simplement.

» Madame Arsule, je ne veux pas dire que rien n'a été fait pour vous. On fait tout quand on aime beaucoup quelqu'un. Et, ne le prendrez-vous pas en meilleure part, au contraire, si en fin de compte on vous fait servir même par ce qu'on a de plus égoïste. Oh ! vous savez, je dis égoïste mais je veux dire obligatoirement égoïste ; ce que je vous disais tout à l'heure, qu'on est seul à connaître ce qui bout dans sa propre marmite. Il peut y avoir des femmes sans qualité ou de peu qui essayent toujours de tirer la couverture de leur côté. Pour celles-là d'ailleurs, je crois qu'il y a un dieu qui les protège. Tout ce qu'elles veulent croire, laissons-le leur croire. Mais, est-ce que vous ne croyez pas, vous, que c'est mieux de bien savoir de quoi il s'agit et de ne pas s'imaginer qu'on a fait un mauvais marché parce que votre homme passe le plus clair de sa vie à faire face contre quelque chose qui le concerne personnellement.

ARSULE. *Elle essuyait un bol ; elle le laisse tomber.*

— Eh bien ! voyez-vous, ça, je l'ai cassé volontiers, j'en avais besoin. Ce n'est pas que je vous contredise, c'est bien autre chose : j'apprends. Vous avez raison, il me semble.

Augustin. — Vous avez dû cent fois vous rendre compte...

Arsule. — Plus de cent fois. Ainsi donc vous avez pensé que nous sommes de gros riches ? C'est étonnant. Et c'est vrai. Alors, même sans ce semblant de richesses, vous trouvez encore la force de résister ?

Augustin. — Certes, que voulez-vous qu'on fasse d'autre ? Trouveriez-vous naturel qu'alors on se laisse aller tout simplement et qu'on s'assoie ? C'est vite fait, savez-vous, alors, il n'y en a pas pour cinq minutes qu'on soit mort...

Arsule. — Si on veut vivre...

Augustin. — Mais oui on veut, pourquoi voulez-vous qu'on ne veuille pas ?

Arsule. — Le fait est, si je vous écoute... Il me semble maintenant que souvent, même dans mon ménage, j'ai vu mon mari très loin de moi.

Augustin. — Alors, c'est le moment de votre plus grand travail. Qui peut savoir dans quoi il est obligé de se lancer ! Sans rien dire, il faut avoir confiance en lui, les yeux fermés. Ce n'est pas non plus très facile, mais au bout du compte c'est la vie.

Arsule. — Maintenant, vous m'avez tout expliqué.

Augustin. — Oh ! non.

Arsule. — Je m'excuse de vous avoir parlé d'Eugénie.

Augustin. — Vous voyez que je n'ai rien expliqué du tout. Si je vous disais que je ne peux rien faire sans elle, je mentirais, voilà ce que j'ai voulu dire. Mais, si je disais que je peux tout faire sans elle, je mentirais encore plus. Si on travaille, il ne faut pas l'oublier, c'est en vue d'une satisfaction, n'est-ce pas ? La réussite, c'en est une, je n'en disconviens pas : je la connais. Si je vous disais qu'à la longue on voit très bien ce qui lui manque ? Ça vous laisse sec. Bien sûr, je parle de ces réussites du métier, pas des grandes ; celles-là je crois que ça vous laisse mort carrément. C'est vous dire. Non, non, il ne faut pas s'imaginer non plus qu'on est sorti de la cuisse de Jupiter. Il y a bien des fois où j'aurais donné tout le diable et son train, quand c'était fini, pour que ma femme arrive avec une tasse de café, pour moi. Pas plus, direz-vous ? Eh ! oui, il ne faut pas oublier qu'on est sur terre. Mais, c'est là où je vous répète que vous ne pouvez rien faire pour moi. Car, si c'était pour commencer ma vie dans ma jeunesse à moi et la sienne, j'aurais assez de tours dans mon sac pour l'attirer. Mais là, qu'est-ce que j'ai, moi : mon métier, un point c'est tout, et mon amour-propre, et ma connaissance des choses qui me fait dire que, pour s'embarquer à mon âge il faut que les hasards soient bien d'aplomb. Mais, dire que je ne serais pas heureux, je ne le dis pas. Les hommes, voyez-vous, madame Arsule, c'est beaucoup mais ce n'est pas trop.

Arsule. — J'entends mon mari qui vient. Ne faites surtout pas d'allusion à ce que nous venons de dire. Il m'estime. Il croit que je sais tout. S'il savait que je suis si bête...

Panturle entre en même temps qu'un énorme coup de vent.

12

Un nocturne sur les hauts plateaux[1].

Si le cinéma est un art, il faut qu'il puisse exprimer cette sauvagerie autrement qu'avec des bouts de carton, des ventilateurs et des fausses nuits. Il y a ici en même temps un noir inimaginable et les étoiles embrasées par le vent. Le ciel claque comme un drap à l'étendoir. La constellation d'Orion écarquillée sur une étendue dix fois plus large sur son corps éclaire comme une lune écrasée à chaque coup de vent. Sirius jette un paquet de flammes comme si elle allait bondir en avant et devenir plus grosse que le soleil. Sur tout le pourtour de l'horizon, des montagnes démarrées roulent bord sur bord : cargaisons grondant dans les cales, hautes forêts balayées d'étoiles, voilures des glaciers qui se couchent dans l'écume noire puis se relèvent jusqu'aux poussières enflammées de la voie lactée. Les forêts crient. Oh ! elles ont abandonné tout orgueil. Les arbres ont entendu cent fois crier sous eux la mort des bêtes : soit les grands cerfs éventrés aux

1. En dépit des trois numéros 12, 13 et 14 qui en marquent les divisions, la fin du texte, à partir de ce point, n'est plus composée de dialogues précédés de quelques éléments de décor et ponctués de brèves indications scéniques, mais d'une description de démarches et de gestes mêlée à une analyse des sentiments éprouvés par les personnages. C'est dire que ce qui était jusqu'à présent scénario de film prend (ou reprend) dès lors l'allure d'un roman. La convention typographique qui dans un scénario distingue les éléments de décor et les indications scéniques (en caractère italique) des dialogues (en caractère romain) n'a donc plus lieu d'être. Le passage à un texte de caractère plus romanesque se traduit tout naturellement par un retour à la convention typographique correspondante, c'est-à-dire à l'emploi uniforme du caractère romain, à l'exception de mots ou d'expressions que le romancier veut mettre en valeur.

combats du printemps, ou les sangliots[1] que les loups égorgent, et les loups même blessés qui viennent mourir dans des agonies qui dévastent les taillis. Ils ont le même cri maintenant. Chaque fois que la traînée d'étoiles tombe sur la terre avec un claquement de tout le ciel, les forêts apparaissent tassées arbre contre arbre, comme des troupeaux de cerfs : ramures emmêlées, hêtres allongeant le museau sur l'encolure des chênes ; bouleaux serrant leurs flancs tachetés contre les érables ; alisiers secouant leurs crinières encore rouges. Les arbres piétinent leur litière de feuilles mortes ; ils se balancent sur place, emmêlant leurs cous et leurs cornes ; ils crient, serrés en troupeau. Arrive le hurlement de détresse d'une forêt perdue loin dans le Nord ; on l'entend s'engloutir ; elle a dû se débattre et encore émerger ; elle appelle de nouveau. C'est dans ce côté du ciel où même il n'y a pas d'étoiles ; les gouffres sont luisants comme de la soie à force de frottement de vent. Des montagnes étrangères passent au grand large, en fuite devant le temps, couchées en des gîtes de détresse, embarquant jusqu'à moitié pont ; la fièvre soudaine d'une constellation que le vent attise éclaire leurs agrès épars dans les bouillonnements de la nuit. Au-dessus des vallées abîmées ronflent des tourbillons étroits et profonds comme des cornes de bœufs. Les grands chênes, arc-boutés sur leurs énormes genoux, labourent la terre autour d'eux à coups de ramure. L'heure passe sans jamais apporter de ressources ni d'espoir. Au contraire, de nouvelles forêts hurlent du côté de l'Est ; et de celle du Nord n'arrivent plus que

1. Nous adoptons ici la correction réalisée d'après la dactylographie du roman dans l'édition de la Bibliothèque de la Pléiade. Les éditions précédentes corrigeaient soit en « marcassin », soit en « sanglier ». Mais Giono emploie ailleurs le néologisme *sangliot*, et il serait peu vraisemblable qu'un loup s'attaque à un sanglier.

les bruits de son engloutissement et du débat qu'elle fait maintenant dans l'écume profonde. S'entend un pas qui marche lourdement de côté et d'autre avec des bottes de plomb, écrasant des arbres. De partout les forêts essayent de fuir. Les frênes se couchent jusqu'à terre comme s'ils prenaient élan mais ils se redressent et tremblent sur place. Le clair d'étoiles luit maintenant sur les grandes pentes d'herbes. Ce sont de longues avoines sauvages, presque blanches, profondes comme des fleuves d'où sautent des vagues, où se creusent des remous et qui coulent sans s'arrêter comme venant des veines les plus abondantes de la terre. Les herbages clapotent de tous les côtés. Toutes les ondulations du plateau en sont recouvertes ; les reflets de la nuit les recouvrent d'eau. Elles s'effondrent en ruissellements ; elles plient comme des vagues ; elles s'aplanissent ; elles se soulèvent, vitreuses, vertes, palpitantes, dressant une mince lame tremblante à travers de laquelle apparaît l'écrasement des étoiles, elles se renversent dans les combes et les creux, faisant glisser le long des courbes de la terre toutes les lueurs que le vent allume dans les grandes herbes blanches sous les étoiles. Il n'y a plus de cris d'arbres. Il n'y a plus que le bruit du vent. Il n'y a plus de forêts ; elles ont été englouties les unes après les autres dans cette force horizontale, épaisse, continue et d'un poids terrible comme de l'eau furieuse ; elles sont couchées contre la terre ; à peine si quelque ramure frémit encore. L'escadre des montagnes a disparu ; il n'y a plus que le grand large vide et noir, la houle d'herbe. Plus guère de lumière : Sirius est cachée par quelque chose qui cache peu à peu toutes les constellations de haute nuit. Il ne reste plus que quelques étoiles basses et, sur elles aussi, s'avance une étrange membrane noire. Il ne reste plus que le vent et, sous lui, la terre molle qui se soulève, s'abaisse, coule, se rebrousse, claque, saute, s'étale, écume et gronde sous le poids. Il reste aussi cette aile noire qui s'ouvre avec une lenteur indépendante du vent. Quand l'aube de craie commence à soulever ses poussières livides, le ciel apparaît entièrement recouvert par deux ailes de peau d'un vieux poil sale mais dans lequel se gonfle l'emmanchure musclée de très fortes épaules.

13

Le jour est blanc. Il n'y a pas d'espoir. Le vent commande. L'herbe est sans couleur, lasse, obéissante comme de l'eau, couchée sur les pentes, ondulant à ras de terre. Dès les premières heures du matin on voit sortir lentement des nuages une grande cuisse. Elle se déploie, dénoue son genou, allonge la jambe, va poser son pied loin là-bas dans l'horizon, avec le mouvement ralenti des gestes d'un plongeur qui touche le fond de la mer. L'autre cuisse est toujours repliée en l'air, jambe retenue, orteils pointés ; elle attend pour se détendre et prendre pied. Et d'énormes hanches ondulent dans le flot tumultueux du vent et des nuages.

La forge est allumée. Il ne sort pas de fumée de la cheminée que le vent bouche mais toute la maison fume par ses fenêtres, sa porte, les fentes des murs et parfois la flamme rouge se déroule, se tord, claque, s'enroule, se noue, se dénoue et fouette. Ici, il s'agit de savoir ce que la machine à cinéma pourra faire avec du feu. Celui qui invente est maître d'une machine plus subtile. Rien ne résiste à sa volonté. Il crée à son gré. Il ajoute au feu comme il est libre d'ajouter au nuage. Ce qu'il désire voir il le voit. Déjà, pendant le dialogue d'Augustin et d'Arsule, il y a un moment où Augustin parle pendant longtemps. Il est difficile de faire parler quelqu'un pendant longtemps sur un écran qui l'encadre et l'isole. Pourtant, dans la réalité qu'il faut s'efforcer de reconstruire, les hommes parfois parlent pendant plus longtemps que ce qu'Augustin a parlé. Je n'ai qu'à me souvenir du jour où le maquignon Marceau m'expliqua la différence qu'il y a entre un mulet et un cheval. Il ne voulait pas me montrer la différence physique : je la connaissais et il le savait. Il se mettait — en parole — à la place de celui qui tient la bride et doit composer avec les réactions et l'âme de la bête pour assurer son commandement. Il me mettait littéralement cette bride dans la main. Je la sentais soubresauter et qui essayait de s'arracher de ma poigne, et il me donnait avec ses mots les forces et les raisons qui me permettaient de la maintenir. De tout ce temps, je ne voyais ni Marceau, ni l'encadrement des hautes forêts sous lesquelles nous faisions une halte méridienne ; le troupeau de bêtes attachées en queue de cerf-volant à une longe amarrée à un chêne ; je me voyais moi et la bête, moi et les deux bêtes différentes. Le représenter au cinéma, en train de parler n'aurait servi à rien si on en avait donné des gros plans de ses moustaches ou de sa grosse bouche (et même comment en donner cette odeur de poireau sauvage et d'oignon cru qui est en toute saison l'odeur — très importante — de la bouche de Marceau). Pour être vrai autant que possible, pendant qu'on entendait sa voix, il aurait fallu que l'image vue par les spectateurs soit la même que celle que je voyais pendant que j'entendais sa voix, c'est-à-dire l'œil du mulet, l'œil du cheval ; la tête du mulet, la tête du cheval ; le rire du mulet, le rire du cheval ; le mouvement des oreilles de l'un et de l'autre, pendant qu'en même temps la longue longe de bête

236

énervée par les mouches dorées du sous-bois dansait, piétinant les bardanes et que Marceau s'interrompait pour calmer les ruades avec ses mots spéciaux, terribles et sans signification chez les hommes. Ainsi pour Augustin, pendant qu'il parle à Arsule, ce n'est pas son visage qu'on doit voir, même si c'est celui d'un acteur célèbre, et même si cet acteur insiste, se fâche et rue dans les brancards pour se faire photographier de près un clignement de son œil ou le pli de sa bouche qu'il estime particulièrement éloquent. Si on l'écoute, ce qu'il dit à ce moment-là sera proprement insupportable et je serai le premier à trouver qu'il parle trop longtemps pour ne rien dire. Pendant qu'il parlait tout à l'heure avec Arsule, voilà ce que j'ai vu : des barres de fer qui, sans l'aide de feu et de mains rougissaient, se tordaient en volutes, en fleurs, en feuilles, se hérissaient en épines suivant les formes de tous ces ouvrages de fer dans lesquels Augustin mettait son amour du métier en bas dans la vallée. Il y a une très vive séduction dans les transformations des formes ; elles composent une harmonie de naissance, une création de vie, une germination dont on se sent proprement la graine ; on ne peut y être insensible. Et le métier d'Augustin s'y montre dans toute sa noblesse. Après ça — qui doit être fait non pas au hasard mais construit avec le rythme des mots, les repos de l'haleine, le sourd ou le clair de la voix — quand on revient au visage immobile d'Arsule, à son corps droit d'aurige emporté par un char magique, à ses mains enchantées et sans force qui laissent échapper le bol qu'elle essuie, on comprend mieux ce qu'elle dit, tout ce qu'elle dit ensuite jusqu'au moment où elle s'excusera d'avoir parlé d'Eugénie, de la pauvre petite Eugénie. Ici, pour le feu, c'est par une création semblable qu'on doit le représenter. Il y a la tragédie de la parole, mais il y a la très puissante tragédie de l'âme des choses ; si le cinéma ne l'exprime pas, qui l'exprimera ? Si j'essaye de le faire par l'écriture, il me faut cent mots et mille, et les choisir, et plier et replier ma phrase comme Augustin plie son fer, et même si j'y réussis, le temps que le lecteur mettra à lire la page où je l'exprime est sans ordre logique avec le temps de l'expression véritable quand l'âme des choses ajoute à mon âme par sa manifestation immédiate.

La matinée est étale ; couverte d'écume blême à perte de vue. L'énorme plongeur du ciel a touché le fond d'un pied mais il ne déplie toujours pas son autre jambe et son buste, sa tête, sont toujours cachés par les nuages ; seules ses ailes de peau sont ouvertes et couvrent une si vaste étendue qu'elles ferment tous les horizons. C'est ici dessous que le feu s'allume. Quand il a bien fumé par tous les joints de la maison, arrive un moment où il n'est plus qu'une braise bien prise que le soufflet énerve ; alors, sur le blanc du jour, on le voit là-haut dans la forge de rocher comme un corail que des remous de chaux couvrent et découvrent. Le pays est immense, désert ; seul le vent l'habite. Tous les chemins fument à la fois ; tous les arbres sont secoués à la fois ; toutes les herbes sont foulées à la fois. De temps en temps le plongeur du ciel cherche une position dans les nuages, laisse couler ses flancs dans le courant des bourrasques, allonge un peu cette longue cuisse qui n'a pas encore déplié son genou, s'appuie sur le pied qui a touché le fond, se tourne, se laisse porter par le flot, se repose, attend, se prépare, fait onduler dans ses grandes ailes des mouvements légers de nageoires. Il guette ; il se maintient au-dessus de cet endroit précis de la terre. Sous lui tout s'éteint, même le plâtre du jour sans couleur ; sauf le feu. Le feu est de plus en plus vif. Ce n'est plus le petit arbre de corail, c'est Monsieur le feu et parfois, dans une brusque colère, c'est Sa Seigneurie la flamme. Peu à peu toutes les couleurs perdues s'approchent du rocher qu'il habite. Tout par ailleurs est blême, et sale, obscurci des énormes remous que le plongeur du ciel déroule de ses lents mouvements sous-marins. Il ne bouge presque pas ; à peine l'ondulation aquatique d'un grand corps qui se maintient immobile dans un courant, mais tout le territoire au-dessus duquel il flotte a perdu sa vie. Il n'y a plus sur le corps de la terre cette hiérarchie de couleur qui, de rapport en rapport, le fait vivre. Tout est effacé. De toutes les fenêtres du hameau on vient regarder aux vitres. Arsule regarde. Panturle regarde. Eugénie regarde. Sa mère regarde. Son père. Gaubert regarde, et Belline. L'un après l'autre, avant de retourner à de petits travaux dans la maison, emmancher une hache, repriser des bas, tailler une clavette pour la cloche du bélier, faire une éclisse en canne pour sécher les fromages, gratter du bout de l'ongle dans une boîte de boutons et en assortir deux, trois, quatre. Pour quoi faire ? Mettre à un corsage. Que c'est petit tout ce qu'on fait ! Comme c'est peu de chose ! Ce ne sont pas de grosses armes. C'est ridicule contre ce temps : c'est près du Nord, c'est près du Sud, c'est près de tous les côtés. Quelles formes ont ces nuages ? On dirait des muscles dans des épaules formidables, dans une échine, dans le roulement d'un torse comme quand on fait tourner la cognée à deux mains, qu'on la relève, qu'on va frapper... mais c'est extrêmement lent ; en rapport avec la dimension de ces formes, avec ces forces surhumaines, avec le coup qu'elles frapperaient. Si elles frappaient. La maison tremble ; toutes les portes sautent dans leurs gonds. La terre tremble ; on sent les moellons qui pianotent tout seuls sous les pieds immobiles. La suie tombe dans la cheminée ; à peine s'il y a le feu pour la soupe. Quel petit feu ! Qu'il donne d'aise ! Mais qu'il est petit ! Comme c'est peu ce qu'on a. Même la hache. Le fer a à peine quinze centimètres de large. Qu'est-ce qu'il pèse : un kilo deux cents ? Les muscles de mon bras qu'est-ce que c'est ? (pourtant déjà assez gros pour un homme), larges de deux travers de doigt, à peine. Qu'est-ce que c'est un coup de ma hache ? Pris de l'Est, pris de l'Ouest, pris du Nord et du Sud. À perte de vue, de tous les côtés ; pris sur huit jours de marche de tous les côtés. De tous les côtés il faudrait marcher huit jours droit devant soi sans arrêt pour sortir de là-dessous. Beau regarder : rien ; le blanc de la mort. Sauf la forge allumée dans le rocher. Tout est indifférent. L'ange de peau ne fait même pas voir son visage. Le feu qui jute de la vieille maison, c'est indifférence pour indifférence. Le temps ne s'occupe pas de ce qui compte pour nous. La forge ne s'occupe pas de ce qui compte pour le temps. Une à une les couleurs sont venues s'asseoir à côté d'elle. Il y a un genévrier bas qui est vert, d'un vert admirable, le seul vert de cent kilomètres carrés écrasés de vent et d'écume. Le vert d'une très belle plume pour mettre à son chapeau. Il y a un pan de mur tout écorché qui laisse voir des briques : rouges. On peut regarder du côté des érables : pas de rouge, pas le moindre petit morceau, toutes les feuilles de l'automne ont été depuis hier soir arrachées, déchirées, emportées ; plus d'alises aux alisiers. Rien qu'un blême d'écume ; l'œil n'a plus cœur de regarder ça. Sauf le rouge du mur écorché, le rouge qui montre toute sa belle couleur à chaque coup que le feu jaillit de toutes les fentes de la maison. Alors également il y a des ombres bleues, elles s'élancent en même temps que l'élancement de la flamme. Il y a le bois jaune de la vieille porte toute usée par vingt ans de pluies et de vent, un bois qui ne signifiait plus rien et maintenant, qu'est-ce qu'il signifie, si vous voulez bien le dire, quand, à chaque coup de flamme, il montre d'abord son gros carré de couleur jaune, puis qu'il se met à s'iriser comme un paravent en plumes de paon, à mesure que la flamme danse devant lui. Tout le territoire est boueux. Ce pied de l'ange aux ailes de peau qui a touché fond là-bas derrière les collines remue les boues et les vieux alluvions. Il n'y a plus rien là-dedans à quoi on puisse s'accrocher. Au contraire, plus on regarde, plus on se rend compte que c'est pour s'enliser, s'enfoncer dans de la vieille base. Mais là, avec le vert, le rouge, le bleu, le jaune qui se sont assis près du feu, ça a du relief, ça tient sous la main et sous la réflexion. C'est solide. C'est le seul endroit solide. C'est de la compagnie. C'est le seul endroit attirant. On a envie de s'approcher. À quoi peuvent penser les hommes? Les hommes le savent. À quoi peuvent penser les quatre femmes du hameau? Les femmes le savent. Elles laissent aux hommes le souci d'imaginer ce qui se fait là-haut avec le feu. Pour elles, elles ont les maisons et elles les entendent toutes ébranlées par ce vent terrible dans lequel plus rien ne tient, ni mortier, ni serrures, ni gâches, ni tuiles, ni chambranles; il semble que ce vent-là va emporter leur nid. Alors, elles viennent à la vitre et elles regardent tout simplement ces couleurs vertes, bleues, rouges et jaunes, assises à côté du feu, bien paisibles, vivantes comme si de rien n'était. Et c'est une sorte d'amarre qui retient leur maison au port de la terre et les empêche de croire que tout va se déraciner dans la fureur de l'ange et partir hors de la terre à l'aventure. Elles ont fait ces maisons: soit Belline, soit la mère, soit Arsule, et elles y tiennent. Elles sont là: elles écoutent le cliquètement de tout, le grondement des poutres, le halètement des toitures, la peine de la maison dans le gros temps, puis elles se tournent du côté de ces quatre ou cinq couleurs, près de la forge, et elles se rassurent parce que cette amarre-là est bien solide d'abord, et elles contentent (un peu sans le savoir) ce fond d'amour-propre bien humain car, en face de l'ange, ce feu de forge a une certaine arrogance.

Mais Eugénie ? Elle n'a pas fait cette maison. C'est seulement celle de son père et de sa mère. Elle n'a pas engagé sa vie dans cette maison ; ce n'est pas son entreprise. Bien entendu elle l'entend gémir, et craquer sous le grand vent, et elle aussi peut imaginer qu'à un moment donné la maison va partir à la dérive, emportée dans l'écume blême. Mais, même si cela se produit, cela n'aura pas pour Eugénie l'importance que ça a pour les autres : sa mère, ou Belline, ou Arsule. Qu'est-ce que cela prouvera ? Que la maison de son père et de sa mère a été anéantie. Cela ne veut pas dire que si elle, Eugénie, avait fait une maison, cette maison aurait été emportée. Alors, elle vient une fois, dix fois, plus de cinquante fois regarder aux vitres, regarder les couleurs qui font relief juste dans l'endroit où peuvent atteindre les jetés de bras et de jambes de la flamme, mais ce qu'elle voit lui donne des pensées bien à elle. Ce sont des pensées de fille, pas mariée, habitant chez son père et sa mère (et à un moment donné cela revient à dire : habitant chez les autres) et qui voudrait bien, à la fin, habiter chez elle. De sentir ainsi les maisons menacées, cela donne envie de créer sa propre maison. Envie de risques. Besoin de risques. Le risque est trop grand là, dehors, avec ce temps qui couvre le monde d'écume et cet ange plongeur tombé des hauteurs du ciel et qui remue les vieux ensevelissements de boues avec son pied. Quand on est jeune — quand ce n'est pas un simple mot et qu'on est jeune dans son âme — rien ne donne plus envie de risquer que la grandeur du risque. En tout cas, oh ! non, Eugénie ne se dit pas un mot de tout ça, mais elle le pense carrément d'instinct, parce que son sang est d'un rouge extraordinaire, qu'elle est ample de chair, qu'elle est elle-même une maison habitable, d'une très grande solidité. Déjà vingt fois, cent fois, elle est venue écraser son nez contre la vitre. Tout ce qu'elle voit l'attire : autant le bouleversement d'écume que le petit récif de couleur sur lequel le feu danse. Voilà de quoi vivre. Et vivre, ça se fait toujours pour son propre compte. Alors, comment voulez-vous qu'elle partage les inquiétudes de Belline, d'Arsule ou de la mère qui voient menacé ce qu'elles ont construit ? Tant qu'elle n'aura pas construit elle-même une maison, comment voulez-vous qu'elle s'intéresse à ces dangers, qu'elle se passionne pour savoir si ça va résister ou si ça va partir à la dérive ? Si elle avait quelque chose à elle ici-bas, alors bien sûr. Mais rien n'est à elle, tout est à son père et à sa mère. Ce n'est pas l'envie qui lui manque de faire partie du jeu. Et d'abord l'envie de sortir, malgré le temps ; car, pour avoir autre chose que ce qu'elle a maintenant, il faut quitter ce qu'elle a d'abord. Ça ne peut pas entraîner bien loin. Ça n'est pas une grande chose sortir, ça ne signifie rien, mais l'envie se contente. Et c'est ce qu'elle fait, doucement, par la porte de derrière, vers les trois heures de l'après-midi. À ce moment-là, soit la pente qui tire vers le soir, soit le débat soudain de quelques forces contraires, c'est le moment le plus furieux de la bourrasque.

Il n'y a plus rien. Le vent transforme tout en vent. Et pour Eugénie, ça n'est pas du tout inquiétant. Elle n'a pas du tout l'impression que tout ça peut être une fin ; mais au contraire, qu'à partir de là tout peut commencer. Si on lui demandait de dire quoi et comment, oh ! elle n'en saurait rien mais, pour en être assurée elle l'est. C'est la jeunesse. En même temps, le vent l'a saisie au ventre et aux seins. À mesure qu'elle approche du feu, elle entend le bruit de la forge. C'est une merveille. Comme la coquille qu'on met à l'oreille et dans laquelle on entend la mer. Il y a eu déjà beaucoup de révolutions dans ce terroir ; à différentes reprises déjà on a été obligé, contrairement au proverbe, *de se lâcher des mains sans se tenir des pieds*. La forge de Gaubert, bien avant le père Gaubert, avait été installée dans une ancienne chapelle. Les fenêtres sont hautes. On ne peut pas voir ce qui se passe là-dedans. On entend seulement le tumulte particulier dans le tumulte du vent. Mais, en tournant autour de la maison, on arrive à une porte donnant au Sud, donc abritée, et qui est ouverte. Eugénie entre. Elle peut alors soulager son visage que les cheveux engerbaient comme du foin fou, bouchant les yeux et la bouche. Elle respire. Elle délivre également ses seins et son ventre ; il n'y a plus cette force qui pesait contre ; restent là cependant, à la pointe des seins et du ventre, des idées que le vent a mises. La pièce où elle est ainsi entrée, attenante à la forge et séparée d'elle par une porte de vieux bois, crevée de fentes, c'est la cuisine où le père Gaubert vivait, où aujourd'hui Augustin a fait sa petite popote de célibataire. Il a fait cuire dans l'âtre, sur des braises un peu métalliques qu'il a dû transporter de la forge ici, trois côtelettes de ce mouton qu'on a tué et partagé avant-hier soir et dont Eugénie a mangé elle aussi à midi. Mais lui, il a pauvrement fait cuire la viande à même la braise où sont restées des traces de graisse. Alors qu'avec le morceau qu'on lui a donné : trois côtelettes premières et un peu de rognonnade il pouvait, en prenant un petit plat de terre et un oignon, se faire un petit fricot. Il a même mangé sans assiette. Il tenait sa côtelette cuite d'une main, son pain de l'autre et il mordait des deux côtés pendant que le reste de la viande continuait à grésiller sur les cendres. Puis il a laissé éteindre son feu. On sent bien que celui-là ne l'intéressait pas. Il ne l'a allumé que pour épargner à l'autre ce suif noir qui tache les charbons. Il a voulu garder sa forge propre pour le travail qu'il y fait. Car, d'ici dedans, on ne peut plus se contenter de satisfaire son espoir avec les couleurs que le feu faisait apparaître sur le rocher au milieu du blême bouleversement d'écume général ; on est obligé de se rendre compte qu'il se fait ici un travail de halètement, de coups, de retournement de fer, de battements ; des bruits enchaînés les uns aux autres, enchaînés aux volètements de la flamme dont les reflets passent par les fentes de la porte ; tout un ensemble cordial, une organisation de vie ; on est dans le corps du feu ; on entend comment un drôle de sang est poussé dans les veines de quelque chose d'assez énorme et il y a beau avoir du vent, c'est de ça que cette maison tremble. N'empêche ; il aurait bien dû ne pas manger comme un sauvage et faire un petit fricot avec cette belle viande qu'on lui a donnée ; ou bien, s'il n'avait pas le temps ou s'il ne savait pas, il n'avait qu'à demander qu'on l'aide. Eugénie serait venue. Elle sait très bien faire ça. Mais, que fait-il là-bas dedans ; et elle s'approche de la porte. Elle n'a pas besoin d'ouvrir. Elle n'a pas besoin non plus de regarder par un trou de serrure. Il y a tellement de fentes dans cette vieille porte qu'on peut voir facilement tout ce qui se passe de l'autre côté. D'abord, bien entendu, c'est du feu ; et comme Eugénie approche la joue et l'œil c'est, de l'autre côté, des jaillissements d'étincelles et brusquement elle s'en recule. Mais quand même, elle en a assez vu pour avoir envie de regarder bien mieux que ça. Elle a vu dans les étincelles, au centre des étincelles, une sorte de fruit mûr, tout doré, qu'on tenait dans des tenailles. Qui le tenait ? Sans doute Augustin, mais en réalité elle n'a vu qu'une main, qu'un bras noir. Elle entend des coups sourds qui frappent dans quelque chose de mou. La fente où elle met son œil est un peu plus large celle-là. Elle voit le marteau qui se relève et retombe et, à chaque coup, la volée d'étincelles sous laquelle on aperçoit en éclair le luisant de l'enclume. Chaque fois aussi, les étincelles éclairent un tablier de cuir. Sur ce tablier une main qui descend, à la lueur du fer rouge que le marteau ne frappe plus. Il ne va pas toucher ce fer rouge avec sa main nue ? Non, mais il s'en est approché pour prendre la tenaille et tenailler le fer à un autre endroit de là où il le tenait, pour qu'il le frappe de son marteau, d'un autre côté maintenant. Ce qu'il fait. Mais les étincelles ne sautent plus qu'une à une, à regret, d'un fer qui est devenu rouge sombre et commence à sonner sous les coups comme du fer dur. Alors il le relève de l'enclume (elle voit les deux bras se tendre) et il le remet dans la forge. Elle voit la main s'accrocher à la chaîne du soufflet et il souffle le feu tirant sur la chaîne. Voilà un épisode terminé. Eugénie éloigne son œil de la fente et se redresse. Elle écoute : il souffle le feu. Qu'est-ce qui va arriver après ? Voilà : il s'arrête de souffler. Elle se penche ; elle approche son œil de la fente. Il tire du feu un fer dont la couleur est en colère ; tellement poussé à bout qu'il est blanc. Les deux mains serrent les tenailles. Il y en a une qui s'essaie à lâcher comme si elle voulait confier tout le soin de tenir à l'autre ; mais il faut que celle-là tienne bien. C'est fait : les deux mains se sont arrangées. Celle qui a lâché prend le marteau. Cette fois, ce ne sont pas de gros coups qu'elle frappe. On voit tout de suite qu'il ne s'agit pas de force mais d'idée. Ce que font les mains, autant celle qui frappe que celle qui tient, c'est faire une forme. On voit tellement même que c'est une chose d'idée qu'Eugénie se penche le plus qu'elle peut et même change de fente pour tâcher de voir le visage d'Augustin, mais elle a beau faire, elle ne le voit pas. Alors, elle revient aux

246

mains ; et, en réalité la forme se prépare magnifiquement. On ne sait pas encore mais, voilà que ça se tord, que ça va être un tire-fond ? Non. Un gros crochet ? Non, quoi ? Quelque chose dont Augustin a l'idée. Ça s'aplatit. La main martèle le plat ; et voilà même qu'il fait une sorte de bec, mais en même temps il étale le ventre du fer et il s'étire tout d'un côté comme quand on a tué un gros oiseau et qu'on l'attrape par une aile et que cette aile se déplie. Mais voilà que de nouveau le fer sonne dur sous le marteau et qu'il a perdu la colère de sa couleur ; il est à peine maintenant comme du vin. Et la forme s'arrête de se former et il faut que l'idée d'Augustin prenne patience. Il remet le morceau de fer au feu de la forge. Qu'est-ce que ça va être finalement ? Augustin souffle la forge. C'est un autre épisode. Eugénie se redresse et se recule. Elle écoute le bruit du soufflet. Elle est intriguée. Qu'est-ce que ça va être finalement ce qu'il fait ? Mais plus que ça, il y a un moment de ce qu'elle a vu qui lui a fait une grosse impression. Elle a été touchée ; et là où elle a été touchée reste encore maintenant un endroit tout tendre en elle-même. C'est le moment où la forme s'est arrêtée de se former, où les coups de marteau ne faisaient plus rien naître. Elle aimait bien Augustin à ce moment-là : ses mains ont donné encore deux ou trois coups contre le fer couleur de vin mais, malgré le crochet noir des mains, les grosses cordes qui les attachaient dans le bras, le poids du marteau et l'énorme tenaille, c'étaient comme des mains d'enfant que quelque chose arrête. Elle les a bien aimées à ce moment, ces mains-là. Mais attention, le soufflet s'arrête. C'est un autre épisode. Baisse-toi, regarde. Ah ! voilà la forme à l'endroit où tout à l'heure elle s'est arrêtée et la voilà toute revêtue de colère blanche. Qu'est-ce qu'il va en faire maintenant ? Ah ! il a dû frapper un coup qui a dépassé sa pensée, car la forme de tout à l'heure en a été écrasée ! Mais non, il redouble ; il l'écrase encore, il déforme ce qu'il faisait. Voilà de nouveau l'informe morceau de fer d'où il avait tiré déjà tout à l'heure cette idée de l'oiseau dont l'aile se déployait. Que fait-il ? Elle change plusieurs fois de fente, se relève, se baisse, se met même à genoux pour coller la joue et l'œil à un endroit bas où la porte est un peu plus crevée. Mais de partout elle voit pareil : une main serre la tenaille, l'autre main frappe avec le marteau, frappe et redouble comme sans idée, refaisant l'informe morceau de fer et le revoilà maintenant rouge comme du vin et dur ; quoi faire ? Qu'a-t-il fait ? Cette fois elle ne se relève pas, elle ne s'éloigne pas de la fente, elle continue à regarder le feu qu'il souffle et qui, à chaque coup de soufflet, dresse des jets de flammes presque noires, n'ayant toute sa force que dans son cœur où elle est blanche comme de la neige. Qu'a-t-il fait, qu'est-il arrivé ? Elle essaie de le voir, lui, c'est-à-dire de voir son visage. C'est difficile, c'est impossible. Elle ne voit même pas la main qui tire la chaîne du soufflet ; elle ne voit que la main droite ouverte sur le tablier de cuir, la main pendue à bout de bras qui se repose, ne bouge pas, attend, se prépare. Il met bien du temps cette fois à chauffer son fer ! Enfin, voilà la main qui s'agite, puis se lève. Mais non, c'est pour tasser les braises au pique-feu. On dirait qu'il prépare quelque chose de très important. De temps en temps sa main droite s'agite doucement comme si elle contenait ses forces avec peine et que ce soit, là-haut, dans cette tête qu'Eugénie ne voit pas, la patience qui commande. Oui, cette main, noire comme un cep de vigne et le poignet de cette main est comme un paquet de vieilles cordes, la main droite d'Augustin, de temps en temps, bouge ses doigts, pince le tablier de cuir, frotte le pouce contre l'index. Et de ce temps toujours il souffle le feu. Cette main-là elle fait comme une bouche qui va manger un bon morceau et frotte à l'avance ses lèvres l'une contre l'autre. Et tout d'un coup, la voilà qui part ; non, brusquement elle s'est envolée. Cette fois, c'est d'une rapidité qui vous sèche le cœur. Elle n'est pas plutôt partie qu'elle a saisi les tenailles, tenaillé le fer, posé le fer sur l'enclume malgré cette éblouissante magie que le fer a prise au feu ; elle a cédé le manche des tenailles à la main gauche et on ne sait pas comment le marteau est venu dans cette main droite, mais le fait est que tout de suite elle a commencé à frapper le fer doré d'une façon droite, sûre, commandante, sèche, fine, savante, tourne la tenaille d'un coup de poignet, présente l'autre face du fer et frappe de ce côté d'une façon d'homme musclé, exigeante, pleine de désirs, forçant à son désir, obstinée, voulant obtenir, oh ! à ce moment-là passant sur tout ce qui pourrait l'arrêter, forçant les barrières, se faisant ouvrir, entrant comme un homme. Eugénie n'en respire plus. Elle est toute froide et bouillante. Cette fois les formes naissent. Il semble qu'Eugénie les aide à naître de tout son corps. Elle est appuyée de tout son corps contre la porte. Voilà les ailes : non plus une seule comme celle que le chasseur déploie d'un oiseau mort ; voilà les deux ailes comme les déploie l'oiseau vivant ; voilà l'angle aigu sur lequel l'oiseau fend le vol, voilà la forme qui naît ! Augustin frappe mais Eugénie n'en respire plus : c'est d'elle aussi, comme d'une passion, que cette forme naît ; elle la sent ouvrir ses ailes de fer doré dans son ventre, ses seins et à travers sa tête. Elle n'en peut plus ; c'est un miracle ; elle est obligée de se reculer de cette porte qui pesait et frappait sur elle. Elle peut à peine reprendre son souffle ; la belle aventure ! Comment cette chose-là peut-elle se faire ? Elle se touche les seins, les flancs. Elle ne savait pas. Comment ? Elle n'a eu jusqu'à présent des plaisirs de son corps que celui d'avoir chaud dans le froid ou frais dans le chaud, le repos après la fatigue ; comment cette chose magique a-t-elle pu arriver ; vraiment tout son corps a eu une brusque joie, presque un mal tellement c'était de la joie forte et nouvelle. Elle se demande ce que c'était. C'était cette force avec laquelle il frappait, ce continûment qu'il y avait dans ces coups et ces sacrément bons endroits où chaque fois il frappait sans jamais se tromper, et comment tout d'un coup ce fer doré vivait sous les coups et se formait. Elle se souvient de ce qu'elle a vu et elle sent que tout ça correspondait dans sa poitrine, là, juste au creux de sa poitrine. Tous les coups, les uns après les autres, oh ! elle a beaucoup aimé ça. Elle en soupire maintenant que c'est fini. Pas fini, non. Elle sourit. Augustin là-bas frappe toujours et, tiens, il s'arrête et il remet la pièce dans le feu, mais elle n'a plus besoin de regarder, elle sait, elle est assurée, ce n'est pas fini. Un plaisir comme ça ne commence pas pour s'arrêter : quand ça commence c'est pour continuer. Qu'est-ce qu'elle peut donc faire, elle, pour le montrer ? Elle vient à l'âtre cuisinier ; elle souffle les braises, ça reprend. Il y a un fagot de bois dans le coin. Elle en casse des brindilles. Et voilà son feu à elle. Et puis quoi ? Ah ! voilà la débéloire ; et s'il le faut elle ira chercher en bas tout ce qu'il faut mais voilà le moulin, voilà une boîte et dedans les grains. Elle sait ce qu'elle va faire : c'est le café. Voilà ce qui lui appartient à elle ; en même temps qu'une sorte de gentille ruse, car avant de mouliner les grains elle attend que tous les coups aient recommencé à sonner là-bas dedans ; alors elle mouline sans qu'on puisse l'entendre ; et elle sourit de ce qui arrivera ensuite. C'est qu'elle ouvre la porte. Lui, il a fini, il vient de laisser tomber le marteau. Il ne se repose pas encore, il est sur le moment où la fièvre du travail le quitte, où la fatigue va le prendre. Alors, la porte s'ouvre. C'est elle qui apparaît et s'avance avec un bol de café bouillant à la main.

14

Le soir même. De grands morceaux de crépuscule verts d'une extrême pureté s'élargissent d'instant en instant au milieu des nuages. La grande voix parle ; elle dit : « Ils ont réussi à prolonger le temps de leur combat. »

Manosque, janvier-juillet 1941.

Table

Avant-propos, de Henri Godard 5

TRIOMPHE DE LA VIE 11

Le Livre de Poche Biblio

Extrait du catalogue

Sherwood ANDERSON
Pauvre Blanc
Guillaume APOLLINAIRE
L'Hérésiarque et Cie
Miguel Angel ASTURIAS
Le Pape vert
James BALDWIN
Harlem Quartet
Djuna BARNES
La Passion
Adolfo BIOY CASARES
Journal de la guerre au cochon
Karen BLIXEN
Sept contes gothiques
Mikhail BOULGAKOV
La Garde blanche
Le Maître et Marguerite
J'ai tué
Les Œufs fatidiques
Ivan BOUNINE
Les Allées sombres
André BRETON
Anthologie de l'humour noir
Arcane 17
Erskine CALDWELL
Les Braves Gens du Tennessee
Italo CALVINO
Le Vicomte pourfendu
Elias CANETTI
Histoire d'une jeunesse
(1905-1921) -
La langue sauvée
Histoire d'une vie (1921-1931) -
Le flambeau dans l'oreille
Histoire d'une vie (1931-1937) -
Jeux de regard
Les Voix de Marrakech
Le Témoin auriculaire
Raymond CARVER
Les Vitamines du bonheur
Parlez-moi d'amour
Tais-toi, je t'en prie
Camillo José CELA
Le Joli Crime du carabinier
Blaise CENDRARS
Rhum
Varlam CHALAMOV
La Nuit
Quai de l'enfer

Jacques CHARDONNE
Les Destinées sentimentales
L'Amour c'est beaucoup plus que
l'amour
Jerome CHARYN
Frog
Bruce CHATWIN
Le Chant des pistes
Hugo CLAUS
Honte
**Joseph CONRAD
et Ford MADOX FORD**
L'Aventure
René CREVEL
La Mort difficile
Mon corps et moi
Alfred DÖBLIN
Le Tigre bleu
L'Empoisonnement
Iouri DOMBROVSKI
La Faculté de l'inutile
Friedrich DÜRRENMATT
La Panne
La Visite de la vieille dame
La Mission
Paula FOX
Pauvre Georges !
Jean GIONO
Mort d'un personnage
Le Serpent d'étoiles
Triomphe de la vie
Les Vraies Richesses
Lars GUSTAFSSON
La Mort d'un apiculteur
Knut HAMSUN
La Faim
Esclaves de l'amour
Mystères
Hermann HESSE
Rosshalde
L'Enfance d'un magicien
Le Dernier Été de Klingsor
Peter Camenzind
Le poète chinois
Bohumil HRABAL
Moi qui ai servi le roi d'Angle-
terre
Yasushi INOUÉ
Le Fusil de chasse

Henry JAMES
Roderick Hudson
La Coupe d'or
Le Tour d'écrou

Ernst JÜNGER
Orages d'acier
Jardins et routes
  (Journal I, 1939-1940)
Premier journal parisien
  (Journal II, 1941-1943)
Second journal parisien
  (Journal III, 1943-1945)
La Cabane dans la vigne
  (Journal IV, 1945-1948)
Héliopolis
Abeilles de verre

Ismaïl KADARÉ
Avril brisé
Qui a ramené Doruntine ?
Le Général de l'armée morte
Invitation à un concert officiel
La Niche de la honte

Franz KAFKA
Journal

Yasunari KAWABATA
Les Belles Endormies
Pays de neige
La Danseuse d'Izu
Le Lac
Kyôto
Le Grondement de la montagne
Le Maître ou le tournoi de go
Chronique d'Asakusa

Abé KÔBÔ
La Femme des sables

Andrzeij KUSNIEWICZ
L'État d'apesanteur

Pär LAGERKVIST
Barabbas

LAO SHE
Le Pousse-pousse

D.H. LAWRENCE
Le Serpent à plumes

Primo LEVI
Lilith
Le Fabricant de miroirs

Sinclair LEWIS
Babbitt

LUXUN
Histoire d'AQ : Véridique biographie

Carson McCULLERS
Le cœur est un chasseur solitaire
Reflets dans un œil d'or
La Ballade du café triste
L'Horloge sans aiguilles

Frankie Addams
Le Cœur hypothéqué

Naguib MAHFOUZ
Impasse des deux palais
Le Palais du désir
Le Jardin du passé

Thomas MANN
Le Docteur Faustus

Katherine MANSFIELD
La Journée de Mr. Reginald
Peacock

Henry MILLER
Un diable au paradis
Le Colosse de Maroussi
Max et les phagocytes

Paul MORAND
La Route des Indes

Vladimir NABOKOV
Ada ou l'ardeur

Anaïs NIN
Journal 1 - *1931-1934*
Journal 2 - *1934-1939*
Journal 3 - *1939-1944*
Journal 4 - *1944-1947*

Joyce Carol OATES
Le Pays des merveilles

Edna O'BRIEN
Un cœur fanatique
Une rose dans le cœur

PA KIN
Famille

Mervyn PEAKE
Titus d'Enfer

Robert PENN WARREN
Les Fous du roi

Leo PERUTZ
La Neige de saint Pierre
La Troisième Balle
La Nuit sous le pont de pierre
Turlupin
Le Maître du jugement dernier

Luigi PIRANDELLO
La Dernière Séquence
Feu Mathias Pascal

Ezra POUND
Les Cantos

Augusto ROA BASTOS
Moi, le Suprême

Raymond ROUSSEL
Impressions d'Afrique

Salman RUSHDIE
Les Enfants de minuit

Arthur SCHNITZLER
Vienne au crépuscule
Une jeunesse viennoise

Le Lieutenant Gustel
Thérèse
Les Dernières Cartes
Leonardo SCIASCIA
Œil de chèvre
La Sorcière et le Capitaine
Monsieur le Député
Isaac Bashevis SINGER
Shosha
Le Domaine
André SINIAVSKI
Bonne nuit !
Alexandre VIALATTE
La Dame du Job
La Maison du joueur de flûte

Thornton WILDER
Le Pont du roi Saint-Louis
Mr. North

Virginia WOOLF
Orlando
Les Vagues
Mrs. Dalloway
La Promenade au phare
La Chambre de Jacob
Années
Entre les actes
Flush
Instants de vie

Composition réalisée par COMPOFAC - PARIS

IMPRIMÉ EN FRANCE PAR BRODARD ET TAUPIN
Usine de La Flèche (Sarthe).
LIBRAIRIE GÉNÉRALE FRANÇAISE - 6, rue Pierre-Sarrazin - 75006 Paris.

ISBN : 2 - 253 - 05974 - 9   42/3176/7